지구, 우주의 한 마을

지구,
우주의 한 마을

A Place in Space

게리 스나이더 지음

•

이상화 옮김

창비

이 하나의 작은 별 지구는 전체가 하나의 유역(流域)이다. 다시 말해 거대한 생물권의 '물의 순환'(water cycle)은 지구를 하나의 오아시스로 만든다. 모든 존재는, 인간 또한, 우주라는 광대한 사막에서, 새들과 덤불이 우거진 작은 물웅덩이 옆에서 산다. '산과 강'은 지구의 역학과 운명의 은유이며——국가와 제국들보다 훨씬 오래 되고 훨씬 더 큰 의미를 가진다. 사실 우리는 실재하는 장소의 작은 존재들이며, 우리가 이룰 수 있는 최선은 우리의 손과 정신과 함께 있다. 이때 위대한 대지는 우리에게 꿈과 철학을, 산스크리트어로 '사르바만갈람'(sarvamangalam)이라고 하는 '모두에게 행운'을 준다.

바쁜 가정생활과 교직생활 가운데서도 이 기벽(奇癖)의 텍스트를 기꺼이 번역해준 이상화 교수에게 감사한다.

2005년 5월

게리 스나이더

이 산문집은 약 40년에 걸친 나의 사색과 글쓰기에서 나왔다. 먼저 나온 산문집 『야생의 실천』(*The Practice of the Wild*)에서 좀더 나아간 것이라 할 수 있다.

'가능한 한 해치지 말라'라는 불교의 오랜 가르침과 '자연이 번성하도록 하라'에 함축되어 있는 생태적 외침을 결합해 인간의 삶에 경의를 표하고, 그런 다음 다른 모든 생명을 포함하기 위해 저 너머로 간다. 여기에 실린 에쎄이들은 복합적인 도덕적 사상과 행위로 이끄는 불교적·시적·환경적 외침들로서, 은유적이고 완곡하고 신화창조적이며 또한 바라건대, 실제적인 글들이다. 윤리와 미학은 서로 깊이 얽혀 있다. 예술, 아름다움 그리고 기능은 언제나 언어와 정신의 자기조직적인 '야생의' 측면에 의존해왔다. 장소와 공간에 대한 인간의 관념들, 유역에 대한 우리의 현대적 관념들은 모두 모델인 동시에 은유가 된다. 인간으로서 우리의 목적은 상호작용하는 영역들을 보고 우리가 있는 장소를 배우는 것이어야 하며, 그럼으로써 지구적이고 생태적인 코스모폴리터니즘에 대한 의식을 발전시키는 것이어야 한다.

그러는 동안 우리는 야위고 자비롭고 사나우면서, '야성 정신'의 스스로 단련된 기품을 가지고 살 일이다.

야성의 지혜

게리 스나이더의 세계

이 지상의 모든 생명에 대해 깊은 이해와 신념을 가지고 폭넓은 글을 쓸 수 있는 사람은 실상 흔치 않을 것이다. 큰 행운으로 나는 게리 스나이더가 쓴 두 권의 산문집을 번역하는 깊은 인연을 맺게 되었다. 『야생의 실천』(*The Practice of the Wild*, North Press 1990)을 번역 출간한 이후 5년 만의 일이다. 오래전에 나는 스나이더의 일관되고 순결한 삶의 여정(旅程)이 이루어낸 놀라운 인간상에 이끌렸고, 뒤늦은 만남을 갖게 되었다. 인간과 우주에 대한 그의 사상이 내가 살아가고자 하는 삶의 방향과 같은 쪽에서 이미 아주 커다란 발자국을 새겨놓고 있었기 때문에 그 세계를 들여다보고 따라가는 일은 큰 기쁨이었다. 엄격하면서도 따뜻하고 활짝 열려 있는 이 시인을 명예롭게 하고 그의 세계를 널리 알리기 위해 나는 열성을 다했다.

간혹 전생(前生)을 생각하게 만드는 사람이 있다. 시인 게리 스나이더가 바로 그런 사람의 하나이다. 깊은 산중에서 수천년을 산 나무였을까, 아니면 그 자신이 직접 만난 일이 있다는 굼뜨면서도 섬세한 회색곰이었을까, 많은 인간적 문제를 품고 있으되 어느 것 하나도 던져버리지 않고 껴안으려 했던 철저하게 자연화된 선승(禪僧)이었을까, 혹은 추운 지방을 찾아가는 철새였을까. 그의 글의 중심에 등장하는 인간과 인간 아닌 생명들, 숲을 이루는 나무들과 야생 생물에 대한 그의 본능적인 깊은 관심과 뜨거운 사랑 때문에 나는 그의 전생을 자주 인간 아닌 생명체로 상상하게 된다.

이 시대의 미국만이 아니라 세계에서 가장 존경받는 시인의 한 사람인 게리 스나이더는 세계에서 거의 최초로 환경에 깊은 관심을 가지고 사라져가는 생물종(種)과 소수민족에 대한 생태시를 쓰기 시작한 시인이다. 미국이 큰 힘을 행사하지 않기 위해서는 여러 개의 작은 나라로 나뉘어야 한다고 주장하는 비정치적 반체제 시인이기도 하다. 가없는 우주가 그의 사유의 들판이지만 그의 경이로운 사유의 대상은 우주의 아주 작은 한 곳인 지구와 그 지구에 깃들여 사는 미세하게 아름다운 것들, 아주 연약한 존재들, 덧없고 흔적도 없이 사라지는 모든 생명들이다. 그리고 불교적 통찰에 의한 모든 생명들의 동등한 존엄성에 대한 강조가 그의 시와 산문의 중심을 이룬다. 무엇보다도 중요한 것은 그의 생명 사랑의 범위가 인간의 한계를 훌쩍 넘어서고 있다는 사실이다. 그래서, 그를 '현대의 성자(聖者)'라고 칭하는 사람들도 있지만 나는 그 범위를 좀더 좁혀 그를 특히 '인간 아닌 존재들(non-human beings)'의 성자'로 부른다. 초월의 성자가 아니라 관계의 성자, 미미한 벌레들의 마을회의 하나에도 정성을 다하는 다정다감한 성자인 것이다. 『블룸즈버리 리뷰』(*Bloomsbury Review*)가 그를 "자연계와 시의 부족 연방들의 원로"라고 한 것은 아주 적절한 지적이다.

스나이더는 일찍이 10대 초의 소년시절 이 지상에 함께 존재하는 모든 생명체는 똑같이 고귀하며, 인간이 다른 생명들보다 더 우월한 존재가 아니고 만물은 상호연관 속에 있다는 깨달음에 도달했다고 전해진다. 그후 몇십년 동안 한결같이 우주의 본질과 인간 문명의 경로, 그리고 자연 속에서 이루어지는 수많은 생명들의 관계와 삶과 죽음의 순환을 공부했다. 또한 그는 인간사회의 신화와 언어, 문학, 사회, 정치, 종교를 자연이 가진 야성의 큰 틀 안에서 바라보고자 한다. 그의 시와 산문을 읽는 일은 지구 위의 온갖 생명체의 덧없음과 그들의 상호관련에 대한 깨달음, 인간의 본질과 삶의 내용에 대한 통찰에 동참하는 일이다. 비약과 선적(禪的) 직관으로 내달리는 그의 문체는 천부적으로 정련하지 않은 야성의 목소리를 담고 있으며 자신이 말하고자 하는 핵심에 도달한다. 그의 사상과 언어의 율동에 때로는 대응하고 때로는 편승하면서 그 극진한 생명의 파도를 탈 때 우리는 때로 어떤 깨달음의 영적 희열에 다가서기도 한다. 또한 그의 목소리를 통해서 우리는 어느새 깊은 숲속 청량한 샘물 앞에 서서 심신이 일렁이는 자신을 발견하기도 한다.

작년에 미국에서 출간되어 금년 초 미국에서 가장 권위있는 문학상의 하나인 전미도서비평가상(NBCCA)의 최종후보에 오른 시집 『산꼭대기의 위험』(*Danger on Peaks*)에서 그는 1945년 8월 그가

15세 때 늘 멀리서 그리워하던 쎄인트헬렌스 산에 올랐다 내려오면서 히로시마와 나가사끼에 원자폭탄이 떨어진 소식을 접하고, 아직 세계역사에 대한 인식이 없던 상태에서, 다만 그 산의 순결과 아름다움과 영구함에 맹세컨대 어떤 생명이든 그것을 잔혹하게 파괴하는 힘과 그것을 이용하려는 인간들에 대항해서 평생 싸우겠다고 다짐했던 사실을 회고하고 있다. 실로 그후 60년을 그는 지칠 줄 모르고 모든 생명을 극진히 사랑하고 생명을 파괴하는 모든 힘에 저항하면서 조금도 흔들림 없이 자신에게 한 약속을 지키는 삶을 지속해왔다.

1930년 쌘프란시스코에서 태어난 게리 스나이더는 가족이 북서태평양 연안으로 이주하면서 워싱턴 주의 가족농장에서 유년시절을 보내며 철따라 숲에서 일했다. 좌익 성향에 무신론적인 동시에 사회성이 아주 강하고 자비를 중요시하던 가정환경에서 자연과 깊은 교감을 나누며 자란 그는 세계를 넓고 깊게 바라보는 시선을 얻게 되었다. '아주 어릴 적부터 나는 아메리카 인디언의 영적인 수행에 지대한 관심을 가졌고 아울러 자연과 친해지게 되었다'라고 그는 말한다.

1951년 오레곤 주의 리드대학에서 문학과 인류학을 공부하고 인디애나대학을 거쳐 버클리대학에서 동양언어학을 공부하면서 당시 새로운 시운동이 전개되던 미국 서부의 시 흐름에 적극 참여했다. 대학원에서 중국과 일본의 고전을 공부하는 동안 전통적인 아시아 불교와 만나게 되었고 세계적인 석학들의 강의를 들으면서 대승불교·선불교와 접했다.

1955년 여름에는 요쎄미티 국립공원의 길을 닦는 노동자로 일했으며 배수시설 공사장의 막노동꾼으로, 산불 감시원으로도 일했다.

문자 공부에 앞선 오랜 숲속 생활, 극심한 육체노동과 여러 오지 체험에 동반했던 깊은 명상으로부터 이미 그의 시와 사상은 대지에 깊이 뿌리내리게 되었다. 그 무렵부터 그는 시를 쓰기 시작했다. "일을 마치고 밤에는 명상을 했는데 그때 나 자신도 놀랍게 내가 시를 쓰고 있는 것을 발견했다'라고 그는 회고하고 있다. 그해 가을 앨런 긴즈버그(Allen Ginzberg) 등과 함께 비트문학의 개시를 알리는 역사적인 시낭송회에 참여했으며 그 이래로 승화된 대승불교의 진리를 드러내는 작품세계를 펼쳐오고 있다.

1956년 일본으로 건너간 그는 쿄오또(京都) 소재 임제종(臨濟宗) 다이또꾸사(大德寺)에서 10여년을 하루 10시간씩 참선하며 치열한 구도를 하는 틈틈이 선어록들을 영어로 번역했다. 그뒤 태평양을 항해하는 유조선에서 일했고, 앨런 긴즈버그와 함께 아시아 여러 나라를 여행하고 인도를 순례했다.

유럽인이 이주하기 전 아메리카 인디언들은 북미대륙을 '거북섬'(Turtle Island)이라고 불렀는데 그는 동양을 깊이 체험하는 동안에도 자신이 성스럽다고 여긴 이 거북섬의 고대적인 풍광과 늘 연결되려고 노력하면서 살았다. 1969년 마침내 그는 '거북섬'에 영주하기 위해 북미로 귀환해 씨에라네바다의 숲속에 직접 집을 지었다. 그곳에 거주하면서 그는 1970년대 이후 지금까지 미국 전역뿐 아니라 전세계를 여행하며 자연환경과 생태계 보호운동의 최전방 전도사로서 수많은 강연과 시낭송을 하고 있다. 1985년부터 데이비스 소재 캘리포니아대학 영문학 교수로 동서양의 시를 가르치는 한편, 아메리카 인디언 문제와 그가 사는 지역의 환경문제, 전세계 야생동식물과 삼림의 보전운동에 깊이 관여하면서 10대 시절부터 몸에 밴 중노동과 명상과 시작(詩作) 활동을 이어가고 있다.

게리 스나이더는 지금까지 17권의 시집과 산문집을 출간했다. 시집 『거북섬』(*Turtle Island*)으로 1975년에 퓰리처상을 받았으며 시집 『무성(無性)』(*No Nature*)은 1992년 전미도서상(NBA)의 최종후보작이었다. 1997년에는 시집 『산하무한』(*Mountains and Rivers without End*)으로 미국 시 분야에서 가장 권위있는 볼링겐상을 받았다. 그밖에도 미국예술원상을 비롯한 6개의 상과 구겐하임 재단 펠로우십을 받았다. 그의 시와 산문은 세계 여러 나라 말로 번역되어 많은 독자의 삶에 깊은 울림을 남기며 상상력의 새 지평을 열어주고 있다. 스나이더가 지구 저편의 형제 시인으로 교류하는 시인 고은(高銀)은 게리 스나이더의 시적 성취를 일러 "자연의 가장 먼 곳까지 닿는 강한 시력을 소장하고 있으면서도 그것은 냉철한 것이기보다 적막하고 자비로운 쪽이다. 그의 목소리는 동굴 속의 울림을 아직껏 보전하고 있는 상고시대 원시인들의 혈거적인 성찰을 갖추고 있다"라고 말한 바 있다.

이 산문집은 스나이더가 서문에서도 밝힌 것처럼 앞서 나온 『야생의 실천』의 주제를 한층 더 탐구하고 있다. 모든 생명이 한순간에 지나지 않는 목숨을 부지하고 사는 이 지구와 광대하고 고요한 은하계와 우주라는 공간에 대한 인식, 모든 생명을 똑같이 존중하고 사랑한다는 자비가 그의 모든 글의 바탕에 깔려 있는 사색의 출발점이다. 그는 인간은 자연과 세계를 이루는 수많은 생명의 일원으로서 다른 모든 존재들과 더불어 살아야 한다고 주장한다. 복합적 존재로서의 인간이 인간 아닌 존재들과 상호의존적 관계를 가질 때, 그 관계는 삶과 죽음의 상호성과 순환 안에서 신성한 것이 된다. 그러므로 인간으로부터 이 세계를 보지 말고 세계로부터, 자연계로부터 인간을 보아야 한다고 그는 말한다. 인간세계 밖의 '타자들'도 우리 인간과 동등한 자율성과 완전성을 가진 존재들이다. 자연은 다양한 생명들이 서로 놀라운 방식으로 유동하고 생명을 교차시키는 서식지로서, 서로 침투하고 투과하고 가로지르며 존재한다. 우리가 자연세계로 들어가 모든 동식물과 유정(有情)·무정(無情)을 보고 듣고 느끼며 연결될 때 그 타자들은 나의 수많은 자아들이 되며, '나'라는 자아는 삼라만상이라는 전체적 자아로 확대된다. 그것이 진정한 자아의 실현이다. 죽음으로 덧없이 돌아가는 모든 삶은 인드라망(網)의 풍요함과 아름다움 속에서 무한히 확장되며 전체의 실현이 되는 것이다.

게리 스나이더는 이것이 가능하기 위해 우리는 열린 마음, 혼돈처럼 보이지만 아름답고 큰 질서를 가진 자연을 볼 수 있는 깊은 내면의 시선, 삶과 죽음을 끝없이 교차시키는 뭇생명에 대한 연민과 감사의 마음, 그리고 특히 야성의 상상력, 야성으로서의 의식과 탐구정신을 가져야 한다고 누누이 강조한다. 인간을 포함한 자연의 핵심적인 본성이 바로 야성인데 인간은 그것을 잃어가고 있으며 그리하여 인간은 외부 세계와 차단되어간다. 그는 문화·문명 대 자연·야성의 이분법을 부정한다. 야성성은 문화적인 것과 분리되는 것이 아니며 모든 상상력과 꿈과 비전의 근원에 있는 것이다. 개발과 문명의 이름으로 세계의 다양성과 대부분의 생명이 파멸에 이르는 것에 대해 그는 단호하고 격렬하게 저항한다. 그래서 발생한 지 얼마 되지 않는 현대문명이 파괴해가고 있는 장구한 역사를 가진 옛 삶의 방식에 경건한 찬미를 바치며, 자연의 일원으로 자연과 합일된 삶을 살았던 원시 소수부족의 문화와 그들의 언어에 대해 각별한 존중심을 가지는 것이다.

이 작품의 한국어판 제목을 『지구, 우주의 한 마을』로 삼았다. 원제 "A Place in Space"에서 그리 멀지 않으면서 그 함의를 더 정답게 전달하고 있다고 생각한다. 2002년 여름 처음 번역을 시작할 때 한국어 제목을 생각하고 있던 나에게 저자는 영어 제목 자체도 애매하다고 말하면서 "하나의 장소는 클 수도 혹은 작을 수도 있다. 공간(우주) 전체는 그저 하나의 장소 혹은 많은 장소들이며, 그 수는 무한하다. 우리는 각자 우리 자신의 장소에 있으며, 그 장소는 공간 안에 있는 우리 자신의 공간이다. 큰 공간 안에 있는 하나의 작은 장소인 것이다. (…) 이 제목은 그 안에 수많은 시적 단어놀이를 허용한다"라고 편지를 보내왔다.

그리고 지난 겨울 번역이 완료되어 다시 제목을 놓고 생각에 잠겨 있을 때 다시 편지를 받았다. "원제목의 좀더 큰 의미는 이렇다. 여기 우리가 모두 함께 사는 지구라는 한 작은 장소에 대한 책이 있다. 그것은 작고 조금은 외로우며 흡사 오아시스 같은 곳으로, 물이 있어 사람들이 야영을 하고 동물을 먹일 수 있지만 사위는 광대한 사막으로 에워싸여 있다. 가령 사하라 사막의 한 오아시스를 상상해보면 어떨까. 지구는 그런 곳으로서 물이 있고 기온이 쾌적한 곳이다. 말하자면 야영장인데, 우리는 그것을 서로 함께 나누어 쓰지 않으면 안 된다. 지구를 사막이 있는 하나의 웅덩이, 하나의 샘이라고 상상해도 좋을 것이다. 내가 이런 생각을 갖게 된 것은 약 25년 전 오스트레일리아 중앙사막에서 그곳 원주민들과 함께 사막의 한 물웅덩이 앞에서 야영을 할 때였다. 그곳 나무에는 화사한 빛깔의 새들이 가득히 모여 노래했고 작은 샘에서는 맛난 물이 흘렀다. 우리는 밤새도록 딱딱이 리듬에 맞춰 노래하고 차를 마셨다. 이 책은 '광대한 우주의 아주 작은 한 야영장', 즉 우주의 한 곳에 대해 말하고 있는 것과 같다. 이 책의 후반 3분의 1은 그런 문제에 촛점을 맞추었고, 그 비유가 마침내 에쎄이 「유역으로 와서」이다. 지구 전체가 하나의 유역이라는 점을 기억하자. 그리고 마지막 글이 씨에라네바다 산맥에 있는 내가 사는 작은 장소에 대해 쓴 짧은 글이다."

이 책에는 원서의 1부('윤리')와 2부('미학')의 순서를 바꾸었는데, 조금 낯설거나 전문적인 이야기를 뒤에 두는 게 좋겠다고 생각해서이다. 그리고 13년 동안 헤로인 중독자였던 자신의 경험을 토대로 악몽으로 가득한 꿈의 세계를 그리는 소설을 쓴 1950년대의 중요한 실험작가 윌리엄 버로우즈(William Burroughs)의 소설에 대해 1962년에 쓴 서평 「바이러스가 횡행한다」(A Virus Runs through It)는 우리에게는 매우 낯선 문학에 대한 전문적인 서평이어서 유일하게 이 번역서에서 제외했다. 이상의 두 가지에 대해서는 저자의 동의를 구했다.

이번 나의 노력의 결실도 어김없이 남편 고은과 이제는 대학생이 되어 예술사를 공부하는 딸 차령이에게 바치고자 한다. 내 번역의 고통이 두 사람의 기쁨이 되는 걸 꿈꾸었다. 세월이 흐르는 동안 그 어떤 것 앞에서도 삶의 감동은 깊어지고 있다. 다시 한번 내게 오랜 시간에 걸쳐 감동적인 번역의 체험을 가지게 해 준 저자에게 머리 숙여 감사드린다. 창비 편집진의 수고에도 깊이 감사한다.

2005년 5월

이상화

차
례

1부

미학

일러두기

1. 이 책은 『지구, 우주의 한 마을』(창비 2005)의 개정판이다. 표지를 새로이 하고 본문은 일부 오탈자를 바로잡는 선에서 수정했다.
2. 외국의 인명과 지명 등은 현지 발음에 따라 우리말로 표기하고 괄호 안에 원어를 병기했다. 단, 우리말로 굳어진 경우에는 관용을 따랐다.
3. 각주는 모두 옮긴이의 것이다. 단, 원문의 주는 별표로 본문 아래에 표시했다.

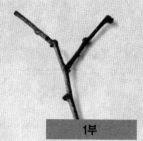

1부

미학

Aesthetics

산과 강의 여신

창조의 용광로 복부(腹部)에 성(性)의 화염이 있습니다. 화염은 두려움과 기쁨 속에서 서로에게 감겨듭니다. 좀더 차갑고 느린 속도지만 바로 그와 똑같은 휘감기가 이 지구별에서 이루어지는 삶의 모습입니다. 태풍의 거대한 소용돌이들, 산맥과 계곡, 파도와 깊은

* 나는 1950년대 초 캘리포니아대학교 버클리 캠퍼스에서 동양어를 공부할 때 스승 에드워드 샤퍼 (Edward Schafer, 1913~91)를 만났다. 그분은 우아하고, 까다롭고, 요구가 많고, 정확하고, 위트가 있었으며, 아름다운 돌과 향(香)과 새와 시를 진정으로 사랑했다. 내가 일본으로 떠난 뒤에도 우리는 계속 편지를 교환했고, 그분은 '일종의 시인 안내서'로 삼기 위해 『사마르칸트의 금빛 복숭아』(The Golden Peaches of Samarkand)를 썼다고 말했다. 나는 이 책에 비추어보면서 그분이 쓴 것을 모두 읽기 시작했다. 또 하나의 시인 안내서인 『신성한 여성: 당(唐) 문학에 나타난 용(龍)부인과 우(雨)처녀 들』(The Divine Woman: Dragon Ladies and Rain Maidens in T'ang Literature, San Francisco: North Point Press 1980)은 부분적으로는 샤퍼 박사의 중세 도교(道敎)에 대한 연구성과를 바탕으로 했다. 이 글은 이 책의 서문으로 쓴 것이다.

대양의 조류들의 뒤틀림과 선회, 그것은 용틀임과 같은 몸부림들입니다.

서양문명은 최근 들어 고대 모계사회의 근원에서 많은 것을 배우고 있습니다. 그중 일부는 '뮤즈'가 의미하는 것에 대한 좀더 심층적인 의미의 회복, 그리고 우리가 알고 있는 남성과 여성 역할에 대한 새로운 이해입니다. 로버트 그레이브즈(Robert Graves)의 시적 에쎄이 『하얀 여신』(The White Goddess)은 뮤즈와 마법의 전통이 어떻게 연속성을 갖는지 밝히는 데 극히 중요한 작품입니다. 시인과 뮤즈의 관계를 흔히 남성의 입장에서만 바라보는데, 그것은 우리가, 동서양을 막론하고 수천년 동안 남성이 지배하는 문화에서 살고 있기 때문이지요. 가부장적인 세월 속에서 살아온 모든 남성들 가운데 시인과 예술가 들은 대부분 남성적 에토스를 초월해 다른 곳, 중국인들이 사물의 음(陰)이라 부르는 곳으로부터 힘을 이끌어내기 십상이었습니다. 남성은 그들 내부의 여성과 융합할 때 창조적이 되고, 또 여성은 그들 안의 남성 속에 깃든 여성성과 닿을 때 창조적이 됩니다.

우리는 여기서 과거 신석기시대의 어렴풋한 사실들과 생명체들의 전지구적인 상호관련망이라는 실제적인 사실들과 더불어 살아갑니다. 이 생물권의 총체를 고대 그리스의 대지의 여신 이름을 따서 가이아(Gaia)라고 부르지요. 어떤 가수는 몸이 호리호리한 소녀의 커다란 젖가슴에서 영감을 얻고, 또 어떤 가수는 고갯마루를 휘몰아치며 번득이는 비로 절벽을 뒤바르는 바람에게서 영감을 받는 게 전혀 놀랄 일이 아닙니다.

약 60년 전 영어권 독자들이 처음으로 번역된 중국시를 접했을 때 안도의 한숨이 터져나왔습니다. 낭만주의와 상징주의에서 벗어나 중국 서정시의 서늘한 세계로 들어가는 일은 신선했지요. 그 시들은 우정과 여행을 읊거나, 애틋하게 처자(妻子)를 생각하는 순간을 묘사하고, 한적한 초가삼간을 예찬하는 것들이었습니다. 창부(娼婦)와 내연의 여인에 대한 자못 열정적인 시들도 있었지만 그런 시들은 비주류였지요. 우리는 그 시들의 원문은 번역이 알려주는 것보다 훨씬 더 복잡하고 형식적이라는 사실에는 무지합니다. 번역된 중국시는 우리가 명쾌하면서도 세속적인 시적 진술을 향한 길을 찾도록 도와주었습니다. 당시(唐詩)의 우수(憂愁)에 찬 어조는 오늘날 일부 시인들의 자연의 비가(悲歌) 속에 반향되고 있습니다.

그런데 여인들은 어디에 있습니까? 자연은 보이는데 '뮤즈'는 어디에 있나요? 이 책은 그 질문에 답해줍니다. 중국시에 드러나는 조용하고 남성적인 서정적 선율에는 선사시대까지 거슬러올라가는 한층 야성적인 맥락이 감추어져 있습니다. 중국인들은 산과 강을 신령스러운 것으로 받아들입니다. 특히 굽이치는 강이나 하늘을 찌를 듯한 산봉우리의 뒤틀린 지층을 기(氣), 즉 웅대한 정신력이 집중된 장소로 보지요. 당나라 시대의 이성적인 유생(儒生)들조차 자연은 살아 있다고 믿었고, 여우부인과 유령의 존재를 믿었습니다. 태초부터 어둡고 습하고 다산성이며 수용적인 '음'은 '여성적인' 것과, 밝고 수태시키며 따뜻하고 건조한 '양(陽)'은 '남성적'인 것과 동일시되었습니다. 음과 양은 함께 '도(道)'를 이룬다고 적혀 있습니다. 기원전 5세기에 씌어진 『도덕경(道德經)』은 위대한 여신, 즉 계곡의 정령, 무수한 것들의 어머니, 존재와 비존재 이전의 경이로운 공(空)의 메아리로 충만합니다. 음양의 기운이 만들어낸 자연의 조화, 예를 들어 산꼭대기에 서리는 안개, 바위 절벽과 휘돌아 흐르는 물, 내려오다 솟구치는 새떼들의 비상 같은 것은 중국 관능시의 이미지 언어들이 됩니다.

그래서 우리는, 중국의 먼 과거로부터 문학적 교양을 중시한 관료시대에 이르기까지, 산과 강의 반인(半人) 여신이 지속적으로 존재한 흔적을 추적할 수 있습니다. 그들은 인도의 여신들처럼 육감적인 가슴과 엉덩이뿐이거나 그리스의 여신들처럼 강건하지 않습니다. 중국의 여신에게서는 인간의 신체적 상을 세계에 투영하는 것이 아니라 자연계가 이따금 가까이 오면서 일시적으로 희미한 인간의 모습을 취하는 걸 볼 수 있습니다. 무산(巫山)의 여신, '신성한 여성'은 처음에는 구름과 안개와 빛이 어우러진 어슴푸레한 형상으로 보입니다. 시인들의 묘사를 보면 그 여신은 절묘하게 아름답고 기품있는 엷게 비치는 옷을 입고, 가슴이 무너질 정도로 아득히 있습니다. 산이름 '무(巫)'는 '무녀'를 의미합니다. 무녀는 신석기시대와 청동기시대에는 아주 강력한 힘을 가지고 있었습니다. 그들은 사람들 속에서 지금까지 살아 있습니다.

초창기 이들에 대한 문학적 증거는 중국 남부의 고대왕국 초(楚)나라의 시집 『초사(楚辭)』, 즉 '남(南)의 노래들'에서 발견됩니다. 이 시 중 일부는 남녀가 비현세적인 연인을 불러내는 신들린 노래들입니다. 이 텍스트들은 중국시에 보이는 샤먼적 맥락의 출발점입니다.

중국의 상류층 문화가 역사적으로 점차 남성중심적으로 되어가면서 이런 계통은 약하고도 귀한 것이 되어갔습니다. 이하(李賀,

790~816)가 유일한 예외입니다. 당대(唐代)에 오면 에드워드 샤퍼 박사의 연구촛점인 강의 여신들과 신성한 여성에 대한 전승은 환멸과 결말 없음의 이야기로 바뀝니다.

8세기 시인 이하는 야성의 뮤즈의 영감을 받은 시인이지요. 그는 야성의 세계에서만이 아니라 밤에 등불 밝힌 유람선에서 치터(현이 30~40개인 거문고 비슷한 현악기)를 켜고 노래하는 소녀들 속에서도 뮤즈를 찾았습니다. 이 아름답고 세련된 여인들은 의식적으로 하나의 원형을 구현하고 있었는데, 그에게는 값이 너무 비쌌습니다. 그들은 구름과 무지개와 강의 원시적 이미지의 모델이 되었습니다. 무지개는 중국시에서 여인의 환희를 표현하는 비유적 단어이지요.

『초사』의 일부인 '아홉 노래'에 나오는 '산의 여신'의 옷은 다음과 같이 묘사되었습니다.

> 토끼털 허리띠가 달린 무화과잎새 외투를 걸치고……
> 황갈색 표범을 타고 달리네, 줄무늬 스라소니를 이끌면서
> 석란(石蘭) 외투에 벨트를 걸치고
> 사랑하는 이에게 드리려고 달콤한 향기를 모으네
>
> (데이비드 혹스 David Hawkes 번역)

(바위산 산봉우리에서 두번, 열일곱살 때 워싱턴 폭포에서 한번, 그리고 다시 마흔두살에 홋까이도오의 다이세쯔(大雪) 산맥에서 구름 속에 갇혀 시계를 완전히 가린 연무 속에서 커다란 돌 위에 자리를 잡고 앉아서 불가해하게도 나는 노래부르고 있는 나 자신을 발견

했지요. 그 노래는 여신을 위한 것이었습니다.)

중국의 남성문화는 자연과 여성에 대해 대단히 애매합니다. 가장 우수한 시인들이란 종종 관료로서 실패한 사람들이었습니다. 그들의 순종적이고 충실한 아내들은 경작된 들판 같았고, 기생들은 야생지 같았습니다. 그 점이 궁극적으로, 왜 중국의 산문 속에서 여신이 악의 표상으로 등장하는지를 설명해줍니다. 초기에는 자연의 정령을 만족시키는 종으로 보이던 것이 나중에 가면 통제할 수 없는 야성에 의해 냉혹하게 고갈되는 공포로 변했습니다. 여신의 이미지는 죽음을 가져오는 것으로 바뀌었습니다.

『여성 전사』(*Woman Warrior*)에서 맥신 홍 킹스턴(Maxine Hong Kingston)은 어렸을 때 그녀가 들은 딸들에 대한 민담을 인용하고 있습니다. "여자아이들은 쌀 속에 든 구더기들이다" "딸보다 거위를 기르는 것이 더 이롭다" "딸을 먹이는 것은 찌르레기에게 먹이를 주는 것이다". 문명시대에는 여신이라는 존재가 진짜 여성들에게는 좋을 게 전혀 없습니다. 킹스턴은 여성전사 '뮬란(花木蘭)'이 되기를 원했습니다.

나는 에드워드 샤퍼가 이 책을 쓴 것에 대해 땅에다 세번 내 이마를 조아려 높이 평가합니다. 나는 다시 비[雨]의 처녀들을 생각하고 물의 순환을 기억합니다.

물의 순환:
지상에 있는 15억km²의 물은 광합성으로·분할되고 약 2백년마

다 재구성된다.

「생물권」("The Biosphere", *Scientific American*, San Francisco: 1970)

그래서 여신은 우리들 가운데를 통과합니다. 예술작품은 언제나 상호관련성을 입증하고 축복해왔습니다. 모든 것을 '하나'로 만드는 것이 아니라 '많은' 진품으로 만들고, 그 모두를 밝게 비추도록 도와주었습니다. 『신성한 여성』은 우미(優美)하게 씌어진 기쁨일 뿐만 아니라 중국의 시 전통에서 덜 알려진 부분을 조명해주고 시의 에너지를 균형감있게 제자리에 돌려놓으려는 또 하나의 발걸음입니다.

중국에서 시의 역할

중국시가 가장 훌륭했을 때는 시의 중심을 인간성과 영혼과 자연의 삼각대 안에서 발견했을 때가 아닌가 싶습니다. 명백한 단순성과 절제의 표현 전략을 가지고 중국시는 역사 이전의 경외에서 자연 이전의 깊은 숨결로 이동합니다. 20세기의 영어 번역은 이 시를 '평범한 어조와 직접진술'로 만들었고, 그런 형태로 중국시는 영웅담과 신학에 지친 서구 시인들에게 강력한 영향력을 발휘해왔습니다. 정교하고 복잡한 중국시의 전통이 서구 모더니즘에 상당한 공헌을 했음이 틀림없다는 사실은 오히려 호기심을 자극합니다. 하지만 이것은 자연주의적·세속적 명료함에 대한 20세기의 갈증과 관련된 것으로

----

* 이 글은 여러 해에 걸쳐 강연해온 내용에서 발췌해 1994년에 쓴 것이다.

이해할 수 있겠습니다. 중국시는 그러한 명료함이 시의 양식으로 성취될 수 있다는 즐거운 깨달음을 주었습니다.

기원전 5세기 중국시의 고전인 『시경(詩經)』의 서문은 "시는 부부의 관계를 조정하고, 자식의 효도의 원칙을 확립하며, 인간관계를 강화하고, 문명을 고양하며, 대중의 윤리의식을 향상한다"고 말합니다. 이 말은 지극히 합리적으로, 어중간한 기능밖에 발휘하지 못하는 사회에서 시가 통합적 역할을 하고 있음을 암시하지요. 시를 통해 우리는 부모를 기억하고, 친구를 기리고, 연인들에게 좀더 부드러운 느낌을 가질 수 있다는 것을 알고 있습니다. 시는 역사에 영혼을 부여하며 다른 선구자들의 작업과 희생에 대해 우리가 이따금 느끼는 감사의 마음을 표현하는 걸 도와줍니다. 시는 공동체를 강화하고 정신적인 삶에 경의를 표합니다.

『시경』 시대의 중국시는 풍경이나 광대한 자연에 대한 분명한 감각을 가지고 있지 않았습니다. 그래서 중국문화의 '직접적인' 측면—초기 문학자들의 세계—에서 나온 시에 대한 평가가 놓치고 있는 것은 시가 어떻게 인간이 인간 아닌 존재로 들어가는 창구가 될 수 있느냐 하는 생각입니다. 우리는 예술이 다른 생물, 다른 영역을 가리킴으로써 우리에게 인간 아닌 다른 존재를 이해할 수 있는 눈과 귀가 되어준다는 것을 압니다. 4~14세기에 중국시는 자연계에 훨씬 더 가까이, 그러나 선별적으로 다가갔습니다. 현대 서구시는 그런 면에서도 영향을 받았습니다.

그러나 20세기 말인 지금 대부분의 사회는 절반의 기능조차 제대로 하지 못하고 있습니다. 그렇다면 시는 무엇을 하고 있는지요? 적어도 지난 150년 동안 선진국에서 사회문제에 관여한 작가들은 저항과 전복(顚覆)을 그들의 역할로 받아들였습니다. 시는 권력자들의 언어 남용을 폭로할 수 있습니다. 시는 억압에 이용되는 위험한 원형(原型)을 공격할 수 있습니다. 시는 조잡하게 만들어진 신화의 부박함을 드러낼 수 있습니다. 시는 화려함과 가장(假裝)을 사납게 조롱할 수 있습니다. 시는 분명하고 미묘한 방식으로 좀더 우아하고, 좀더 고상하고, 좀더 깊고, 좀더 아름답고 좀더 희열에 찬, 훨씬 더 지적인 단어와 이미지 들을 제공할 수 있습니다.

시는 또한 우리의 꿈과 심연에 있는 원형을 말하는 양식이 되기도 합니다. 시는 통합하고 안정시킬 뿐 아니라 익숙해진 인식의 습관을 깨뜨려 열고 사람들로 하여금 더러는 슬기롭고 더러는 괴상한, 그러나 그 모두가 똑같이 현실이면서 일부는 더욱 새로운 각도의 통찰을 약속하는 가능성으로 빠져들게 하지요. 가정과 사회에 대해 유교적 관점을 중시하는 중국인들과 '돕기 위해 속세로 돌아가기' 서약하는 중국 불교도들은 사람은 자신이 찾은 것이 무엇이든 그것을 되가져오고 나누게 된다고 주장할 것입니다. 이런 점에서 어떤 시들은 진실로 외부에서 들려오는 목소리입니다.

우아한 실용주의와 미신적 비전의 이러한 혼합이야말로 2천년 이상 강하(江河)에서——양쯔강과 황허의 분지에서 살아온 사람들이 쓴 시의 특징입니다.

놀라운 우아함

학습에는 두가지 기본적인 양식(樣式)이 있는데 '직접 체험'과 '풍문'이 그것입니다. 오늘날 우리가 아는 것 대부분은 풍문을 통해, 다시 말하면 책과 학교 교사와 텔레비전을 통해 전해진 것으로, 세계와의 직접적 접촉이 최소한도로 제한된 것이지요. '세계'는 머리 위로는 기후, 발 아래로는 장애물, 그리고 식물, 사람, 동물, 빌딩과 기계들이 구석구석을 차지한 채로 돌아가는 집 밖의 공간으로 이해됩니다.

풍문은 신화, 학문, 혹은 철학을 매개로 하는, 이 명백한 혼돈의 위대한 조직자입니다. 얼마 전까지만 해도 문자라는 것이 없었습니

* 이 글은 도널드 필리피(Donald Philippi)가 번역한 『신의 노래 인간의 노래: 아이누족의 전통서사시』 (*Songs of Gods, Songs of Humans: The Epic Tradition of the Ainu*, San Francisco: North Point Press 1982)의 서문으로 쓴 것이다.

다. 세계관·신화·기본구조들은 젊은이들에게 밤에 들려주는 기나긴 이야기였습니다. 이 옛이야기들이 서양에서 고전이라 부르는 것, 그리고 실로 모든 문학의 초석(礎石)입니다.

문자 이전의 사회에서 구비(口碑)전통은 암기되는 것이 아니라 '기억되는' 것입니다. 그리하여 모든 이야기하기는 신선하고 새롭습니다. 이야기하는 사람의 마음의 눈이 기원(起原)이나 여정(旅程), 사랑이나 사냥의 형상을 회상하기 때문이지요. 주제와 방식은 익숙한 것과 새로운 것을 씨실과 날실로 하여 계속 변하는 태피스트리의 일부처럼 되풀이됩니다. 직접 체험은 여러 세대를 거치면서 이미 발화된 이야기를 재구성합니다. 컨텍스트 그 자체, 짐을 부리는 청취자들의 웅성거림, 찬성의 목소리, 또는 코를 고는 것까지도 직접 체험의 일부입니다. 마음에서 마음으로 번득이는 빛, 젊은이들의 눈을 밝히는 불꽃을 의미하지요.

이후에 발생한 문명사회의 모든 교육은 이 함께 듣기를 가장 우선시하던 것에서 조금씩 멀어졌습니다. 도시적 세계주의를 얻은 댓가로 인간과 자연계를 통합하는 날카로운 감각을 잃어버린 것이지요. 일본의 원주민이며 아직도 홋까이도오에 살고 있는 아이누족의 이야기에는 신들과 동물들이 인간의 모양으로 등장해 일인칭으로 말합니다. 감각경험과 상상력의 세계가 한데 결합되어 있습니다.

구비문학의 여러 모티프들은 세계 곳곳에서 발견되는데, 이를 보면 인류가 동일한 주제를 되풀이해서 즐겨왔으며, 그것을 인류의 단일성을 입증하는 어떤 비교연구의 일부로서가 아니라 그 장소의 마음과 언덕과 강으로부터, 어쩌면 곰이나 연어의 입을 통해 들어왔음을 알 수 있습니다. 사람과 장소는 하나가 됩니다.

아이누족이 그렇습니다. 그들은 어떤 면에서 보자면 수백년 동안 '세계 문명의 중심부'로부터 고립되어 살아온 소수 종족입니다. 그러나 그들의 이야기 안에는 모든 것이 다 들어 있습니다. 전지구적인 주제가 있는 것입니다. 사랑과 마법과 전투의 대모험(「코탄 우투나이의 이야기」 같은)이 있고, 인간 아닌 존재가 직접 이야기하는 대단히 독창적인 아이누의 이야기 방식, 즉 '이종간(異種間) 의사소통'의 양식이 있습니다.

또다른 차원에서 보면 아이누족은 고대 국제주의의 중심이었습니다. 그들이 사는 큰 섬은 극지(極地) 수렵문화와 태평양 해안문화가 만나는 장소였습니다. 그들이 지켜온 생활습관 가운데 옛날 방식에 대한 가장 순수한 가르침들이 오늘날까지 일부 남아 있습니다. 신성한 먹이사슬을 공유한다는 의식이 그것인데, 이는 북반구 어디에서나 볼 수 있는 구석기시대의 기본적인 종교관이었습니다. 이런 견해는 수천년이 지난 지금도 분명하게 우리와 관련이 있습니다. 지구의 대지—가이아—는 이제 '하나의 체계'로 보아야 한다는 것입니다.

문명화 이전의 시대나 장소에 살던 사람들은 그들의 터전인 하천 유역의 생태계를 이해했고, 아름답고 경험에서 우러나온 정밀함을 가지고 그 세계의 모든 것에 정통했습니다. 아무리 작은 지역에서라도 자연의 체계란 지극히 복잡하며, 그것을 이해한다는 것은 전체를 파악하는 것이어야 합니다. 이는 오솔길을 버리고 산을 오르내리며 숲을 통과하는 것을 의미합니다. 오솔길은 마을 사람들이 정원의 구역과 구역 사이에 낸 직선과 같은 것이지요. 그러므로 '직선적'입니다. 수렵과 채집으로 살아가는 사람들에게 숲은 하나의 들판으로 파악되고 시각화됩니다. "오늘은 사슴이 어디로 움직일 거라고 생각해요?" 아이누족의 용어로 '힘의 들판'을 뜻하는 '이워루'(iworu)는 단순하게는 생물군계(生物群系) 혹은 영토를 의미하지만 정신계라는 뜻도 내포하고 있지요.

그래서 아이누 부락민들은 강을 따라 한가운데에 불이 있는 동향 집에서 살았습니다. 상류 쪽으로는 숲, 늪지, 그리고 야생지가 있고, 사냥꾼들이 만든 오솔길이 나 있었습니다. 하류는 해안과 대양으로 이어져 청어와 연어, 대구와 게로 가득했으며, 일본인이 오기 전에는 바다표범, 강치, 고래가 풍부했습니다. 남자들이 사냥과 낚시에서 돌아오고 여자들이 음식·섬유소·약초·독·염료 들을 얻기 위해 식물을 채취한 뒤 돌아오면 그들은 불가에 앉았습니다. 남자들은 칼집과 화살통에 갖가지 문양을 새겼습니다. 여자들은 천을 짜고, 바느질을 하고, 아이누의 것임을 금세 알 수 있는 우아한 선의 급강하는 새들을 수놓았습니다. 어쩌면 한 노인이 이런 이야기를 들려주었을지도 모릅니다. 산촌과 강촌에서의 삶은 말과 손을 통해, 그들의 집단경험을 통해 그들의 세계와 그들 자신의 총체적 표현인 이야기와 물건들의 조직물로 흘러들었습니다.

아이누족이 상류의 깊은 산과 하류의 바다의 심연에서 본 대로, 사냥감은 방문자로 왔습니다. 산의 주인은 '곰'이고 바다의 주인은 '범고래'입니다. 사슴이나 연어는 인간으로부터 노래와 이야기와 술을 대접받는 대신 그들의 육신을 두고 떠날 것입니다. 모든 생물이 알고 있듯이 인간은 훌륭한 음악가입니다. 선물을 받고 자신들의 고향인 산이나 바다로 돌아간 동물이나 물고기의 영(靈)은 그 세계에서 모임을 가질 것이고, 많은 생물들이 인간의 세계를 방문하는 것은 즐거운 일이라는 데에 공감하고, 곧 더 많은 생물들이 인간세계로 떠날 것입니다. 이렇듯 현실이라는 풍경의 안팎에서 일어나는 순환, 그리고 삶과 죽음의 안팎에서 일어나는 순환에는 음식과 친구들이 있고, 가면을 쓰거나 쓰지 않거나 하면서, 노래와 향연이라는 최고의 오락이 함께하는 것입니다.

역설적이게도 오늘날에야, 그러니까 20세기의 후반에 이르러서야, 이런 견해는 그 진정한 가치를 이해받고 있습니다. 수천년 동안 탐욕스러운 국가들은 국경 밖으로 몰려나가 손 닿는 대로 자원과 사람을 약탈했습니다. 그들은 이 지구에는 무기와 조직과, 그 대상에 대한 감사의 말 없이도 죽이려 마음먹은 사람은 누구나 사용할 수 있는 무한한 공간과 부가 있다는 잘못된 이미지를 만들어냈습니다. 이제 특히 산업문명은 그 자체의 지혜를 통해서가 아니라 필요에 의해서, 한계는 있으며, 생명유지체계는 놀랍도록 우아하게 더불어 움직이고 어울려 노는 수많은 하부체계로 구성되어 있다는 것을 깨닫지 않을 수 없게 되었습니다.

도널드 필리피의 번역을 통해 아이누는 우리에게 생명유지체계가 그저 상호적인 먹이공장이 아니라 신비스럽게 '아름답다'는 것을 명징하게 보여줍니다. 그것이 바로 우리들입니다. 우리는 이제 아이누족을 사라져가는 자취로서가 아니라 선배이며 스승으로 봅니다. 생태지역에 대한 그들의 천진스러운 의식은 우리의 지구를 하나의 전체로 바라보고 거기서 사는 방법을 가르쳐줍니다.

노선사들과 노파들

콜로라도 강 아래 유역에 사는 모하베(Mojave) 인디언들은 자신들이 미적인 일이나 종교적인 일에 쓰던 에너지를 모두 장편 서사시 낭송에 쏟아붓지요. 그중 어떤 서사시는 미국 남서부의 광대한 저지대와 사막지대 곳곳을 놀라울 정도로 정확하게 묘사하고 있습니다. 그런데 그 이야기꾼들은 모든 것을 꿈속에서 알게 되었다고 주장합니다. 그렇게 도치(倒置)시키는 세계가 또 하나 있습니다. '불립문자(不立文字)', 꾸미지 않은 법당, 소박한 제단, 먹물색 법의(法衣)로 상징되는 선(禪)불교의 세계가 그것입니다. 선불교는 방대한 규모

---

* 이 글은 원래 시게마쯔 소오이꾸(重松宗育)가 『선림구집禪林口集』에서 발췌 번역한 『선림: 선사들의 말』(A Zen Forest: Sayings of the Masters, 토오꾜오: 웨더힐 1981)의 머리말로 쓴 것이다. 시게마쯔 소오이꾸는 선불교 임제종의 승려로 시즈오까현(静岡懸)의 한 절에 기거하고 있다.

의 대단히 독특한 문학문화를 창조했습니다. 그것은 선 도량의 수행법 가운데 언어를 사용하는 방법과 언어를 사용하지 않는 방법 사이의 어려움을 기록하고 있습니다. 고도의 학식을 갖춘 선지식들은 일반 문학에도 정통했습니다. 그들은 어떤 정보가 있으면 거기서 유용한 언어를 빌려 자신들의 언어 도구통의 일부로 삼았고, 필요할 경우 꺼내어 조금씩 다른 방법으로 사용했습니다. 그런 과정을 거쳐 선어록(禪語錄), 중국시, 불교 경전, 도교와 유교의 고전들, 민간전승의 격언들은 한번 더 체에 걸러졌습니다. 이러한 과정이 일본에서는 16, 17세기에 이루어졌는데, 그 결과로 나온 것이 『선림구집』[1]입니다. 여기에 수집된 구절은 대부분 중국시에서 나온 것이지요. 그렇기 때문에 블라이스(R. H. Blyth)[2]는 『선림구집』을 "시를 경유해 하이꾸(俳句)로 다가가고 있는 선의 세계관"이라고 말했습니다.

『선림구집』은 종래의 '위대한 문학'으로부터의 인용집이나 발췌집과는 아주 다릅니다. 기본 편집을 맡은 토오요오 에이 오(東陽英朝) 선사와 그의 제자들은 그들이 하고자 하는 일의 의미를 잘 알고 있었던 게 분명합니다. 이 책을 일본어로 엮은 시게마쯔 소오이꾸(重松宗育)의 서문을 보면 그걸 잘 알 수 있습니다.

그러나 『선림구집』은 풍부한 기왕의 기초 자료가 없었다면 지금과 같은 간결한 힘과 생동감을 얻지 못했을 것입니다. 첫째는 그 간결성입니다. 그것은 모두 중국어인 한자에서 나옵니다. 이 책의 부록

1. 전2권으로 되어 있으며, 토오요오 에이쬬오가 불경, 조록(祖錄), 외전(外典) 등에서 약 5천여구를 수집하여 1688년 1월에 출간했다.
2. 1898~1964. 영국 태생으로 런던대에서 수학하고 선과 하이꾸 등을 서구에 소개했다.

에는 한자에 맞춘 일본어 읽기를 만들어놓았는데 문의적(文意的) 일본어의 형태로 되어 있으며, 중국어 발음이나 어순(語順)은 표시하고 있지 않습니다. 일본에서는 선 수행자들이 그런 식으로 읽지요. 중국어는 대부분이 단음절이고 어순에 문법이 있습니다. 그래서 언어를 상당히 절약할 수 있습니다. 중국에는 문화 전반에 걸쳐 격언과 인용어구를 즐겨 사용하는 유구한 전통이 있습니다. 또 중국어가 가진 수많은 동음이의어를 사용함으로써 애매성과 불명료성을 즐기는 특별한 민간전승도 있지요. 『역경(易經)』과 도교의 글 같은 오래된 문헌에는 '이해하기 어려운 말들'이 넘쳐납니다. 『선림구집』이 불명료한 격언, 어려운 말의 연속적인 발음, 전통적으로 내려오는 수수께끼 같은 말 등을 의도적으로 발췌한 것은 아닙니다. 자신들의 문중 어록에서 취한 어구만 빼고 최초의 편찬자들은 일반인이 널리 알고 있는 격언과 어구 자료를 기초로 선집을 만들었습니다. 여기서는 시가 전체로 인용되는 법이 없습니다. 그럴 경우, 특히 서구 독자들로서는 전후문맥이 없기 때문에 의미를 명료하게 이해할 수 없는 일이 발생합니다. 가령 다음과 같은 선의 구절은 실제로는 옛 격언입니다.

양의 머리를 전시하는 것은
개고기를 팔기 위함

여러 층위의 의미들이 즉각 분명해지지요. 중국어로 이 말은 문자 그대로 '양의 머리를 내걸고 개고기를 팔다(懸羊頭買狗肉)'가 되겠지요. 이 책에는 다음과 같은 또다른 격언이 나옵니다.

50보를
달아난 사람이
100보를 달아난
상대방을 비웃네

영어는 비교적 지나치게 절약하는 언어입니다만 여기서의 중국어는 문자 그대로 '오십 보가 앞선 일백 보를 비웃는' 격입니다. 전후문맥은 전투에서 멀리 달아나는 거지요.

가장 많이 등장하는 선구(禪句)의 유형은 오언시(五言詩)에서 차용한 대구(對句)로 이루어져 있습니다. 이 부분을 '오언대구(五言對句)'라 부르는데, 바이요쇼인(貝葉書院)판의 『선림구집』에는 그렇게 대구를 이루는 2행시가 578수 있습니다. 시게마쓰는 글자 수에 따라 선구를 배열하는 전통적인 방법을 따르지 않았습니다. 그의 독창적이고 개성적인 배열 때문에 이 책을 들고 바로 읽어나가는 일이 어쩌면 더 쉬워지기도 합니다. 그 다음으로 많은 인용문이 칠언구나 칠언대구인데 그 인용문들 역시 시에서 가져온 것입니다.

중국시는 언어 하나하나가 가진 선명성을 활용하고, 작품 속에서 그것을 다시 한번 돌리면서 강화하는 경향이 있습니다. 중국시는 또한 상심이라든지 사랑, 외로움 등과 같은 개인적 정서를 드러내는 문학의 한 분야입니다. 그것이 아니었다면 메마르고 점잖았을 겁니다. 4, 5세기에 중국의 지식인들이 마음에 깊이 새긴 불교의 첫 가르침은 무상(無常)이었습니다. 불교의 무상관(無常觀)은 파란만장한 육조시대의 정치상황과 잘 맞아떨어졌습니다. 그 시대의 서정시 또한 비애와 우울로 가득했습니다. 중국의 '시(詩)'는 초창기부터 불교와 오랜 인연을 맺게 된 것입니다.

중국인들뿐 아니라 다른 사람들도 8세기의 당시(唐詩)를 중국 문학의 절정이라고 생각합니다. 이 시기의 중국시는 감상적인 육조시대의 서정시와는 비할 바 없이 탁월한데 아주 빈번하게, 그리고 느닷없이 선구(禪句)를 사용하곤 합니다. 왕유(王維), 이백(李白), 두보(杜甫), 한산(寒山), 유종원(柳宗元) 같은 시인들이 그랬습니다. 도연명(陶淵明)만이 뚜렷한 예외이지요. 그들 중 어떤 이들은 불교도였습니다만 그건 선구의 사용에서 중요한 문제가 아닙니다. 진정으로 중요한 것은 관념이 아니라 시의 마술이라고 할 수 있는 이미지와 비유의 힘이지요. 이들 시인들과 동시대에 살았던 창조적인 위대한 선사로는 신회(神會), 남악(南嶽), 마조(馬祖), 백장(百丈), 석두(石頭)가 있습니다. 무슨 이유인지는 모르겠으나 중국시의 황금기는 또한 선의 황금기이기도 했습니다. 당나라 선사들의 일화와 일대기에서 공안집(公安集)들을 수집하고 편집했던 12세기의 선사들 역시 당나라 시인들의 시를 읽고 그들의 시를 인용했지요.

선시 편집자들이 발췌한 시들 가운데 많은 작품이 지난 수백년에 걸쳐 중국인들과 학문이 높은 일본인들에 의해 널리 알려지게 되었습니다. 그중 어떤 시들은 속어(俗語), 즉 '세상 속의 말들'이라는 영역으로 들어왔지요. 두보의 다음 시가 그렇습니다.

나라는 망해도 산과 강은 남아 있네.

성 안에 봄이 오니 풀이 마구 자라네.

國破山河在 城春草木深

이 시에 드러난 정경은 안록산(安綠山)의 반란으로 파괴된 도시입니다. 두보는 불교도는 아니었지만 그의 존재방식과 글쓰기 방식은 불교의 정수(精髓)에 근접해 있었습니다. 버튼 왓슨(Burton Watson)은 두보에 대해서 이렇게 말합니다. "두보는 어떤 주제든 만약 제대로 다루기만 한다면 시적(詩的)인 것이 될 수 있다는 것을 증명함으로써 시의 정의를 확장하려고 했다. (…) 그가 향초(香草)와 약초에 정통해 있었음을 말해주는 증거가 있다. 아마도 그런 지식이 그로 하여금 자연의 하잘것없는 미물들의 가치를 유난히 인식하게 했을 것이다. 그의 어떤 시들은 새와 물고기 또는 벌레에 대한 연민을 보여주는데 거기에는 불교도로서의 정신이 담겨 있다. 이유가 무엇이든 그는 자연의 작은 움직임과 생명에 대해 민감한 감수성을 소유한 사람이었던 것 같다. (…) 외견상 무의미해 보이는 자연계의 끊임없는 모든 활동 중 어느 지점인가에서 진리가 발견될 것이라는 것을 두보는 지속적으로 암시하고 있다."

시인과 선사 들은 어떤 의미에서는 중국인의 내밀한 감수성을 드러내는 파도의 맨위에 서 있는 사람들이었습니다. 생명과 자연에 대한 시인과 선사들의 태도는 7~14세기에 걸쳐 발흥했다가 서서히 쇠퇴했습니다. 대표적인 선 작품인 『무문관(無門關)』 『종용록(從容錄)』 『벽암록(碧巖錄)』 『허당록(虛堂錄)』은 12, 13세기에 나온 것입니다. 그때는 제2의 '선의 황금기'였고, 또 한번의 경이로운 시의 시대로서 당시의 많은 시인들이 선으로부터 깊은 영향을 받았습니다. 가장 높이 평가받는 송(宋)나라 시인 소식(蘇軾, 蘇東坡)은 시인이자 고위관료였을 뿐만 아니라 선의 달인이기도 했지요.

계곡의 물소리는 유려한 달변—
산의 자태 그것은 청정한 몸 아니던가?
溪聲便是廣長舌 山色豈非菁淨身

위의 구절은 소식이 쓴 시의 일부입니다. 일본의 도오겐(道元)선사는 이 시에 반한 나머지 그것을 토대로 자신의 저서 『정법안장(正法眼藏)』에 나오는 「계곡의 소리, 산의 형상〔溪聲山色〕」을 쓰기도 했지요. 송나라 선에는 그 나라의 역사와 민간전승에서 일화와 주제를 취하여 참선의 대상으로 삼는 수행체계가 있었습니다. 이것을 강조하는 전통이 바로 임제종(臨濟宗)인데 '간화선(看話禪)'이라고도 부르지요. 그와 상보적인 관계에 있는 종파로 조동종(曹洞宗)이 있습니다. 조동종은 화두(話頭)의 사용을 거부해서 '묵조선(默照禪)'이라고도 부릅니다. 이 두 유파는 다 몽골 침략 직전에 중국에서 일본으로 유입되었습니다. 일본은 당나라와 송나라의 세계관을 상속받았고, 그것을 고도로 발달한 일본인의 자연감각에 추가했습니다.

로버트 에이킨(Robert Aitken) 선사는 공안(公案)을 (여기서는 『선림구집』에 있는 구절을 말하는데) '선의 민간전승'이라고 말해왔습니다. 백성들 사이에서 전승된 것을 선이 일부 빌려 사용할 때 그것은 고도로 응집된 촛점을 갖게 됩니다. 선 수행자들은 이 작은 시편들을 단지 문중(門中)의 지혜로 삼거나 또는 보다 큰 의미에 대한 간결한 속어적(俗語的) 전달법으로만 주고받는 것은 아닙니다. 그보다는 드물지만 스승과 문답할 때 어떤 문제에 대해 '사적인' 대답보다는 한층 더 깊은 대답에 도달하는 양식으로서, 그러니까 수행자가 보다 큰 '마음'을 가지고 근본을 건드렸음을 확인하는 방법으로 사용해왔지요. 그 시들이 높은 평가를 받는 것은 문학적 비유 때문이 아니라 그 비유를 육신의 생명으로, 통찰과 행동으로 해석하는 가열찬 도전정신 때문입니다. 그 시들은 수행자들이 상징적이고 추상적인 개념을 우리가 발 디디고 사는 현실세계로 되가져오도록 도와줍니다. 선은 이런 가능성을 절묘하게 개발합니다. 하지만 그렇다고 해서 시와 격언이 그것이 갖는 본래의 일에서 멀리 떨어져 있는 것은 결코 아닙니다. 격언은 너무도 지당한 말이기 때문에 격언이라고 말합니다.

그래서 선이 민간전승 대신 공안을 가지고 있다면 세상은 공안 대신 민간전승을 가지고 있다고 하는 거겠지요. 세상에 두루 널려 있는 격언과 단시들도 선 못지않은 치열함을 가지고 있으며 선처럼 깊이가 있음을 보여줍니다. 『선림구집』의 편자는 자신의 선집을 편집할 때 네 문자 이하의 선구는 제외했는데 그렇게 함으로써 이 선시들이 어떻게 왜 기능하는지를 아는 데 도움을 줍니다.

한 문자로만 이루어진 선구의 힘이란 무엇일까요? 해리 로버츠(Harry Roberts)가 만든 북미원주민 유록(Yurok)족의 가정교육에 대한 보고서가 생각나는군요. 만약 누군가 어리석은 짓을 하면 그들

사회에서 '큰삼촌'이라고 부르는 어른께서 한마디하시는데, 그 말씀
이라는 게 기껏해야 그래! 뿐입니다. 그러면 젊은이는 그 자리를 떠
나서 몇 시간이고 그 말의 뜻을 곰곰이 새긴다고 합니다.

기원전 7세기 그리스의 시인이며 용병(傭兵)이던 아르킬로코스
(Archilochos)의 다음과 같은 구절을 보시지요.

    ──혼란이 아주 심해서
    겁쟁이들조차도 용감하였네

    ── 까마귀가 너무도 미칠 듯이 기뻐하니
    근처 바위에 앉아 있던 물총새
    날개를 펴고 날아가버렸네

    ── 항아리 속으로
    밀짚 사이로

(가이 데이븐포트Guy Davenport 영역)

반투(Bantu)족[3]의 수수께끼 하나

    하얀 낟알들이 흩어져 있는
    검은 남새밭

....

3. 아프리카 중·남부에 사는 흑인종족의 총칭으로, 고유의 언어가 있다.

하늘과 별들

그리고 필리핀의 수수께끼

    집주인이 붙잡혔다
    집이 도망갔다
    창문으로

                              ──어망(漁網)

또 알래스카 유콘 강 유역에 사는 코유콘(Koyukon)족의 수수께끼

    ──위로 날아가
    말없이 종을 치다
    나비

    ──멀리, 하나의
    타오르는 불길
    붉은여우 꼬리

    ──우리는 상류로 온다
    붉은색 카누를 타고
    연어

                        (R. 도엔하우어Dauenhauer 영역)

사모아의 것

　——늙은 암탉이 땅을 긁적이면
　병아리들 벌레를 먹네

하와이의 것

　——모든 지식이 다
　그대 무용학교에 들어 있는 것은 아니지

그리고 마지막으로 켄터키 사람들의 것

　"내 발이 차갑네"라고 한 사람이 말한다
　그러자 다리가 없는 사내가 대답한다
　"내 발도 그래
　내 발도 그래"

(웬델 베리Wendell Berry)

　그러나 선집에 실린 매혹적인 선(禪)과 세상의 민간전승에 담겨진 함축적 의미가 아니더라도 이 선집은 일종의 '시 중의 시'로 그 자체의 독자성을 가지고 있습니다. 우리는 20세기 모더니스트 시 때문에 우리가 얻게 된 이해능력을 가지고 이 편역자의 뛰어난 번역을 읽으면서 그의 창의적인 편집을 따라갈 수 있습니다.

휴 케너(Hugh Kenner)는 아르킬로코스에 대한 서문에서 "간결하고 또 허사적(虛辭的)인 언어의 기능을 재음미하는 기쁨"에 대해 말한 바 있습니다. 멀리 돌진하는 마음의 기쁨을 위해 이 책을 읽으면서 당분간은 자아향상에 대한 생각일랑 다 놓아두도록 하지요. 이 책은 동양의 대단히 우수한 사람들이 3천년에 걸친 중국문화 가운데서 골라낸 것을 영어로 옮긴 새로운 시입니다.

이 책은 또한 가장 높은 사람과 가장 낮은 사람들의 만남의 장소, 그러니까 위대한 시인들과 '노파들의 한마디' 즉 격언이 만나는 장소이기도 합니다. 아서 스미스(Arthur Smith)는 19세기 중국의 고급 관료에 대해 말하면서 "그들은 회의를 할 때나 대화를 나눌 때 유교의 사서(四書)를 자연스럽게 인용하는 것처럼 '할머니들'의 지혜로운 말도 아주 자연스럽게 인용함으로써 풍취를 곁들이는 데 대단히 능통했다"고 말합니다.

이 책이 존재하기 위해 과거의 선사들과 20세기의 시인들, 그리고 노파들이 분명 함께 만나고 있습니다.

한 호흡

무턱대고 질주하는 경우가 많은 이 세상에서 선(禪) 행위는, 그것이 그저 등을 반듯하게 펴고 한순간 마음을 맑게 하는 '한 호흡'의 선이라 할지라도, 흐르는 물 위에 떠 있는 상쾌한 섬과 같습니다. '선'이라는 말은 불가사의해 보이고 종교적인 함의를 내포하고 있지만 단순하고 분명한 현상입니다. 의도적인 부동(不動)이며 침묵이지요. 선을 해본 사람이라면 누구라도 알고 있듯이 그 고요해진 마음에는 여러 개의 길이 있고, 그중 많은 길이 지루하고 평범한데 그러다가 종종 예기치 않은 길이 나타나기도 합니다. 그러나 선은 언제나 가르침을 줍니다. 몇달 몇년에 걸친 선 수행은 어느정도 자아에

* 이 글은 켄트 존슨(Kent Johnson)과 크레이그 폴레니치(Craig Paulenich)가 편집한 『단 하나의 달 아래서』(Under a Single Moon, Boston: Shambhala 1991) 의 서문으로 발표되었다.

대한 이해, 평온함, 집중력, 자신감을 준다고 많은 사람들이 증언하고 있습니다.

시 짓기와 수행의 전통은 둘 다 인류의 역사만큼이나 오래된 것입니다. 선은 내면을 보고, 시는 내어 보이지요. 선은 개체를 위한 것이고, 시는 세상을 위한 것입니다. 선은 순간으로 들어가고, 시는 그 순간을 공유합니다. 그러나 실제로는 무엇이 무엇을 하고 있는지 명쾌하게 분별할 수 있는 건 아닙니다.

어쨌든 현대의 일반대중이 '시'와 '선'을 특별하고 색다르며 어려운 것으로 인식하고 있지만 그 둘은 다 풀만큼이나 오래되고 흔한 것이라는 것을 우리는 분명 압니다. 선은 고요히 앉아 생각에 침잠하는 사람들에게서 시작됐고, 시는 노래와 이야기를 짓고 그것을 공연하는 사람들이 시작했지요.

사람들은 종종 선을 기도나 헌신 혹은 비전과 혼동합니다. 하지만 그것들은 같지 않습니다. 수행으로서의 선은 무슨 신에게 말하거나 그것을 계시의 기회로 삼거나 하지 않습니다. 그렇다고 선을 하는 사람들이 간혹 자신들이 어떤 계시를 받았거나 비전을 경험했다고 생각하지 않는다는 말은 아닙니다. 선 수행자들은 계시를 받고 비전을 경험하기도 합니다. 그러나 선이 중심 수행인 사람들은 비전이나 계시를 단지 의식의 또다른 현상으로 받아들여야지 지나치게 심각하게 받아들여서는 안된다고 여깁니다. 선 수행자는 의식의 근저를 체험하며, 그런 체험을 할 때 어떤 생각이나 감정을 방출하거나 과도하게 고양되는 것을 피합니다. 그렇게 하기 위해서 우리는, 비록 '나'가 신성(神性)과 소통하는 특전을 가진다고 생각할지라도, 경험자로서의 '나'의 모든 감각을 해방시켜야 합니다. 이렇게 미묘한 분야에서는 스승이 큰 도움이 됩니다. 특히 불교적 전통에 그런 경향이 강한데, 불교는 지난 수천년에 걸쳐 일관되게 비헌신적이고 비(非)유신론적 수행의 전통을 지켜왔습니다.

시 또한 초창기 이래 줄곧 불교의 일부분이었습니다. 하지만 예술에 대한 불교의 시선에는 어떤 애매함이 있습니다. 중국의 선승들은 종종 "승려 중 최하위급은 문학에 빠져 있는 중들이다"라고 말했습니다. 선의 세계에서는 나무람이 종종 칭찬이라는 걸 잊지 말아야 하겠습니다. 중국의 가장 우수한 시인들은 유명한 선의 달인들이었습니다. 두 사람의 이름만 들면 백거이(白居易, 白樂天)와 소식이 그들입니다.

인습에서 벗어난 불법 담론과 무언(無言)의 활기찬 생각의 교류가 있는 선의 도량, 그리고 명쾌하고 암시적인 간명함을 가진 중국 서정시, 이 둘은 서로를 형성해왔습니다. 정식 공안(公案) 수행에서 수행승은 종종 공안을 완전히 이해했다는 증거로 중국의 고전에서 시 몇 줄을 말해보라는 요구를 받게 되는데 그것을 '시구(詩句)의 끝 자를 따서 하는 글짓기'라고 합니다. 이런 시의 교환이 시게마쯔 소오이꾸가 편찬한 『선림구집』입니다. 편찬자는 중국시와 금언에서 인용한 수백편의 대구(對句)를 편히 볼 수 있도록 번역했습니다. 그 대구들은 치열합니다.

말, 말, 말——훨훨 날리며 떨어지는 진눈깨비와 눈
침묵, 침묵, 침묵——포효하는 번개

言言言瓢雨雪 默默默雷轟電

죽은 자를 살려라!
산 자를 죽여라!
活盡死人 死盡活人

이 곡조, 다른 곡조──이해하는 자 없네
비가 지나갔네──가을빛에 찰랑이는 연못
一曲兩曲無人會 雨過夜塘秋水心

대참사의 불 모든 것 태워버렸네
수백만 마일 저곳에 안개 없어라, 흙 한 점 없어라!
劫火洞然末盡 萬里烟無一點

한 구절 또 한 구절
매번 새로워라
一句復一句 那事遂時新

　시적 전통은 어느 것이나 그 자체의 형식과 특질이 있습니다. 제
도화된 종교가 있듯이 시 역시 형식적 기술이라는 게 있습니다. 하
지만 그 둘이 언제나 분리되는 것은 아닙니다. 불교의 세계는 불법
을 노래하는 수많은 시인과 노래꾼을 배출해왔으며, 그들의 작품과
노래는 찬미되고 사랑받았습니다. 밀라 레파(Mila Repa)[1]의 노래는

아직도 티베트인들이 즐겨 외우며, 바쇼오(芭蕉)의 하이꾸는 세계적으로 널리 읽히고 있는데, 그 두 사람이 아마도 가장 유명할 것입니다.

하지만 시는, 그리고 문학세계는 간혹 정신활동에는 위험한 것으로 인식되어왔습니다. 선승 잇큐우(一休)[2]의 「문학을 우롱하며」라는 제목의 날카로운 시를 읽어봅시다.

> 인간은 말과 소의 어리석음을
> 가지고 태어났네.
> 시는 본래
> 지옥에서 나온 물건이라네.
> 자긍심, 헛된 자존심,
> 열정 때문에 받는 고통
> 우리는 한숨지어야 하네.
> 악마와 친해지는 이 길을 가는 사람들을 위해

15세기 일본의 선승이며 놀라우리만큼 독창적이고 뛰어난 시인이었던 잇큐우 선사는 그의 친구 시인들을 비웃곤 했는데, 그것은 자신이 겪은 것처럼 문학적 갈망 때문에 정신의 혼미와 집착이 생길

---

1. 1040~1122. 티베트 불교 카규파의 고승. 원수들에게 주술을 사용해 복수했지만 나중에 깊이 뉘우치고 불교에 귀의했다. 그가 깨달은 진리를 노래로 부른 게송은 그의 자서전과 함께 티베트 문학의 걸작으로 꼽힌다.
2. 일본 임제종의 저명한 승려. 어릴 때부터 시를 잘 지었으며, 『광운집(狂雲集)』으로 유명하다.

수 있다는 것을 알았기 때문이지요. 하지만 그가 말하는 '악마와 친해지기'는 서구의 자기소외의 로맨스적 관점에서 해석되어서는 안됩니다. 일본의 예술에서 악마란 말이나 소처럼 구체적인 존재로서 어금니를 갈고 사팔뜨기 눈을 한 재미있는 작은 친구들입니다. 시는 모든 면에서 비이원론적인 우주의 실상을 세상에 알리는 하나의 방법입니다. 시가 가진 위험은 악마를 배제하기를 거부한다는 점에 있습니다. 불교는 악마들에게 손을 내밀고 그들에게 앉는 법을 가르치려고 하지요. 그러나 교활한 작은 시——자아의 악마들이 함께 따라와 '고통'이나 '통찰력'으로, 혹은 성공이나 실패로 우리를 유혹합니다. 우리와 함께 한 방에서 선을 하고 시를 쓰는 악마들이 있습니다. 우리는 서로 친합니다. 이런 일이 잇큐우 선사를 난처하게 하지는 않았습니다.

어느 봄날 그린 굴치(Green Gulch) 선 쎈터에서 있는 남녀 시인 수행자들의 모임을 위해 나는 이런 글을 썼습니다. "우리는 '정신'에 감사해야 합니다. 정신은 우리의 수많은 자아를 떠돌게 하고, 우리가 힘들게 얻어 축적해놓은 정보와 언어의 안식처가 되어주고, 그러면서도 경이의 바다로 남아 있습니다. '정신'이 바위도, 담장도, 구름도, 혹은 집도 아니라고 사람들이 생각하게 만든 것이 도대체 무엇인가? 이것이 도오겐(道元) 선사의 솔직한 물음입니다. 선은 삼라만상이 스스로를 경험함으로써 열리는 문제적 기술입니다. 현상들이 '스스로를 경험하는' 또다른 방식의 하나가 시입니다. 시는 정신의 비언어적 상태와 우리의 복잡한 언어능력 (우리와 함께 태어난 야성체계) 사이를 조종하며 나아갑니다. 내가 좌선을 하고 있을 때, 시는 결코 내게 떠오르지 않습니다. 나는 그냥 좌선을 합니다. 그렇더라도 그 둘의 관계를 부정할 수는 없습니다."

잇큐우 선사의 시와 내 해설을 읽자마자 내 친구 덕(Doc)이 그가 머물고 있는 낚시터에서 다음과 같은 글을 보내왔습니다.

잇큐우 선사는 말한다. "인간은 말과 소의 어리석음을 가지고 태어났네."

나는 잇큐우 선사가 순전히 엉터리라고 생각해.

인간은 모두 그들 자신의 어리석음을 가지고 태어나지.

말과 소는 자기들의 할 일을 알아.

그들은 그 일을 잘하지.

선사가 시는 지옥에서 나온 작품이라고 한 것은 옳아.

우리는 알아야 해.

현상들은 스스로를 스스로 경험하지.

현상들은 시가 필요없어.

우리는 여기에서 불가사의를 바라보고 있지.

어떻게 이것들은 그런 고집을 가지고 있으면서도

나의 의식에 의존하고 있지?

내가 십대 아이들 두 명과 함께 낚시를 할 때

시는 결코 내게 떠오르지 않아.

그러나 나중에 오지.

나는 하루 종일 되짚고 되짚을 수 있어.

만세! 인간이란 건 바로 그런 거지.

그것은 강점이면서 또 그만큼 약점.

그대는 언어가 우리와 함께 태어난 야생체계라고 말하지.

동의해.

그것은 야생적인 것 이상으로 더 야생적이지.

우리가 단지 야생적이라면 우리에게 언어는 필요하지 않을 거야.

어쩌면 우리는 야생을 초월해 있는지도 몰라.

그렇게 말하고 보니 기분이 더 좋군.

카나카 크리크(Kanaka Creek)에서 덕 닥틀러(Doc Dachtler)

'야생을 넘어서'. 이 말은 정말로 언어를 포함할 수 있습니다. 시는 언어가 스스로를 경험하는 방식입니다. '가장 심오한 정신적 통찰은 말로 표현할 수 없다'가 아니라, 실은 할 수 있습니다. "'말들'은 '말들'로 표현될 수 없다"이지요. 그래서 우리의 시들은 '실제의 존재들'로 가득 차 있습니다. '죽은 자의 혼을 구하라'라고 스승이 요구할지 모릅니다. 혹은 올빼미를, 혹은 열대우림을, 혹은 악마를 구하라고. 걸어가면서 그것을 해내고 그런 다음 거기에 시를 부여하는 것이 깨달음으로 가는 길 위의 발걸음들입니다. 그러나 그 길에는 에돌아가야 할 곳이 많고, 영적인 여정에는 거의 시인의 길과 똑같이 많은 지뢰가 뿌려져 있습니다. 우리 모두 함께 조심하고 거위처럼 느긋하게 걷도록 합시다.

선 수행을 추구하는 것은 언어에서 '야생 너머로' 간다는 것과는 분명 별 관계가 없습니다. 자신의 마음과 더불어 소중한 시간을 보내는 일은 자신을 낮추는 것이며 여행처럼 자신을 확장하는 것입니다. 거기에는 어떤 책임자도 없음을 우리는 압니다. 또 우리는 어떤 생각도 오래가지 않는다는 것을 환기하게 됩니다. 불교의 가르침 가운데 핵심적인 것을 꼽아보면 제행무상(諸行無常), 제법무아(諸法無我), 사고팔고(四苦八苦), 인연, 공(空), 광대한 마음 그리고 열반적정(涅槃寂靜)[3]일 겁니다. 시는 인생처럼 하나의 짤막한 표현이며, 단일성 속의 독자성이며, 하나의 완전한 표현이며, 그리고 하나의 선물입니다. 일본의 노가꾸(能樂) 작품 중 「바쇼오(芭蕉)」를 보면 "모든 시와 예술은 부처님께 바치는 공양이다"라는 말이 나옵니다. 중국의 시의식과 상호작용하는 이 불교적 사상은 기품있는 무지(無地)를 만들어낸 직물의 한부분이라 하겠습니다. 우리는 그것을 선의 미학이라고 부르지요.

수면의 결을 최소한으로 가지는 시, 복잡한 의미는 둑 아래 물 밑바닥에 숨기고, 어둠속에 오래오래 잠복해 있는, 기발한 맛은 없는 그런 시에 대한 생각은 고대부터 있었습니다. 그것은 스코틀랜드와 잉글랜드의 가장 우수한 발라드에서 '간단없이 출몰하며', 중국 서정시의 미학적 핵심에도 있습니다. 두보(杜甫)는 "시인의 생각은 고결하고 담수해야 한다"라고 말했지요. 선의 세계에서는 그것을 "미숙한 사람은 화려하고 새로운 것을 즐긴다. 성숙한 사람은 평범한 것을 즐긴다"라고 말합니다. 이 평이함, 이 평범함이 바로 불교도들이 '그러함(眞如)' 또는 '타타타'라고 부르는 것입니다.

'모든 것은 실제이다.' 현실성에 특별한 것은 없습니다. 그것은 모

---

3. 불교의 근본 가르침인 삼보인(三寶印)의 하나로서 생명이 도달할 수 있는 최고의 경계. 나머지 둘은 '제행무상'과 '제법무아'이다.

두 바로 이곳에 있기 때문입니다. 거기에 주의를 환기시키거나 그것을 선명하게 내놓거나 과시할 필요가 없습니다. 그러므로 시의 궁극적 주제는 대단히 평범한 것입니다. 정말로 우수한 시란 어쩌면 보이지 않는 시, 어떤 특별한 통찰력도 과시하지 않고 어떤 놀라운 아름다움도 보여주지 않은 시일지도 모릅니다. ──이제껏 완전하게 어떤 통찰력도 어떤 아름다움도 드러내지 않는 위대한 시를 쓰는 일을 성취한 사람은 없었습니다. 그런 것은 그저 멀리 있는 이상일 뿐입니다.

그러나 '선시'라고 규정할 만한, 그런 특정한 시의 종류는 없을 것입니다. 화려함과 새로움 또한 충분히 현실적인 것입니다. 결정적이고 유일한 불교 스타일이 결코 없기를 나는 바랍니다. 우리는 솔직할 수 있습니다. 시에서나 선에서 부끄러움이 없어야 하며, 자신에게 비밀이 없어야 하며, 끊임없이 방심하지 말아야 하며, 지혜로움과 어리석음, 높은 계급과 낮은 계급을 판단하지 말아야 하며, 모든 것을 제대로 정당하게 인정해야 합니다.

그러면 그 순간을 보는 눈을 가진 시, 주어진 것을 가지고 마음대로 장난하는 시가 있게 될 것입니다.

악마를 못살게 굴기
분노하는 사람과 씨름하기
호색한과 웃기
수줍어하는 사람을 유혹하기
더러운 코를 풀고 찢어진 셔츠를 꿰매기

철학자를 저녁 시간에 맞추어 아내에게 보내기
관료들을 강물에 처넣기
어머니들을 등산에 데려가기
평범한 음식 먹기

이런 일이 아주 조용히, 나아가 소박하게 이루어질 수 있다면 우리는 감사할 수 있습니다. 이 복잡하고 기품있는 윤회의 극장에서.

달에서 오는 에너지

　이것은 도대체 무엇에 대한 것인가, 달과 꽃이라? 승려이며 시인 이었던 사이교오(西行)[1]는 널리 그리고 멀리 여행했습니다. 그가 쓴 시들은 원숭이, 올빼미, 어부, 커다란 둥근 돌, 공(空), 사랑, 전쟁, 불법(佛法), 그리고 쿄오또(京都) 시절의 옛 지인(知人)들에 대해 말합니다. 그러나 대부분의 시는 그가 수많은 밤 수많은 장소에서 바라본 달에게로 끊임없이 회귀하는 듯합니다. 사이교오는 시뿐만 아니라 실제로도 지속적으로 꽃피는 벚나무에게로, 특히 요시노산

....

* 이 글은 윌리엄 라플레어(William LaFleur)가 번역한 사이교오의 시 『달을 위한 거울』(Mirror for the Moon, New York: New Directions 1978)의 머리말로 쓴 것이다.
1. 1118~90. 일본 무사계급 출신의 승려로 단까短歌의 대가. 소박하게 살고 일본 전역을 떠돌며 자연에 대한 사랑과 불교에의 헌신을 시로 썼다.

(古野山) 언덕에 피어 있는 벚나무들에게로 돌아갑니다.

일본어뿐 아니라 영어 번역에서도 그의 시가 가진 힘의 일부는 복잡한 구문(構文) 위에 짜인 깊은 주의력의 그물에서 나옵니다. 뻗어나갈 수 있는 한 최대로 정신을 확장하면서 때때로 앞의 것을 모두 조명하는 마지막 구절 하나로 시를 능란하게 완성합니다. 그의 시적 노력은 명상적이며, 그의 시는 짧지만 먼 길을 갑니다. 나중에 사이교오가 발전시킨 더 짧은 형태의 하이꾸(俳句)는 그가 자신의 형식인 와까(和歌)를 더이상 이어가기가 어려웠음을 고백하고 있습니다. 하이꾸는 더 적은 음절을 가지고 좀더 빠르게 움직입니다. 하이꾸에는 다채로운 즉시성이 들어 있지만 반면에 '정신'은 덜 들어 있지요. 그렇지만 사이교오의 와까는 하이꾸나 정신에는 꼭 필요한 것입니다. 불경이 공안에 필요한 것과 같으며, 유기적 진화가 한순간을 사는 귀뚜라미에게 필요한 것처럼 말입니다.

그래서, 장장 50년에 걸친 수행을 통해 사이교오는 수많은 곳을 떠돌면서 달과 꽃을 응시했습니다. 비슷한 길을 걸어본 사람들이 볼 때 사이교오가 실제로 자연 속 깊숙이 들어간 경험을 한 것은 분명합니다. 어떤 사람들이 말한 것처럼 그가 단지 일시적인 유행에 따라 글을 쓴 것은 아니었습니다. 절에 붙박여 사는 승려라면 산진달래를 부여잡으며 절벽을 올라가거나 깊은 강을 걸어서 건너면서 '가슴 밑바닥까지 깨끗하게 씻기는' 느낌에 대해 쓸 수는 없을 것입니다. 강 유역과 계절의 순환과 생명체에 대한 그의 풍부한 지식을 보노라면 우리는 다시 한번 그 질문으로 돌아가게 됩니다. 그의 시에 그렇게 자주 달과 꽃이 나오는 이유는?

달빛은 수십억년 동안 이 지구 위로 쏟아져내렸습니다. 우리는 모두 태양에너지에 맞추어, 아니 태양에너지가 먹여주어 살아왔는데 그러는 동안 달빛은 오랫동안 기묘하며 사람의 마음을 어지럽히는 힘이었지요. 우리의 몸 안에 바닷물과 칼슘이 있듯이 우리는 내부에 달빛을 가지고 있습니다. 차가운 달빛은 언제나 움직이지만 그 변화 속에는 안정과 규칙적인 회귀가 있습니다. 만월(滿月)은 불교에서는 여래(如來), 즉 완전하고 완성된 깨달은 자의 상징이었습니다. 깨달음조차도 그저 순환 가운데 있는 훌륭하고 드높은 한 면으로 이해합니다. 누군들 라벤더빛으로 물든 석양의 하늘에 떠오르는 초승달을 사랑하지 않을 수 있을까요? 하지만 사이교오는 달을 자신의 마음속으로 데려갔다가 다시 꺼냅니다. 그것은 모든 공간 속에서 존재하며, 아름답고 연약하기 짝이 없는 뭇생명을 거느리고 있는 이 우주를 또다른 방식으로 바라보는 하나의 열린 통로입니다.

사이교오가 거기에 대해 많이 생각해보지 않았을지는 모릅니다만 꽃을 피우는 식물에서 피어나는 꽃들은 벌레와 함께 공진화(共進化)해왔으며, 인간이 아니라 그들 자신을 위해 아름답고 달콤한 향을 가지고 있지요. 일본의 꽃벚나무인 프루누스 세루라타(Prunus Serrulata)와 그 근연종(近緣種)들은 정말 보잘것없는 과일을 생산하며 야생종 산벚나무에 더 가깝습니다. 이 야생 벚나무는 침엽수로 이루어진 어둠침침한 언덕에서 마치 미광을 발하는 구름처럼 꽃을 피웁니다. 떨면서 뭔가를 기다리듯 며칠 동안 꽃을 피우는데, 그동안 종자가 이동하기를 기다리는 것이지요. 그런 다음 꽃들은 바람에 불려 떨어지고 멀리 날아갑니다. 사이교오는 자신이 마치 꽃에 이끌린 벌이기라도 한 듯 요시노산 비탈에 무더기로 피어 있는 꽃들에 이끌려 지식을 찾아 그 언덕의 심연으로 갔다고 말합니다.

요시노산—
그대는 알게 되리라
그대 안의 바깥이 나임을
꽃을 찾아 내 그대의 심연으로
들어가는 일 이제 익숙해졌으니

시에서 피어 있는 꽃들은 일반적으로 생각하는 덧없음, 그리고 젊음의 아름다움을 상징할 뿐만 아니라 내면의 심연으로 들어가는 길이기도 합니다.

한번은 몇몇 친구들과 사이교오가 노래한 그런 봄에 요시노산에 오른 적이 있었습니다. 벚꽃은 '계단 폭포 같은 하얀 구름처럼' 산꼭대기에서 쏟아지고 있었습니다. 우리는 발길을 멈추지 않고 옛날 수행자들이 다닌 작은 오솔길까지 올라갔고 나흘 동안 신성한 오오미네산(大峰山)의 능선 전부를 횡단했습니다. 많은 일본인 독자들은 요시노산의 위쪽과 뒤쪽에 있는 오지에는 일본에서 가장 오래된 '산악불교도(山伏)'의 수행 쎈터가 있는 것을 알 것입니다. 그것은 오오미네봉(峰)을 중심에 두고 있는 '금강계만다라(金剛界曼陀羅)'의 풍경을 이룹니다.

이 둥근 지구 위의 광대하고 고요한 공간 속에서 한순간에 지나지 않는 목숨과 그 찰나의 목숨을 가진 지극히 작은 존재에 대해 인식할 때 그런 인식은 우리를 꽃의 영역 안에 있는 곤충으로 만들어버립니다. 어떤 판단도 내리지 않지만 세계를 응시하는 명상을 통해 우리는 자비로우며 많은 것을 포용하는 견해를 가질 수 있습니다. 외로움과 흔들림의 순간들(구름 속에서 길을 잃은 지저귀는 새!)은 인간적일 뿐만 아니라 올바른 것이기도 하지요. 우리와 자연은 동반자입니다. 권위적인 목소리들이 구름 사이에서 들려오는 것은 아니지만 어떤 웅대하고 미묘한 음악이 우리를 둘러싸고, 우리는 명징함과 평온함을 거쳐 그곳으로 다가갈 수 있습니다.

사이교오가 남긴 것이라곤 시뿐입니다. 캘리포니아의 쌔크라멘토에는 '꽃과 달(花月)'이라는 이름의 수수한 일식집이 있지요. 만약 사이교오가 존재하지 않았다면 그 식당은 다른 이름으로 불렸을 것이며, 워싱턴 D.C.에도 벚나무가 자라지 않았을지 모릅니다. 그런 한편 끔찍스러울 정도로 인구가 많고, 심하게 오염되었으며, 물질적으로는 성공했으나 혼잡스러운 현대의 일본이 있습니다.

사이교오의 시들은 교묘하게 마음의 언어를 찾아갑니다. 깊은 이해에 기초한 빌 라플레어의 번역은 뱀처럼 꿈틀거리는 에너지를 문체에서 느끼게 해줍니다. 그리고 한평생에 걸친 지속적인 걷기와 묵상이 키워낸 한 인간의 밝게 비추어진 세계가 지금 바로 여기에 있습니다.

걸어서 실존으로

나나오 사까끼(七尾七夫)의 시는 토오꾜오에서 암스테르담까지, 뉴욕에서 런던까지, 메인에서 쌘프란시스코까지 알려져 있습니다. 그는 또한 타오스의 깊은 산중에서, 리오그란데 하류에 있는 사막에서, 씨에라네바다의 소나무 숲에서, 류우뀨우(琉球) 열도(列島)의 아열대 섬들에서, 홋까이도오의 차가운 가문비나무 숲에서, 쿄오또의 비좁은 뒷골목에서, 토오꾜오 신쥬꾸에 있는 미로와 같은 수만개의 술집에서 완전히 제 집처럼 살고 일합니다. 그는 일본에서 출현한 최초의 진정한 코즈모폴리턴 시인 중 한사람입니다만 그의 사상과 시적 영감의 원천은 동서양의 구분보다 더 오래되었습니다. 그리

---

* 이 글은 나나오 사까끼의 『파경(破鏡)』(*Break the Mirror*, San Francisco: North Point Press 1987)의 머리말로 쓴 것이다.

고 더 새롭습니다.

나나오(七尾), 즉 '일곱번째 아들'은 큐우슈우(九州) 최남단의 도시 카고시마(鹿兒島) 근처의 한 가난한 마을에서 태어났습니다. 그는 직물업에 종사하던 대가족의 막내였습니다. 제2차 세계대전 때 공군으로 징집되었고, 레이더 전문가로 큐우슈우의 서해안에 배치되었습니다. 전쟁중에 그의 폭넓은 독서와 (동료들은 그의 사물함에서 끄로뽀뜨낀(P. Kropotkin)의 『상호부조론: 진화의 한 요인』을 발견하기도 했지요) 비판적 토론 때문에 그는 심각한 곤란에 직면하기도 했지만 무사할 수 있었습니다. 그는 다음날 새벽에 죽음의 길을 떠나는 젊은 카미까제 조종사들을 위한 송별식에 참가했고, 나가사끼를 폭격하기 위해 다가오는 B29기를 레이더망에서 잡아내기도 했습니다. 일본의 항복이 발표되었을 때 그가 속한 부대의 상관은 부하들에게 집단자살을 준비하라고 명령했습니다. 다행히 누군가가 라디오를 틀고 천황이 거의 알아들을 수 없는 고대 일본어로 군인들은 자살할 필요가 없다고 명령하는 것을 들었습니다.

군대에서 풀려난 일본의 젊은이들은 황폐한 풍경 속에서 부랑자나 다름없었습니다. 풋풋한 얼굴의 점령군은 민주주의와 초콜릿을 가지고 있었지만 패배한 군대의 헐벗은 젊은이들에게는 'GI 법안'(後員兵援護法)이 없었습니다. 많은 젊은이들은 열렬한 맑스주의자가 되었고, 그후 세계에서 가장 맹렬한 비즈니스맨으로 변신했습니다.

모리나가 쇼오꾜오(森永宗興) 같은 일부 젊은이들은 두려움으로 몸을 떨면서 선을 수행하는 절간의 문앞으로 갔는데 거기서 몇년 동안 수면시간을 줄이고 거친 음식을 먹으며 살아남아 일본 불교의 큰 스승이 되었습니다.

나나오 사까끼는 방랑하는 학자, 유랑하는 예술가, 그리고 19세기 미국의 자연주의자 소로우(H. D. Thoreau)처럼 일본의 산과 강에 대한 공인받지 않은 조사자가 되었습니다. 15년 동안 그는 일본 전역을 오르내리며 오지에 숨어 있는 성채(城砦)를 찾았고, 오오사까의 노동자지역에도 들어가 살았습니다. 그는 영어와 여러 유럽어와 고대 중국어로 폭넓은 독서를 했습니다. 한때는 조각도 했는데, 그의 기념비적인 작품들은 오지 마을에 그냥 내버려두었습니다. 그의 초기 실험시들은 반쯤 사회에서 추방당한 지식인들로 이루어진 신쥬꾸(新宿)의 한 공동체가 만드는 작은 잡지에 발표되었습니다. 이 자유분방한 단체에 속한 화가와 작가들 중 많은 이들은 작지만 영향력있는 운동의 정치적·문화적 지도자가 되었습니다. 그들은 문화적·민족적 다양성을 위해, 남아 있는 야생지와 야생생물의 보존을 위해, 지속가능한 농업을 위해, '일본 주식회사' 안의 열기를 전반적으로 낮추기 위해 일하고 있습니다.

내가 나나오의 이름을 처음 들은 것은 1962년 오스트레일리아의 작가이며 갑판원이었던 닐 헌터(Neal Hunter)로부터였습니다. 그때 나는 프랑스의 낡은 화물여객선 깡보즈(Cambodge)의 3등칸을 타고 스리랑카로 여행하던 중이었습니다. 헌터는 나나오를 신쥬꾸에서 만났고, 나나오의 「한 배 가득」(滿腹)이라는 시들의 초역을 마친 상태였습니다. 한두 해 뒤 나나오가 쿄오또에 나타났고, 카모 강둑 위에서 나눈 우리의 대화는 그후 오랜 우정으로 발전했으며, '길거리 극장'이 아니라—우리가 부르기를— '들과 산의 극장의 예술'을 위한 지속적인 협동으로 이어졌습니다. 당시 앨런 긴즈버그(Allen Ginsberg)가 쿄오또를 방문하고 있어서 우리의 우정은 범태평양적인 것이 되었습니다. 우리는 나나오에게 당시 유럽과 미국의 시인들에 대해 이야기해줄 수 있었고, 나나오는 일본 전역을 떠돌아다니면서 만난 조용히 일하고 열정적이며, 가난하지만 자립적인 것을 긍지로 여기는 수많은 일본 작가와 사상가들에 대해 따뜻하고 상세하게 말해주었습니다.

1960년대 말 나나오는 동중국해에 있는 스와노세섬(諏訪之瀨島)에 자유로운 농업공동체를 세웠습니다. 열흘에 한번 작은 배가 드나드는 외딴 섬이었지만, 그곳의 '반얀부락'에는 여러 해를 두고 인도·미국·유럽에서 많은 이들이 찾아왔습니다. 도시 세계에서 이주해 그곳에 정착한 일본 젊은이들은 이제 완전히 그 마을 사람이 되었으며, 급속히 사라져갈 위기에 처한 '십도(十島)' 문화의 예능공예 보유자가 되기도 했습니다.

나나오는 1969년에 처음으로 미국을 여행했는데, 그는 그 여행길에 서부의 산과 사막을 탐험했습니다. 그가 입고 있던 일본식 여행복은 마구 잘라버린 반바지와 등산화와 륙색이었는데, 일본보다는 미국 서부 사회에 훨씬 더 잘 어울리는 차림이었습니다. 나나오는 그곳의 풍경과 노동자들, 지방어를 발굴해 사용하는 시인과 활동가들이 자신을 매우 깊이 환대하고 있음을 알게 되었습니다. 그는 북미의 가장 야생적인 지역의 일부를 걸어서 여행했고, 장소와 광대한 공간, 식물과 그 이동, 영적 깨달음과 지방 고유의 환희를 시로 썼습니다. 그 시의 일부를 이 시집에서 볼 수 있습니다. 아열대인 동중국해의 목수이며 청새치 낚시꾼인 나나오는 사막에서도 어찌나 자기 집처럼 편안해하던지 한번은 저명한 전통불교의 승려가 나나오에게 자신의 법계(法系)를 자랑했을 때 "나에게는 법계가 필요하지 않습니다. 나는 사막의 쥐거든요"라고 대답할 정도였습니다.

지난 10년 동안 나나오는 전세계를 여행했습니다. 일본에 거점을 두고 그는 유럽과 중국, 호주를 방문했고 미국에도 몇차례 더 왔습니다. 1986년에는 일본에서 남오끼나와제도(諸島) 중 한 섬에 있는 원시시대의 산호 사주(沙洲) 정상에 짓기로 예정되어 있는 대규모 공항건설의 반대운동에 적극적으로 뛰어들어 자신의 시를 읽고 현지의 단체들과 함께 그가 쓴 희곡작품들을 공연하기도 했습니다. 일본에서는 현재 두 권의 시집이 출간된 상태입니다. 그는 독특하고 강력한 목소리의 소유자로 인식되고 있습니다. 그의 정신, 손 기술, 그리고 역사에 대한 지식은——그가 좋아하든 아니든——그를 가장 활기찬 도교주의자들과 장자(莊子)까지 거슬러 올라가는 계보의 한 인물로 만들었습니다. 나나오의 시는 손이나 머리가 아니라 발로 쓴 것입니다. 그의 시들은 좌선으로 존재하게 되었고 걸음을 통해 존재하게 되었으며, 지성이나 문화가 아니라 삶을 위해 살아온 생명의 흔적으로 이곳에 남겨졌습니다. 그의 지성은 깊고 교양은 심오합니다. 그런 종류의 지성과 문화적 소양은 중국인과 일본인들이 수천년 동안 학문과 문화의 참된 의미로 이해했던 바로 그것이지요. 그 자신이 지닌 독창성에도 불구하고 나나오는 장자·사령운(謝靈運)·임제(臨濟)·역행자(役行者)·사이교오(西行)·잇큐우(一休)·바쇼오(芭蕉)·료오깐(良寬)·잇사(一茶)와의 인연을 그의 보따리에 넣어

가지고 다닙니다. 이것은 그가 그랜드캐니언과 펭귄들이 꾸역꾸역 모여들고 있는 21세기에 건네주는 선물입니다.

그러나 나나오의 작품은 진정으로 독특합니다. 이런 경향을 가진 시를 나는 달리 알지 못합니다. 그의 시는 연민이 있고, 재미있고, 언뜻 보기에 단순하고, 우주처럼 광대하며, 매우 근본적이고, 자유롭습니다. 대부분의 시들은 일본어로 썼으며 나중에 나나오가 친구들의 도움을 받아 영어로 번역했습니다. 처음에 영어로 썼다가 나중에 일본어로 번역된 것도 있습니다. 그는 미국시를 일본어로 번역하기도 했습니다. 그의 언어는 엄격함, 거의 한시(漢詩)에서 보이는 정도의 정확성과 간소함이 두드러지는데 그것은 아마도 영어의 또렷함에 대한 나나오의 응답일 것입니다.

나는 또한 그의 뼈만 앙상한 무릎, 검게 그을린 얼굴, 이상한 발가락 모양, 노래하는 듯한 멋진 목소리, 정령들을 받아들이는 드넓은 품성, 최고의 녹차에 대한 기호, 아름다운 세 아이들에 대해서도 말하고 싶습니다. 이 세상에 있는 그의 작품이나 희곡은 우리의 못을 뽑아내고, 꽉 붙잡힌 미치광이들을 자유롭게 하고, 녹슨 것을 벗어나게 하고, 덧문을 들어올립니다. 그의 시들을 구두에 집어넣고 일천 마일이라도 걸을 수 있을 겁니다.

민족시학의 정치학

　　민족시학의 정치학은 근본적으로 서구의 산업문명이 이 지구에서 무슨 일을 행하고 있는가 하는 질문과 관련되어 있습니다. 나는 그저 몇가지 사실만 상기하고자 하는데, 면적이 5700만 평방마일인 지구에는 지난 4백만년에 걸쳐 진화해온 37억의 인구가 살고 있습니다. 그외에 2백만 종의 곤충과 1백만 종의 식물, 2만 종의 물고기와 8700종의 조류가 있습니다. 태양에서 방출되는 태양광선의 동력에 의해 자연적으로 형성된 97개의 지표면 원소들로부터 구성된 것이

* 이 글의 일부는 1975년 4월 밀워키에 있는 위스콘신대학교에서 개최된 민족시학 학회에서 발표한 강연 내용이다. 이 학술회의의 기획자는 마이클 버나무(Michael Bernamou), 제롬 로센버그(Jerome Rothenberg), 데니스 테들록(Dennis Tedlock)이었다. 이 글의 초기 원고는 『옛 방식들』(The Old Ways, San Francisco: City Lights 1977)에 실려 있다.

지요. 대단한 다양성입니다.

어제 데이비드 앤틴(David Antin)은 희랍의 비극 작가들이 플라톤에게 그들이 비극을 상연할 수 있게 해달라고 부탁했다는 일화를 들려주었습니다. 플라톤은 이렇게 말했다고 합니다. "아주 흥미로운 부탁이오, 신사 여러분. 하지만 내 그대들에게 말해주겠소. 우리는 이 세상에서 가장 큰 비극을 준비하고 있다오. 그것은 '국가'라는 것이오."

아주 어렸을 때부터 나는 나 자신이 경외심을 가지고 자연계 앞에 서 있다는 것을 알았습니다. 나는 감사와 경이로움을 느꼈습니다. 그리고 언덕이 불도저에 밀려 길이 만들어지고 태평양 연안 북서부의 숲이 목재 벌채 트럭에 실려 마법에 걸린 듯 둥둥 떠서 사라지는 것을 보기 시작했을 때는 보호의식마저 느꼈습니다. 나는 워싱턴 주의 시골 가정에서 자랐습니다. 내 조부는 태평양 연안 북서부의 홈스테드법[1]에 따른 농장 입주자였습니다. 그 지역 전체의 경제적 기반은 벌채였습니다. 워싱턴 주의 시골, 1930년대, 대공황, 한쪽은 독일계이고 다른 한쪽은 스코틀랜드-아일랜드-영국계 우리집, 그리고 과격한—말하자면 일종의 풀뿌리 노동조합이라고 할 수 있는 세계산업노동자연맹(IWW)에 속해 있던—사회주의자 부모님. 나는 당시 상황의 역학을 파악하려 애썼지만 미국의 정치 경제에 결정적으로 중대한 그런 것들의 방향에서 내게 무슨 일이 일어나고 있는지 가르쳐주는 것을 하나도 찾아내지 못했습니다. 나는 그것을 독서와 상상력을 통

1. 1862년에 미국에서 5년간 정주한 서부의 입주자에게 공유지를 160에이커씩 불하할 것을 정한 연방 입법.

해 찾아내야 했습니다. 독서와 상상은 나를 맑스주의자, 무정부주의자의 세계로 이끌어주었습니다.

지금 나는 새로운 인문학의 가능성을 생각하고 싶습니다. 기억하십시오. 인문학은 인간을 중세의 신학적 시각에서 어떻게 해방할 것인가 하는 문제를 후기 르네쌍스적 관점에서 바라본 학문입니다. 그러나 나는 4만년도 안되는 그토록 짧은 시간대 속에서 인간의 상황을 생각할 수 없습니다. 그것은 아주 긴 시간이 아닙니다. 만약 우리가 사람과(科) 동물의 진화에 대해 말하고자 한다면 4백만년 정도의 시간을 전제해야 할 것입니다. 4만년은 인문학적 사유를 풀어내기에 적절한 시간대인데, 왜냐하면 4만년 동안 인간은 지금과 똑같은 신체와 정신을 가지고 있었음을 확신할 수 있기 때문입니다. 객관적으로 드러난 증거에 비추어보건대 상상력, 직관, 지성, 기지, 결단력, 속도, 기술 이 모든 것이 4만년 전에도 충분히 발달해 있었음을 알 수 있습니다. 오히려 4만년 전의 인간은 조금 더 멋있었을지 모릅니다. 뇌의 크기가 최고에 달한 끄로마뇽인 이래 지금까지 평균적으로 감소했기 때문이지요. 네안데르탈인의 두개골의 평균 크기가 현대 인간보다 더 컸다는 것은 의미심장합니다. 뇌의 크기가 어째서 작아졌는지 우리는 모릅니다. 어쩌면 '사회'와 모종의 연관이 있을지도 모르지요. 사회는 점점 복잡해지는 완충장치와 보호장치를 제공해 왔습니다. 사회의 영역이 점차 넓어지고 인구가 증가함에 따라 후기 구석기시대에 공통적이던 속도, 기술, 지식, 그리고 지성에 대한 요구로부터 개인을 보호하기 위한 것이었습니다. 남녀를 불문하고 사냥꾼과 채집자들은 자연계와의 개인적이고 직접적인 접촉을 통해 끊임없이 기민한 행동을 개발했습니다.

아주 오랜 과거부터 유지되어온 지성과 기민성에 대한 올바른 인식은 새로운 인문학을 구축하는 토대의 일부가 되어야 합니다. 이 인문학은 호모 싸피엔스 전체를 고려해야 하며 최종적으로는 인간들의 친척인 인간 아닌 생물까지도 포함하려 노력할 것입니다. 그것은 스스로를 인간 이후의 인본주의(Posthuman Humanism)로 변용할 것이며, 이 인본주의는 멸종의 위기에 처한 여러 문화와 생물종을 함께 옹호하게 될 것입니다.

오늘날 우리는 생물권의 다양성과 거기에 이르기까지 수백만년 동안 유기적으로 진화해온 인간의 문화, 식물종, 동물종이 전례없이 그리고 대량으로 파멸되고 있음을 목격합니다. 민족시학은, 문자가 없는 민족의 시와 시학 연구인데, 사라져가는 종들을 연구하는 동물학의 한 분야 같습니다. 우리가 이 문제에 관심을 가져야 하는 이유는 시를 짓고 노래를 부르는 문화들이 급속히 붕괴되고 있기 때문입니다.

인류 '초기의' 인간이 삶의 대부분을 사냥꾼과 채집자로서 보냈다는 사실은 흥미롭습니다. 1만 2천년 전쯤 농업이 지구상의 몇몇 구석에서 서서히 태동하기 시작했습니다. 농업이 광범위한 지역으로 확대된 것은 겨우 3천년 전부터였습니다. 문명이란 인간 경험의 아주 작은 부분에 불과합니다. 문자능력은 그보다 더 미미하지요. 문명국의 국민이 어느정도의 문자능력을 갖춘 것은 겨우 2백년밖에 되지 않았습니다. 담시(譚詩), 민화(民話), 신화, 민족시학의 주제를 가진 구술문학은 인간의 중요한 문학적 경험입니다. 그런데 그렇게 풍요로운 전통이 휩쓸려 사라져가고 있다니 참으로 안타까운 일입니다.

『알체린가』(*Alcheringa*)[2] 제1호에 실린 제롬 로센버그와 데니스 테들록의 발간의도로 돌아가보겠습니다. 5년 만에 여기 모인 우리가 최초의 목표를 다시 살피고 그것을 어떻게 실천해왔는지 검토해볼 기회이기 때문입니다. 이 글에서는 여덟 가지를 말하고 있습니다. "세계 최초의 부족시(部族詩) 문학지 『알체린가』는 '민족시학'의 학술지가 아니라 부족시가 영역되어 실리고, 가장 오래되고 또 가장 새로운 시의 전통을 통해 인간의 정신과 삶을 변화시키기 위해 행동하는 장소가 될 것이다." '인간의 정신과 삶을 변화시키기 위해'라는 말에 주목하십시오. "근본에서는 다른 시 잡지와 분명히 다르지만 아방가르드에 공통된 투쟁적이고 계시적인 발표를 목표로 삼을 것이다. 그와 함께 우리가 바라는 것은 (1)광범위한 시학을 탐구함으로써 시가 무엇일 수 있는가에 대한 우리의 이해를 확장한다. (2)부족시/구술시의 번역 자체가 하나의 실험의 장이 되고, 다양한 문화에서의 번역의 가능성과 제반 문제를 논의하기 위한 공개토론의 장이 된다. (3)시인들이 부족시/구술시의 번역에 적극 참여하도록 권장한다. (4)그 분야의 학술출판에 의해 점점 더 도외시되는 민족학자와 언어학자들의 작업을 지원한다. 말하자면 부족시를 민족지학(民族誌學)의 자료로서가 아니라 그 자체로 가치있는 시로 발표하도록 권장한다. (5)시인, 민족학자, 부족의 가인(歌人), 기타 여러 사람들

2. 1970년에 간행된 민족시학 잡지.

간의 공동 프로젝트를 진행하는 데 선봉에 선다. (6) 인터미디어[3] 공연 같은 복합적이고 '원시적' 체계를 가진 시로 돌아간다. 그리고 이것을 번역하는 방법을 탐구한다. (7) 부족시와 오늘 이곳의 우리 간의 상관성을 예시와 주석을 통해 강조한다. (8) 문화의 모든 현상에 나타나는 문화적 종족근절에 맞서 투쟁한다."

지난 4, 5년 동안 위의 (2) 부터 (7) 에서 설명한 상호작용의 분야와 관련하여 무슨 일이 있었는지 우리 대부분은 잘 알고 있다고 생각합니다. 그래서 나는 "문화적 종족근절과 맞서 투쟁한다"는 것과 "시는 무엇일 수 있는가"라는 두 가지 점에 대해서만 나의 견해를 밝히고자 합니다.

문화적 종족근절과 맞서 싸우기 위해서는 문명 자체에 대한 비판과 함께, "경계 뛰어넘기"가 일어날 때—다르고, 작고, 상대적으로 자기충족적인 문화들이 서로 접촉하고, 그 상호작용을 통해 인구가 증가하고 부의 잉여 축적이 가능해지는 등 일련의 역사적 과정이 촉진될 때—어떤 일이 벌어지는가에 대한 사색이 필요합니다. 작은 사회들 사이에 다름에 대한 기본적인 배타성이 존재한다는 것은 아마도 맞는 말일 것입니다. 그것은 무역과 교역 혹은 주기적인 도박 게임, 축제, 그리고 함께 노래 부르기를 통해 해결될 수 있습니다. 집단이나 가족 간의 단순한 물리적 거리 때문에 한 집단은 집단 바깥의 다른 사람들을 '타자'로 생각하게 됩니다.

진정한 군사 경쟁은 청동기 무기로 시작하고 철기시대에 와서 확

---

3. 음악·영화·미술·전자·공학 등 다양한 미디어를 동시에 이용하는 복합예술.

실해집니다. 다른 문화에 대한 습격이 등장합니다. 그것은 최초의 불온한 접촉면입니다. 어떤 사람들은 농업과 수렵을 그만두고 생계를 위해 약탈을 택합니다. 이것은 오늘날에도 레이 대스먼(Ray Dasmann)[4]이 생태계 문화와 생물권 문화의 관계라고 부른 것 사이에서 계속되고 있습니다. 생태계 문화라 함은 생활의 경제기반을 자연 지역, 유역, 식물지대, 자연의 영역에 두고 그 안에서 모든 삶을 영위하는 것을 말합니다. 생태계의 범주 안에서, 이기주의에서 벗어나서 살 때 우리는 조심해야 합니다. 토양을 파괴하지 않고, 사냥감을 죽이지 않으며, 목재를 벌채하지 않고, 물이 토양을 씻어내리지 않게 합니다. 반면 생물권 문화는 초기 문명이 발생하고 중앙집권 국가가 형성되면서 시작된 문화입니다. 그 문화는 경제지원조직을 아주 멀리 확대한 나머지 생태계를 파멸시키고 계속 앞으로 나아갈 정도입니다. 그게 바로 로마제국이고, 바빌론제국이었지요. 제국의 광대한 확장은 특정 지역에 대한 무책임을 낳았습니다. 그런 문화들이 바로 우리를 자본주의와 제도화된 경제성장이라는 제국주의 문명으로 이끌었습니다.

근본적으로 우리가 쓰는 에너지는 농사나 수렵과 채집방식에 의해 얻는 태양에너지에 우리들 한 사람 한 사람의 노동을 합한 것입니다. 노예제는 문명 경제의 확장을 가속화하면서 최초의 집약적인 에너지 사용에 성공했습니다. 그 다음으로 나타난 집약적인 에너지가 1880년대부터 사용한 화석연료인데, 그것은 오늘날 우리가 이 세

---

4. 미국 캘리포니아의 작가이며 환경운동가. 저서로 『캘리포니아의 파괴』(The Destruction of California, 1985)가 있다.

계에서 보고 있는 모든 폭발적인 성장곡선과 소비곡선을 만들어냈습니다.

그런 배경하에 서구세계의 교육받은 많은 사람들은 서양의 무역 씨스템이 세계적으로 확산되는 과정에서 다른 민족의 연구자가 되었습니다. 그리고 이 지점에서 우리가 문화인류학이라는 학문이 제국주의적인가 아닌가 하는 논쟁에 관여하지 않더라도 그것이 다분히 정치적임을 외면할 수 없는 것입니다. 문화인류학적 호기심은 우리가 팽창하는 문명의 일원일 때만 일어나는 법입니다. 그것과 대조되는 태도는 다른 민족이 어떤 문화적 전통을 가지고 있는지 특별한 관심을 갖는 것이 아니라 다만 타민족의 문화적 전통을 존중하는 자세일 것입니다. 선불교에서는 "세상의 사물을 바라보아라"라고 말하는데, 이것은 우리가 다른 사람들에게 보여주는 것이 아니라는 뜻입니다. 선 수련장에는 라디오 인터뷰도, 녹음도, 비디오도, 영화도, 관광객도 허용되지 않습니다. 그것은 쇼가 아닙니다. 그곳은 수행에 참여하기를 원하는 사람이면 누구에게나 열려 있지만 보여주기 위한 것이 아니지요. 그것은 내부자들이 그들 문화의 일원으로서 갖는 인식일 겁니다. 그들은 수행에 참여하기 위해서가 아니라 연구하려고 오는 사람들을 표면 위를 기묘하게 떠도는 것으로 봅니다. 그리하여 우리는 우리의 문화인류학적 연구가 다른 문화 속에 있는 사람들에게는 얼마나 기괴하게 보일까 하는 것을 짐작할 수 있습니다. 생태계에 기반을 두고 자신의 동질성에 깊이 뿌리박고 있으며, 타인의 인간성을 추호도 의심하지 않는 그런 문화권의 사람들에게 말입니다.

그래서 지금 나는 '문화적 종족근절과의 투쟁'이라는 문제와 맞붙어 씨름하고 싶습니다. 문화적 종족근절과 어떻게 싸울까요? 『알체린가』는 지난 5년 동안 문화적 종족근절과 투쟁했나요? 우리 중 누가 정확한 방식으로 문화적 종족근절과 맞서 싸웠습니까? 문화적 종족근절은 어디에서 일어나고 있습니까? 브라질을 예로 들어봅시다. 『비판적 문화인류학』(Critical Anthropology)의 최근호에서 잭 스토더(Jack Stauder) 박사는 동료들에게 문화인류학 강의의 올바른 방향에 대해 몇가지를 제안하고 있습니다. 그는 만약 우리가 문화인류학 교사가 되고자 한다면 우리는 학생들에게 그들의 고유한 문화의 역학을, 최소한 비판적인 범위에서 제국주의와 자본주의를 이해하도록 가르칠 수 있어야 한다고 말합니다. 그것을 학생들에게 전달할 수 없다면 우리는 아마존에 사는 징구(Xingu)족에 대해 말할 자격이 없다는 것입니다. 그는 문화인류학자라면 문화적으로 억압받는 사람들에게 그들이 배우기를 원하는 한 제국주의의 역학과 유용한 경제적 지식을 가르칠 수 있어야 한다고 말합니다. 그런 현대적인 범주에 골머리를 앓고 싶어하지 않는 사람들을 나는 알고 있습니다만 만약 그들이 배우고자 한다면 우리는 그들을 도와줘야 합니다. 무엇이 어떻게 돌아가는지 이해한다면 상황의 희생자가 될 것인지 승리자가 될 것인지에 영향을 미칠 수 있을 겁니다. 스토더 박사는 문화인류학자가 사회에서 적극적인 역할을 담당해야 하고, 전세계에서 투쟁하고 있는 사람들과 제휴해야 한다고 제안합니다.

자, 브라질은 이와 관련된 그저 한 예에 불과하지만 아주 교훈적인 사례입니다. 물론 어디에서나 사람들은 억압받고 있으며, 전통의 파괴는 정도는 다르지만 복잡한 사회현상을 겪는 많은 나라에서 일어나고 있습니다. 브라질의 경우가 특히 감동적인 것은 바로 그곳에 세계 최후의 원시인들이, 분명 집단 팽창하는 문명과 아직 접촉하지 않은 부족들이 살고 있기 때문입니다. 1900년에는 250개의 부족이 존재했습니다. 그중 87개 부족이 절멸했습니다. 1900~57년 사이에 브라질에 있는 인디언 인구는 1백만명 이상에서 20만명 이하로 떨어졌습니다. 아마존 유역의 브라질 인디언의 인구는 지금 5만명 이하로 추정되고 있습니다. 남비카라족, 씬타스 라르가스족, 카디웨우족, 보로로족, 와우라족은 모두 절멸의 위기에 처해 있는 부족의 예입니다.

이런 파괴 뒤에 있는 것이 다국적 기업들입니다. 브라질에서 두번째로 큰 투자사는 폴크스바겐입니다. 폴크스바겐은 분명 서반구에서 확보한 이익 전부를 유로화로 교환하고 싶어하지 않습니다. 그래서 브라질 정글에 소 방목장을 확대하는 데 많은 투자를 했고, 북미에 사는 사람들의 까다로운 입맛에 맞는 쇠고기를 공급하기 위해 숲을 파괴했고, 그 자리에 목초지를 만들었습니다. 또다른 기업은 '죠지아 퍼시픽'(Georgia Pacific)이라는 목재회사입니다. 그 회사 또한 필리핀 정부와 계약을 체결하고 필리핀에 남아 있는 가장 우수한 처녀열대림의 일부를 벌목하고 있습니다. '리오 틴토 징크; 리튼 회사'는 공중관측을 하고 지도를 제작합니다. '카터필러 트랙터'는 정글을 밀어내면서 징구 공원을 관통하는 거대한 계약을 체결했습니다. 브라질의 공식 성명서는 "원주민이 그들의 건강과 교육을 개선하고 자기계발을 시작하는 유일한 길은 개발을 통해서라고 생각합니다"라고 말합니다. 자, 이 말에 웃기 전에 스스로 이런 질문을 해보십시오. 그 논거에 대해 여러분은 정답을 가지고 있습니까? 여러분은 브라질 원주민을 담장을 둘러친 국립공원에 집어넣고 문명세계와는 절대적으로 어떤 접촉도 못하게 해야 한다는 입장이십니까? 1950년대에 인류문화학을 공부할 때만 해도 나는 선생님들의 말씀처럼 세계의 많은 전통문화는 소멸될 운명이라고 확신했습니다. 우리는 그것들을 연구할 수 있고, 그들의 언어, 관습, 신화, 민담, 민족식물학에 대한 지식 등에서 우리가 찾아낸 것을 보존하려고 노력할 수는 있겠지만 그들의 문화적 고결성을 현실적으로 지키기 위해 우리가 어떤 정치적 노력을 해야 한다는 생각은 다분히 돈끼호떼적으로 비쳤을 것입니다. 그런 가설의 배경에는 자동적인 인종문화 혼합의 동화작용이 (그것은 어쩌면 괜찮을 수도 있습니다) 진행중이라는 생각이 깔려 있습니다. 그 터널의 다른 끝에서 우리가 추구해야 했던 것은 자유주의와 맑스주의에서 연료를 공급받는 희망찬 하나의 세계, 국제적이며 인도적인 모더니즘의 세계였습니다. 그러나 맑스주의자들은, 그들이 많은 점에서 정확한 비판을 한 점을 인정한다 하더라도, 원시문화에 대해 명확한 생각을 갖기 어렵습니다. 대부분의 맑스주의자들은 원시문화가 문명화되어야 한다고 가정합니다. 그런가요? 어째서 당신들은 원시문화가 발전해서는 안된다고 말합니까? 당신들은 저들이 아스피린을 갖지 못하게 하고 싶습니까? 그것이 가능하기나 한 걸까요?

이것은 이상한 모순입니다. 아르헨띠나에는 국립공원이 있습니다. 쿠루후잉카(Curruhuinca)의 마푸체(Mapuche)족이 그곳에 살고 있습니다. 숲속의 작은 오두막집들은 점점 더 황폐해지고 있는 데, 그곳에 사는 사람들이 게을러서가 아니고 원주민들은 나무를 베 거나 거두어들일 수 없다는 공원 당국의 법령 때문입니다. 숲에 둘러 싸여 있으나 나무를 하는 것이 허용되지 않으며, 나뭇가지 하나만 잘 라도 벌금형을 받습니다. 정부는 다발로 묶은 장작을 주고 있지만 절 대 충분한 양이 아닙니다.

　다음은 내가 아르헨띠나에서 얻은 문서의 인용문들입니다만, 몬 타나·유타·네바다·뉴멕시코·애리조나·북캘리포니아·중앙 오레 곤 등 여러 주에서도 비슷한 이야기를 들었습니다. 마푸체족에 대해 말하면서 독일계의 한 육군 대령은 "그들에 대해 쓰시려고요? 그 사 람들은 알코올중독인데다 딸하고도 동침한답니다" 하고 말합니다. 아랍계의 한 상점 주인은 "그들 걱정은 하지 마세요. 나는 그들이 죽 기를 바라고 있어요. 좋은 도로가 생긴다는 것에나 관심을 두는 게 좋아요" 하고 말합니다. 한 식당 주인은 "나는 저 사람들은 이해할 수가 없어요. 굶어죽어가고 있는데도 접시닦이가 되기를 원치 않는 다는 걸 자랑스러워한다고요" 하고 말합니다. 한 여행사의 고문 변 호사는 "쿠루후잉카족은 어떤 부족함도 없이 놀랄 만큼 잘 살고 있 어요. 정말이지 당신과 나도 그랬으면 얼마나 좋을까요" 하고 말합 니다. 국립공원의 한 고위관리는 "그들의 염소사육 금지에 대해 뭘 말하고 싶은 겁니까? 우리가 원하는 것은 저들을 이곳에서 쫓아내는 것입니다. 저 사람들은 게으르고, 나쁜 습관을 가지고 있으며, 더럽 습니다. 관광객들에게는 참 좋은 구경거리지요. 우리는 지금 저 사 람들이 아무 문제도 없이 자신들이 원하는 대로 살 수 있는 다른 지역으로 추방할 계획을 연구중입니다" 하고 말합니다. 그 관리는 네우껜 지방의 다른 지역은 모두 황량한 불모의 사막이라는 것, 그리고 쿠루후잉카 마푸체족은 아르헨띠나의 법이 인정하고 있다시피 지금 그들이 살고 있는 라까르 호(湖)의 원주민이라는 점은 언급하지 않았습니다.

문화적 다양성을 파괴하는 것은 생태적 파괴와 나란히 진행됩니다. 이 회의 초반에 나온 몇가지 발언을 보건대 일부 발표자들이 다양한 언어와 문화가 하나의 세계로 동화(同化)되는 것에 동조하거나 또는 세계화는 바람직한 과정이라고 가정하고 있음을 알 수 있었습니다. 그것에 대한 생태학적 비판은 이렇습니다. 로이 라파포트(Roy Rappaport)의 『농업사회에서의 에너지의 흐름』(*Flow of Energy in an Agricultural Society*)에서 인용합니다.

공업사회에 중심을 두고, 농업사회의 생태계를 파괴하는 치밀한 세계화 작업을 생태적 제국주의의 특징으로 보는 것은 어느정도 타당하다. 세계화의 확대와 산업화 규모의 확장, 그리고 그것이 의존하는 에너지 소비의 증대를 서구인은 사회진화와 발전으로 받아들여왔다. 우리가 진보라든지 사회진화라고 간주한 것은 부적합한 것일지 모른다. 필요하다면 복잡하고 상호의존적인 국제적 기구들을 희생해서라도 지방의, 국가의, 심지어 지역의 생태계가 갖는 다양성과 안정성을 증대하기 위해 우리는 현대문명의 연속성의 경향을 뒤집어버림으로써 인간 생존의 기회가 확보될 수도 있지 않을까를 물어야 한다. 내가 볼 때 생태계의 복잡성과 안정성을 해치는 경향이 환경오염과 인구과밀, 에너지 기근보다 인류가 직면한 궁극적 생존의 문제인 듯하다. 물론 해결하기 지난한 문제이기도 하다. 해결의 길이, 산업화되었거나 산업화되고 있는 사회를 지배하는 가치, 목표, 관심사, 정치적·경제적 제도와 화해할 수 없기 때문이다.

얼마 전 한 젊은 여성에게 경제성장에 대해 말한 일이 있습니다. 그러자 그녀가 이렇게 대답했습니다. "하지만 모든 생명은 성장이잖아요. 그게 자연스러운 일 아닌가요?" 그래서 나는 라몬 마르갈레프(Ramón Margalef)와 그밖의 몇몇 사람들의 말에 의지해 이렇게 설명해야 했습니다. 생명은 순환 속에서 움직인다. 어떤 붕괴와 소동이 지나면 '생명은 신속하게 동요된 조직을 복구하는데 일차적으로는 아주 작은 수효의 종들로 그렇게 한다. 조직이 회복되면 종의 다양성은 단일 종의 급속한 성장을 대체하기 시작한다. 그리고 점점 증대하는 복잡성을 통해 조직은 이른바 '절정을 향해 가기' 시작하며, 그 결과 절정이라고 부르는 상태에 도달한다. 그것이 말하자면 자연계 안에서의 최고의 다양성과 최고의 안정성의 상태이다. 안정적이란 것은 맞물리는 지점이 너무 많아서 조직에 대한 특정한 공격이 그 수많은 통로를 거치지 않고, 국부적이고 보정(補正)적으로 진행되는 것을 가리킨다.' 만약 풀만 있는 들이 있는데 메뚜기들이 그 위에 내려앉는다면 풀은 끝장이 날 것입니다. 1에이커의 토지에 풀이 생물자원(어느 지역 내에 생존하는 생물의 총량)의 12%일 경우 메뚜기가 온다면 나머지 88%의 생물은 살아남게 된다. 그게 전부다.

그 안에는 암묵적인 지원이 있는데 그것은 또한 유기퇴적물의 통로를 통한 에너지 재순환이라는 풍부함이다. 유기퇴적물은 증가하는 것이 아니라 감소하는 경향이 있는 유기물로, 해마다 생성되는 새로운 생물자원에 기식(寄食)하는 게 아니라 썩은 나무와 썩은 잎에서 사는 균류(菌類)와 벌레 등을 말한다. 유기퇴적물은 자연이 안정과 완숙을 이루어가는 열쇠이다.'

유진 오덤(Eugene Odum) 박사의 용어를 빌려 말한다면, 우리가 문명이라고 부르는 것은 초기의 천이(遷移) 단계로서 미숙하고 단일경작을 하는 체계입니다. 반면에 우리가 원시적이라고 부르는 것은 안정성과 보호라는 심원한 능력을 지닌 성숙한 체계입니다. 그것은 백설탕과 화폐경제의 교역관계, 그리고 술과 석유와 못과 성냥을 제외한 모든 것에 맞서 스스로를 보호할 수 있을 것입니다. "노동절약적 발명품은 사실은 어떤 노동도 절약하지 못했다"라고 말한 사람은 존 스튜어트 밀(John Stuart Mill)이었지요.

'원시적인' 성숙과 안정성에 대한 가장 위대하고 가장 오래된 표현 중 하나가 이야기와 노래로 이루어진 민간전승입니다.

그래서, 민족시학은 하나의 분야입니다. 새로운 분야의 정치학이자 잡지를 갖는 정치학입니다. 다른 민족의 문화로 들어가고 그들의 시를 가져와 우리 잡지에 발표하려고 할 때 우리가 할 일은 무엇일까요. 저는 그 긍정적인 측면을 논의하겠는데 그것은 단순합니다. 팽창주의적인 제국주의 문화는 자신이 착취하는 사람들을 어떻게든 인간 이하라고 믿을 때 대단히 편안해합니다. 피착취자들이 자신들처럼 인간일지도 모른다는 모종의 신호를 보내기 시작할 때 착취는 대단히 어려워지지요.

우리는 규모는 작지만 아메리카 원주민의 시와 이야기를 수집하고 출판함으로써 많은 백인이 아메리카 원주민의 문화를 깊이 인식하는 데 도움이 되었다고 생각합니다.

아메리카 원주민의 신화와 민화와 노래의 수집은 1880년대로 거슬러 올라갑니다. 수집 규모는 1900년경부터 크게 늘어났습니다. 미국민족학사무국(Bureau of American Ethnology), 미국민족협회(American Ethnological Society)의 연례 보고서와 회보, 미국민속학회(American Folkore Society)의 학회지와 기관지 등등을 통해서입니다. 영어로 된 아메리카 인디언 문학의 규모는 방대하지만 대중들이 쉽게 접할 수 있는 형태로 출판된 경우는 거의 없었습니다. 나는 그 이유를 묻지만, 모르겠습니다. 그냥 시장경제의 작용 때문일 수도 있습니다. 또 그런 것을 읽고 싶어하는 사람이 없을 수도 있습니다. 그런 것이 학문세계 밖에서 읽히는 것을 누구도 원하지 않았을지도 모릅니다.

유사한 경우를 하나 들자면 아이누족과 일본사람이 있습니다. 킨다이찌(金田一) 박사와 그의 동료들은 1930년대에 아이누족의 구비문학을 수집하기 시작했습니다. 수집한 것을 일본어로 번역했는데 수집해서 정리된 단일규모의 구비문학으로는 가장 방대한 것이었습니다. 그런데 그중 어느 것도 오랫동안 대중적인 일본어 출판물로 나오지 못했습니다. 구비문학 선집이 쉽게 구입할 수 있는 보급판으로 처음 나온 게 작년의 일입니다. 그동안은 아주 값비싼 희귀 학술서 속에 묻혀 있었지요. 보급판이 출판된 후 아이누에 대한 일본사람들의 태도가 바뀌었습니다. 비야스 보아스 형제(Villas-Bôas brothers)가 최근 출간한 징구족에 대한 책은 브라질의 인디언들에게 무엇을 가져다줄까요? 몇몇 사람들은 그걸 읽고 '이들도 사람이로구나'라고 생각하겠지요. 구비문학의 출간은 그렇게 문화적·정치적 가치를 어느정도 높여줍니다.

4만년에 이르는 동안 인류가 지녀온 노래, 신화, 이야기에 대해 사람들은 특별한 의식을 갖지 않았습니다. 그러나 우리에게는 19세기부터 시작된 소수민족 문학의 출판이 한 민족의 동질감을 얼마나 강화하는지를 밝혀주는 몇 가지 사례가 있습니다. 예를 들면 엘리아스 뢴로트(Elias Lönnrot)는 핀란드 북부지역을 걸어다니며 19세기 초까지 사람들이 부르던 노래와 서사시와 이야기들 중 남아 있는 단편들을 수집했습니다. 그는 자신의 언어학적 지식을 동원해 그것을 일련의 순서로 엮은 후 『칼레발라』(*Kalevala*)라고 불렀습니다. 하룻밤 사이에 그것은 핀란드의 민족서사시가 되었고, 핀란드인이 스웨덴과 러시아에 대항해 버틸 수 있도록 도와주었습니다. 오늘날 핀란드라고 불리는 나라가 있게 된 배경에는 뢴로트 박사의 여름철 도보여행이 있습니다.

『알체린가』의 8개 항목 가운데 4번째 항목은 '민족학자와 언어학자들의 작업을 장려하는 것'이었습니다. 그렇게 하면 중대한 일이 일어납니다.

1902년 3월에 앨프리드 크뢰버(Alfred Kroeber)는 캘리포니아의 니들스에 있었습니다. 그는 다음과 같이 썼습니다.

아하-크위니에바이(Ah'a-kwinyevai)에서, 모래로 뒤덮인 모하베족의 한 집에서, 우리는 이뇨-쿠타베레(Inyo-Kutavére)를 발견했는데 그것은 '사라진 추적'을 의미한다. (…) 그는 엿새 동안 계속해나갔다. 매일 3~4시간 동안 내내 그는 말하고 잭 존즈(Jack Jones)는 번역했고 나는 기록했다. 저녁마다 그는 하루만 더 하면 일이 끝날 것이라고 믿었던 것 같다. 내가 그에게 물었을 때 그는 아직 이야기를 다 말하지 않았음을 거침없이 인정했다. 그는 밤마다 모하베족을 앞에 두고 마지막 청중이 곯아 떨어질 때까지 이야기를 들려주었다. 우리가 약속한 엿새가 끝났을 때도 그는 여전히 하루만 더 하면 끝을 보게 되리라고 말했다. 하지만 그때는 이미 버클리에서의 어떤 약속 날짜까지 지난 상태였다. 그리고 그 다음날이 며칠 더 연장될 수도 있었기에 나는 할 수 없이 일을 중단하고 그에게, 그리고 나 자신에게도 늦어도 돌아오는 겨울까지는 니들스로 돌아와 이야기의 녹취를 끝내겠다고 약속했다. 돌아오는 겨울에 이뇨-쿠타베레는 죽었고, 그 이야기는 그렇게 미완으로 남았다. (…) 그는 장님이었다. 그의 신장은 모하베족의 평균치보다 작고, 몸은 가늘고 여위었으며, 고령으로 무척 허약했고, 반백의 머리카락은 길고 텁수룩했고, 생김새는 날카롭고 섬세하고 예민했다. 함께 지낸 엿새 동안 그는 집안의 흐트러진 모랫바닥에 앉아 자주 모하베족 남자들의 자세를 취했고, 발을 몸 아래나 옆으로 돌려 앉았지만 다리를 꼬는 가부좌는 아니었다. 그는 조용히 앉아 있었지만 내가 가져온 담배를 모두 피웠다. 그 집의 동거인들은 둘러앉아서 그가 하는 말을 듣거나 할 일이 있을 경우

에는 들락날락했다.[5]

모랫바닥에 앉아서 자신의 이야기를 들려주고 있는 노인은 우리가 되어야 할 바로 그 사람입니다. 아무리 훌륭해도 A. L. 크뢰버가 아닙니다.

우리는 모두 실재하는 사람들입니다. 이 지구에 사는 사람은 누구나 이 별의 원주민입니다. 모든 시는 '우리의' 시입니다. 디네(Diné)의 시, 민중의 시, 마이디(Maydy)의 시, 인간의 시. 4만년이라는 시간의 척도로 보면 우리는 한 종족입니다. 우리는 모두 똑같이 원시적이며, 2~3천년을 여기에서 혹은 1백년을 저기에서 주거니 받거니 합니다. 이 입장에서 보면 호메로스는 전통의 시작이 아니라 전통의 중간점에 있습니다. 호메로스는 그 이전 8천년 동안 내려온 구비문학의 소재를 통합하고 조직화한 것이지요. 그것은 한자를 공부해 일본의 민간전승을 문자로 표기한 필기사들과 같다고 하겠습니다. 호메로스는 그 이미지들을 다시 한번 세상에 내보내 2천년 동안 이어지게 합니다. 그래서 우리는 아직도 '아이아스'표 청소용 분말제와 '헤라클레스'표 발파용 폭약을 가지고 있는 것입니다. 어떤 고리이지요.

인도의 전통에서는 언어와 시의 기원을 다음과 같이 묘사합니다.──창조자 브라마(Brahma)는 깊은 황홀상태에 빠져 있다. 그는 침묵이며 부동(不動)이다. 그 어딘가에서 한가지 생각이 움직인다. 그것은 노래인데, 인도의 뮤즈인 바크(Vak) 여신으로 모습을 드러낸

....

5. A. L. Kroeber, "A Mojabe Historical Epic," *Anthropological Records*, vol 11, no. 2 (Berkeley: University of California Press 1951), p. 71.

다. 여신은 그 자체가 에너지인 우주가 된다. 그 에너지에서 모든 하위 에너지들이 태어난다. 인도-유럽어에서 바크(Vak)는 라틴어의 '복스'(vox, 목소리)나 영어의 '보이스'(voice, 목소리)와 같은 말입니다. 여신은 '사라스바티'(Sarasvati, 辯財天)라고도 불리는데, 그것은 '흐르는 사람'이라는 뜻입니다. 인도인들은 그녀를 시와 음악과 학문의 여신이라고 생각합니다. 그녀는 하얀 사리를 걸치고 공작을 탄채 비나(vina, 인도의 4현 현악기)와 두루마리 책을 들고 있는 것으로 그려집니다.

에너지 흐름의 초창기에 언어는 단지 '씨앗 음절들'이었습니다. 인도의 만트라 낭송, 즉 씨앗 음절들의 낭송은 우리를 근원적인 소리 에너지의 차원으로 데려가는 방법입니다. 우주가 근원적으로 소리와 노래라는 인식은 시학을 창시합니다. 산스크리트 시학에 따르면 최초의 시는 흐르는 물과 나무 사이를 스치는 바람소리라고 합니다. 인도뿐 아니라 다른 지역의 고대 원형에도 신성한 노래, 세속적인 노래가 있습니다. 신성한 노래의 경우 다시 두 개의 범주로 나뉘는데, 주술적 음절로 이루어지고 마술적 의미를 가지는 노래와, 문자를 통한 의미를 가지는 신성한 노래가 그것입니다. 세속적 범주의 노래로 말하자면 세상 사람들이 부르는 모든 노래를 생각할 수 있습니다. 아기를 잠재우기 위한 자장가, 아이들이 운동장에서 부르는 동요, 사춘기 통과의례 때 부르는 황홀경의 노래, 젊은이들의 사랑을 구하는 연가, 노동요, 그물을 던지며 부르는 노래, 망치를 두드리며 부르는 노래, 모 심을 때 부르는 노래, 카누를 탈 때 부르는 노래, 또는 말을 타고 가면서 부르는 노래, 특정한 주술적 기술과 지식을 가지고 사냥할 때 부르는 노래, 축하연에서 부르는 노래, 전쟁 노래, 죽음의 노래 등 수많은 노래가 있습니다. 시 역시 이들 범주에 맞추어 분류할 수 있습니다.

아주 중요한 또다른 범주의 시를 '치유의 노래'라고 부를 수 있겠습니다. 특별하고 강력한 황홀상태에서 노래를 받은 사람들은 의술인이나 노래 치료사가 되었습니다. 그들은 플라톤이 추방하기를 원한 사람들로서 역사 속에서 우리에게 왔습니다. 나는 자연과 생명의 완전성에 대한 관심은 오래되고 근원적인 시인의 관심이라고 생각합니다. 가수의 일은 곡식의 목소리, 성단(星團)의 목소리, 들소의 목소리, 영양(羚羊)의 목소리를 들려주는 것입니다. 인간의 세계 안에 들어 있지 않은 '타자'를 특별한 방식으로 접촉하는 것이지요. 그것은 스승에게 계속 묻는다고 해서 알 수 있는 것이 아니고, 오로지 용감하게 인간의 경계 밖으로 나가 우리 자신의 마음의 야생지, 무의식의 야생지로 들어갈 때에만 알 수 있습니다. 이렇듯 시인은 언제나 '이교도'입니다. 그런 이유 때문에 블레이크(W. Blake)는 밀턴(J. MIiton)이 악마의 편이었지만 그 자신은 그것을 모르고 있었다고 말한 것이지요. 악마란 결국 악마가 아닙니다. 시인은 『세 형제』(Trois Fréres)에 나오는, 가지진 뿔을 달고 등에는 생가죽을 두르고 무언극을 하는 큰 사슴 무당이자 무인(舞人)입니다. 그가 하는 일은 추측건대 봄철 동물의 다산, 인간과 동물의 소통과 관련이 있습니다. 고대의 노래 가운데 '치유의 노래'가 가장 어렵고 심오한 것이었다고 할 수 있습니다. 그 노래들은 그대는 가인(歌人)이 되기 위해 어떤 마음을 준비하는가라는 오래된 질문을 던집니다. 그것은 열린 마음, 내면성, 감사하는 마음을 요구합니다. 거기에 명상, 단식, 약간의 고통, 사회체제와의 일상적 관계의 파괴가 더해져야 합니다. 파파고(Papago)족, 더 정확하게는 오오담(O'odham)족의 말을 인용해보겠습니다.

노래를 바라는 사람은 가사와 곡조에 마음을 두지 않는다. 그는 초자연적인 존재들을 기쁘게 하는 데 마음을 둔다. 그는 훌륭한 사냥꾼이거나 훌륭한 전사(戰士)임이 틀림없다. 어쩌면 초자연적인 존재들은 그의 방식을 좋아할지 모른다. 그리고 어느날 편안한 잠 속에서 그는 노랫소리를 듣게 될 것이다. 그는 그 노래가 바다에서 날아오는 멋지고 하얀 새들에 대해 매가 그에게 불러주는 것임을 안다. 어쩌면 그것은 구름의 노래일 수도 바람의 노래일 수도 있으며, 혹은 깃털처럼 가뿐한 붉은비거미가 자신의 보이지 않는 줄 위에서 부르는 노래일지도 모른다. 영웅적 행위의 보상은 개인의 영광도 부도 아니다. 그 보상은 꿈이다. 영웅적 행위를 수행하는 사람은 자신을 초자연적인 존재와 접촉시킨다. 그런 후, 그는 단식을 하면서 비전을 기다린다. 파파고족 사람들은 훌륭하지 않은 사람에게는 비전이 오지 않으며, 그것은 스스로 겸허함을 보여주는 사람에게 오고 그 꿈은 언제나 노래를 동반한다고 믿는다.[6]

뮤즈의 민간전승으로 돌아갈 것. 뮤즈의 이미지, 여신은 우리의

---

6. Ruth Underhill, *Singing for Power* (Berkeley: University of California Press 1968), p. 7.

서구 전통에서는 강력합니다. 그리고 그것은 인도의 산스크리트어와 타밀어의 전통에서도 현존합니다. 중국의 전통에도 아주 초기에는 뮤즈의 시점(視點)이 있었는데 어느 시기부턴가 덮어졌다가 후에 도교에서, 여성, 여성성, 계곡의 정신, 음(陰) 안에서 다시 발견됩니다. 조지프 니덤(Joseph Needjam)[7] 박사가 『중국의 과학과 문명』(*Science and Civilization in China*)에서 평가한 바에 따르면 도교는 가장 크고, 유일하며, 정연한 나무토막 같은 모계적 혈통과 모성의식을 중심으로 하는 신석기시대의 문화입니다. 그 문화는 말하자면 문명의 음속 장벽을 돌파해 철기시대로 들어갔고, 본래의 모습을 절반쯤 간직한 채 반대쪽으로 나왔습니다. 그리하여 중국의 정치·역사를 통해 도교는 반봉건적이었으며 반가부장적이었습니다. 도교에는 대지의 여신이 있는데 최초로 모습을 드러낼 때 절반만 눈에 보입니다. 이 모든 오랜 시들은 우리에게 대지의 시학을 부여합니다.

의사소통 에너지를 응축한 결과가 언어이고, 언어를 압축한 결과로 나타나는 것이 신화입니다. 신화의 압축은 우리에게 노래를 가져다줍니다. 유진 오덤 박사의 동생인 하워드 오덤(Howard T. Odum) 박사의 말을 들어보지요. "정보의 전달은 모든 복잡한 체계의 중요한 부분이다. 높은 증폭요소를 가진 작은 에너지 흐름들은 그것이 통제하는 에너지에 비례해서 가치를 갖는다. 에너지 흐름에서 가장 작은 흐름인 정보의 전달통로는 동력회로의 작동입구 밸브를 열 때 최대의 가치를 가질 수 있다. 정합적 형태로 있는 작은 에너지인 이

---

7. 영국의 생화학자이며 과학사가. 『중국의 과학과 문명』은 전7권으로 씌어졌다.

정보의 질은 아주 높은 것이어서 올바른 제어회로에 놓일 때 거대한 증폭을 획득하고, 아주 큰 동력의 흐름을 관장한다."[8] 대우주에서 에너지 흐름의 주요 '테마'는 거대한 사물들이 함께 오면서 그 자신의 중력을 현실화하는 데 있습니다. 1평방미터마다 우주에 방출하는 태양반사 에너지는 I.395(I는 태양상수)입니다. 태양에너지는 지구에 유입되는 에너지의 99.98%를 점하고 있습니다. 그 가운데 가장 작은 부분을 식물의 엽록소가 포획합니다. 여기 생물학자 루이스 토머스(Lewis Thomas)가 명확하게 표현해놓은 시학을 소개합니다.

모로비츠는 열역학에서 소진되지 않는 에너지의 원천인 태양으로부터 지구라고 하는 외계 공간의 채워지지 않는 웅덩이로 흐르는 일정한 에너지는 수학적으로 물질구성을 짐짐 더 질서정연한 상태로 만든다는 가설을 발표했다. 그 결과로 생기는 조화의 작용에는 결합된 원자가 끊임없이 덩어리지면서 좀더 높은 복잡성을 가진 분자가 되고, 에너지 축적과 방출을 위한 순환이 발생한다. 비(非)평형을 이루는 안정된 상태에서 태양에너지는 단순히 지구로 흘러가 빛을 내면서 사라지지 않을 것이다. 물질을 균형상태로 재배열하여 확률을 넘어서고 엔트로피에 대항해 재배열과 분자의 장식(裝飾)이라는 끊임없는 변화상태로 상승시키는 것은 열역학적으로 필연적인 과정이다. 이 과정을 소리로 나타낸다면 브란덴부르크 협주곡의 편곡이 될 것이다. 그러나 나는 그와 똑같은 일이

8. H. T. Odum, *Environment, Power, and Society* (New York: Wiley 1971), p. 72.

벌레들이 만드는 리듬과 새가 노래할 때 만드는 진동과 고래들이 만들어내는 선율과 수백만 마리의 메뚜기가 이동할 때 내는 조절된 진동에 의해 표현될 수도 있다는 가능성도 열어놓고 있다.[9]

그것이 우리가 무의식의 차원에서, 우리의 언어에서, 우리의 노래에서 가락을 맞추게 되는 부분이지요.

고대 음악의 리듬과 조음(調音), 노래와 춤에 동반하는 작은 영창과 합창, 황홀상태에서의 반복과 동틀녘의 밝은 이미지들, 새들의 지저귐을 모방한 소리, 은유적인 냇물의 급류. 이런 것들은 세계 시학의 직물에 있는 것으로 루이스 토머스가 브란덴부르크 협주곡에서 발견한 것에 다름아닙니다. 민족시학의 연구는 미래의 시인들과 학자들에게 시의 전략, 표현형식, 심상(心象)의 각도, 언어의 유희와 마음의 유희의 수많은 예를 제공할 것입니다. 그들은 누구로부터 어떤 것도 훔치지 않고 인간의 성취를 풍부하게 해줍니다.

시와 음악과 노래의 이러한 가르침에 감사와 경의를 표현하는 길은 위기에 처한 자급사회가 토지와 문화의 강간에 대항해 벌이는 싸움을 돕는 것입니다. 끔찍한 고통으로 점철된 20세기 후반의 삶에서 자급자족해온 토착 종족, 그들의 문화, 그리고 그들의 집인 정글이나 숲은 지금 최악의 상태에 이르렀습니다. 우리가 그들의 노래를 예찬한다 해도 그들은 사라져가고 있습니다.

---

9. Lewis Thomas, *The Lives of a Cell* (New York: Viking Press 1974), pp. 27-28.

믿어지지 않는 코요테의 생존

1

미국 현대시에는 아메리카 인디언의 민간전승이 많이 반영되고 있는데 그 가운데 가장 인상적인 것이 지속적으로 나타나는 코요테의 존재입니다. 미국 시인들은 지금 서부의 역사를 되돌아보고 있습니다. 시인들은 가령 민간에 전해오는 카우보이나 산(山)사나이들에 관한 민간전승을 언급하는 빈도만큼이나 자주 아메리칸 인디언의 민간전승에 대해 말하고 있습니다. 왜 그럴까요? 초기 모피상들이 1820년대에 미 서부의 '대분지'를 탐험하기 시작했을 때 그들은

---

* 이 글은 1974년에 로건 주에 있는 유타대학교가 개최한 서부작가회의에서 행한 연설에 기초한 것이다. 이 글의 첫 원고는 『옛 방식들』에 들어 있다.

고대로부터 전승된 기술로 그 건조한 지역에서 살아가던 아주 강인하고 영리한 원주민 부족들과 접촉하게 되었습니다. 몇마리 들소만이 제 길을 벗어나 유타 주 동부나 아이다호 주로 들어갔고, 이제 막 말(馬)이 이용되기 시작할 무렵이었습니다. 그러나 로키 산맥 서쪽, 그러니까 '대분지'와 북쪽의 고원과 남서부, 더 나아가 캘리포니아에 살고 있던 이 부족들은 '늙은 현자(賢者) 코요테'에 관한 풍부한 민간설화를 세상에 남겼습니다. 그렇게 해서 이 그럴싸한 존재는 현대시와 현대미술 속에 완전히 정착했습니다.

동물 코요테는 늑대가 거의 전멸된 서부 전역에서 살아남았습니다. 독이 든 미끼를 먹지 않았기 때문이지요. 목장주들이 늑대 먹이로 내놓은 스트리크닌(Strychnine, 중추신경흥분제의 일종)을 섞은 소의 시체는 늑대를 불러들였습니다. 하지만 코요테는 애당초 독이 든 미끼는 먹지 않았습니다. 코요테가 아직도 잘 번식하고 있는 것은 그 때문입니다. 그래서 로키 산맥에서 서쪽으로 그리고 멕시코의 북쪽에서 캐나다 깊숙이까지 트릭스터(Trickster)[1] 코요테는 아메리카 인디언 문화에서 가장 주목할 만한 하나의 요소라는 걸 우리는 알게 됩니다.

코요테, 혹은 동물 코요테와 구별하기 위해 '코요테 인간'이라고 불리는 것에 관해서는 많은 이야기가 전해집니다. '늙은 현자 코요테'는

---

1. 원시민족의 민화나 신화에 등장하는 인물, 또는 동물로 흔히 문화영웅과 겹친다. 문화영웅은 새로운 기술, 제도, 관습을 창조하거나 전파하여 인간생활에 진보를 가져온 존재이다. 대표적으로 서양에는 불을 훔쳐 인간에게 주었다가 제우스에게 형벌을 받는 프로메테우스가 있고, 중국에는 농기구를 발명하고 각종 약초의 효능을 발견하여 신으로 추앙되지만 약초 검사 부작용으로 얼굴이 흉하게 되었다는 신농씨가 있다. 모든 민족의 고대신화에는 반드시 이런 인물이나 동물이 등장한다.

신화시대에, 그러니까 꿈의 시대에 살았습니다. 그리고 그때 많은 일들이 일어났습니다. 캐스케이드(Cascade) 산맥 반대편에서는 그 동물을 '갈가마귀'라고 부릅니다. 오대호 지역에서는 간혹 '산토끼'라고도 부릅니다. 하지만 이곳에서는 그를 '코요테 인간'이라고 부릅니다.

'코요테 인간'은 언제나 길을 가고 있고, 정말 어리석으며, 말하자면 나쁜 놈입니다. 사실 그는 정말 곤란하고 난폭한 놈이기는 하지만 몇가지 좋은 일도 했지요. 그는 사람들에게 불을 가져다주었습니다. 메스칼레로(Mescalero)족은 코요테가 불을 보존하던 장소를 발견했다고 말합니다. 불 주위로 한떼의 파리가 둥그렇게 원을 그리며 지키고 있어서 그 원 안으로 들어갈 수가 없었지만 코요테는 그 사이로 꼬리를 찔러넣어 꼬리에 불을 붙일 수 있었습니다. 그런 후 재빨리 달아나 그 불타는 꼬리로 숲에 불을 놓았답니다. 코요테가 놓은 불은 전세계를 돌았고 사람들은 아직도 여기저기서 그 불을 얻고 있습니다. 코요테는 컬럼비아 강 상류에서 사람들에게 연어 잡는 법도 가르쳤습니다. 그는 사람들에게 어떤 식물을 먹어도 되는지도 가르쳤습니다. 그렇게 그는 좋은 일도 제법 했지요.

하지만 코요테는 대부분의 시간을 그저 장난이나 치면서 보냅니다. 이 세상에 죽음이 생긴 것은 코요테의 잘못 때문입니다. 이것은 캘리포니아의 마이두(Maidu)족에 전해오는 이야기입니다. 창조신은 사람들이 늙지도 죽지도 않는 세계를 만들었습니다. 호수도 하나 만들었는데 만약 사람들이 자신이 늙어가고 있다고 느끼면 그 호수에 뛰어들어 다시 젊어질 수 있도록 하기 위해서였지요. 창조신은 또한 매일 아침 우리가 잠에서 깨어 문밖으로 손을 뻗기만 하면 그곳에 먹을 수 있는 뜨끈뜨끈하고 김이 무럭무럭 나는 도토리죽 한 그릇이 놓여 있도록 했습니다. 그 시절에는 사람들이 먹을 것을 위해 일할 필요가 없었습니다. 하지만 코요테는 인간을 선동하고 돌아다니면서 "자, 여러분, 이렇게 사는 것은 말하자면 좀 지루하지 않은가요? 이곳에 무슨 일이 있어야 하겠습니다. 그러자니 어쩌면 여러분은 죽어야 할지도 모릅니다" 하고 말했습니다. 그러자 사람들이 물었습니다. "죽음이라니, 그게 뭔데요?" 그러자 코요테는 "그러니까, 있잖아요, 만약 여러분이 죽어야 한다면 여러분은 정말로 삶을 진지하게 받아들여야 하고 무엇이든 좀더 깊이 생각해야 해요" 하고 대답했습니다. 그는 이런 식으로 계속 선동하고 다녔고 마침내 창조신이 그의 말을 들었습니다. 창조신은 머리를 저으며 말했습니다. "오, 세상에. 이제 만사가 엉망진창이 될 거야." 코요테는 이 죽음에 관한 생각을 계속 떠들며 돌아다녔고 머잖아 일이 터졌습니다. 어느 날 사람들이 도보 경주를 벌였습니다. '코요테 인간'의 아들도 거기 나갔는데, 저런, 그가 그만 방울뱀을 밟았고 방울뱀은 그를 물었습니다. 그는 쓰러지면서 땅바닥에 누웠습니다. 사람들은 그가 긴 시간을 잠들어 있다고 생각했습니다. 코요테는 "일어나, 자 어서, 이제 달려봐" 하고 계속 소리쳤습니다. 마침내 창조신이 그를 바라보며 말했습니다. "무슨 일이 일어났는지 알겠느냐? 네 아이는 죽었다. 네가 그걸 요구했다." 그러자 코요테가 말했습니다. "그런데, 나는 생각을 바꾸었어요. 나는 사람들이 죽는 걸 원치 않아요. 이제 그를 다시 살려주세요." 그러나 창조신은 "이제는 너무 늦었다. 이제는 너무 늦었어"라고 대답했습니다.

'코요테 인간'과 그의 더없는 어리석음에 대한 이야기는 아주 많습니다. 가령 그가 밖에서 걸어가다가 버드나무의 아름답고 작은 금빛 잎사귀들이 나부끼며 땅으로 떨어지는 것을 봅니다. 나뭇잎들은 하나하나 내려옵니다. 그는 오랫동안 그 나뭇잎들을 바라보다가 위로 올라가 잎사귀들에게 묻습니다. "자, 어떻게 그렇게 하지? 그렇게 내려오다니 참 예쁘다." 그러자 나뭇잎들이 말합니다. "별것 아니야. 그냥 나무 위로 올라간 다음 떨어지면 돼." 그래서 그는 버드나무 위로 올라가 몸을 날리지만 나뭇잎들처럼 춤추듯 내려오지는 못하지요. 그냥 땅에 부딪혀서 죽고 맙니다. 하지만 코요테는 결코 죽지 않지요. 그는 무수히 죽지만 매번 다시 살아납니다. 그러고는 여행을 계속합니다.

또 한번은 코요테가 이 세상 위에 있는 세상으로 갔는데 거기서 돌아오는 유일한 방법은 거미줄을 타고 내려오는 것이었습니다. 거미가 그에게 말했습니다. "거미줄을 타고 내려갈 때는 아래를 보지 마. 뒤돌아보지도 마. 발이 땅바닥에 닿을 때까지 눈을 감고 있어. 그러면 괜찮을 거야." 그래서 코요테는 이 거미줄을 타고 내려오는데 점점 불안해집니다. 그래서 "자 이제 틀림없이 곧 땅바닥에 닿을 거야. 내 발이 바닥에 닿는 순간 눈을 떠야지"라고 말합니다. 그러고는 눈을 떴는데, 당연히 거미줄은 끊어지고 그는 떨어져 죽습니다. 그러자 그가 쓰러져 누운 자리에 썩은 고기를 먹는 딱정벌레들이 와서 그의 몸을 갉아먹습니다. 머리카락의 일부는 바람에 불려 날아가고 금방 그의 갈비뼈가 드러납니다. 여섯달쯤 지나자 그의 모습은 완전히 엉망이 되었습니다. 하지만 그는 깨어나기 시작합니다. 그는 한쪽 눈을 뜹니다. 다른 눈도 뜨려고 하지만 그 눈을 찾을 수 없습니다. 그래서 손을 뻗어 작은 돌멩이 하나를 집어 눈구멍 안에 찔러 넣습니다. 그러자 어치 한 마리가 다가와 그 돌멩이 위에 조그만 송진을 놓아줍니다. 코요테는 그걸 통해서 볼 수 있게 됩니다. 그는 몸을 다시 추스려 원래대로 만들고 언덕 아래로 굴러가버린 한쌍의 갈비뼈를 찾으러 갑니다. 갈비뼈를 제자리에 넣고 그는 말합니다. "자, 이제 계속 길을 가야지."

그는 못된 장난을 칩니다. 오카노간(Okanogan)족이 사는 곳에서 저 아래 아파치(Apache)족 마을에 이르기까지 어디서나 우리가 들을 수 있는 이야기가 하나 있습니다. '코요테 인간'이 자신의 큰딸에게 관심을 갖던 때 이야기입니다. 코요테는 자신의 큰딸과 관계를 갖고 싶어했습니다. 그 생각을 떨쳐버릴 수가 없었습니다. 그래서 마침내 어느날 가족에게 가서 "자, 나는 지금 죽을 거야"라고 말합니다. 달리 전해오는 이야기에 따르면 "나는 긴 여행을 떠나려고 한다"라고 말했다고 합니다. 그러고는 언덕의 반대편으로 가서 변장을 합니다. 그리고 집을 떠나기 전에 코요테는 식구 모두에게 이렇게 말해둡니다. "만약 어떤 남자가 오면 말이다, 큰 가방을 가진 잘생긴 남자가 너희들에게 주려고 산토끼 두 마리를 가지고 오면, 그 남자를 친절하게 대하고 집으로 들어오게 해 잘 보살펴주어라." 그러고는 집을 나가 변장을 하고 산토끼 두 마리를 가지고 다시 돌아옵니다. 딸들이 엄마에게 말합니다. "어머, 정말로 아빠가 말씀하신 대로 우리가 잘 대접해드려야 할 분이 오셨어요." 그래서 그들은 그를 집 안으로 들이고 음식을 대접합니다. 그는 한쪽 구석에 앉아 목소리를 깔고 말합니다. "정말이지 큰따님이 아름답군요. 시집보내고 싶지 않으세요?" 그러고 나서 거의 떠날 참이던 그는 그 집 사람들에게 머리털 속에서 이를 잡아달라고 부탁합니다. 그들은 그의 털을 살피다가 그의 한쪽 뺨 위에 있는 상처를 발견합니다. 그들은 "어머, 아빠네" 하고 말합니다. 이런 식의 이야기들입니다.

2

이런 민간전승 이야기들이 어떻게 최근의 문학으로 들어왔을까요? 나는 1951년에 문화인류학을 공부하기 위해 인디애나대학교 대학원에 입학하러 가면서 쌘프란시스코에서 인디애나까지 지나가는 자동차를 얻어타고 간 적이 있습니다. 저녁 무렵이었는데 레노의 바로 외곽지대에서 몇 사람의 파이우테(Paiute)족 인디언이 나를 태워주었습니다. 우리는 밤새 차를 달려 엘코로 갔습니다. 차 안에는 맥주 두 상자가 있었고, 우리는 200마일을 내내 즐겁게 술을 마시며 운전했는데 극서부 지방에서는 그런 놀이가 흔한 일이었지요. 그들은 오클랜드에 있는 제철공장의 노동자였는데 퇴근길이었지요. 그들은 코요테 이야기를 하기 시작했습니다. 예수에 대해서도 말했지요. 한 사람이 예수는 큰 도박꾼이라고 하면서 어쩌면 미국에서 최고의 꾼일지 모른다고 했습니다. 그들은 그들 세계의 한부분인 코요테 이야기를 아주 재미있게 들려주었습니다. 그러나 또한 도회지에 거주하고 제철공장에서 일하며 아메리카 인디언 관리국 산하의 학교를 다닌 사실에서 오는 거리감을 갖고 있었지요. 그렇다 해도 그들은 코요테 이야기를 해주었습니다.

코요테 이야기가 최근의 문학에 등장한 또다른 경로는 이렇습니다. 20여년 전에 쓴 내 시집에 코요테가 여기저기서 나타나기 시작했습니다. 코요테를 문학 속으로 처음 불러낸 사람은 나였다고 생각하지만 나 하나만은 아니었습니다. 1960년대와 70년대 초반에 제이미 콜러(Jamie Koller)가 편집한 『코요테 저널』(*Coyote's Journal*)이라는 문학잡지가 있었습니다. 그보다 앞서 제이미 데 앙굴로(Jamie de Angulo)는 자신의 아이들에게 들려준 이야기들을 적어두었는데, 그것을 1950년대 중반에 『인디언 이야기』(*Indian Tales*)라는 제목으로 출간했지요. 제이미 데 앙굴로는 원래는 스페인 출신의 의사였으나 후에 문화인류학자이자 언어학자가 되어 1920~30년대에는 남서부에서, 그후에는 캘리포니아에서 살았습니다. 제2차 세계대전 이후 그는 쌘프란시스코와 빅써에서 아나키스트 보헤미안 문화영웅이 되었습니다. 그는 시인 로빈슨 제퍼스(Robinson Jeffers)[2]의 친구였습니다. 사실 나는 로빈슨 제퍼스가 낮이든 밤이든 상관없이 아무 때고 자기 집안에 들어오게 한 유일한 사람이 그였다는 말을 들은 적이 있습니다. 그는 제퍼스의 몇편의 시에 '스페인 사람 카우보이'로 등장하는데 그 이유는 앙굴로가 한때 빅써 위쪽의 파팅던 산등성이에 있던 목장을 경영하고 있었기 때문입니다. 아무튼 그는 언어학자와 문화인류학자로서 코요테와 그밖의 아메리칸 인디언의 이야기를 직접

----

2. 1887~1962. 미국 캘리포니아의 시인. 도시생활을 싫어해 태평양이 내려다보이는 캘리포니아의 빅써에서 돌집을 짓고 시를 쓰며 살았다.

접한 사람입니다. 그의 『인디언 이야기』는 베이 지역의 작가들에게 직접적인 영향을 주었습니다. 그들 중 몇몇은 코요테를 주제로 그가 마치 누구하고나 친한 존재인 듯이 묘사한 시를 쓰기도 했습니다.

코요테가 어째서 그토록 우리와 친밀한 동물이 되었는지를 이해하기 위해서 우리는 다시 '서부'를 바라보아야 합니다. 우리는 '서부인은 도대체 누구고 또 서부는 무엇인가?'라는 질문을 계속해왔고 또 그 대답은 계속 바뀝니다. 벌목을 생업으로 삼은 서부지방에서 오래 살아온 집안 출신인 나에게 말할 자격이 조금은 있기를 바라며 그에 대한 나름의 해석을 제시하겠습니다. 여러해 동안 서부 문학의 관심은 개발과 팽창에 있었습니다. 이것은 서부의 '서사시' 혹은 '영웅시' 시대, 다시 말하면 급속한 팽창이 이루어지던 초창기 개발시대에 대한 이야기입니다. 이 문학은 장소의 문학이 아닙니다. 그것은 힘과 백인이 이룬 위업, 즉 영어권 미국인이 인간으로 겪은 사건들을 다룬 역사며 문학입니다. 그 장소가 이곳이었던 것은 그저 우연이었을 뿐입니다.

그 문학에서 장소는 황량하고 낯선 지대로 모습을 드러냅니다. 온화한 기후에서 살다 온 영국계 백인이 갑자기 광대하고 나무도 없는 건조한 공간과 마주하게 됩니다. 드넓은 공간과 건조함, 그것에 맞닥뜨리고 그것과 더불어 사는 일이 서부문학의 주제입니다만 그것은 다만 부수적일 뿐입니다. 그것은 아이슬란드의 무용담이라 해도, 혹은 기원전 1500년 그레인지의 분지나 아나톨리아로 가축과 마차를 몰고 이동해 내려오면서 새롭고 낯선 지역이면 어디나 퍼져나갔던 인도-유럽어족의 영웅서사시라 해도 마찬가지일 것입니다. 서부에 정착한 백인이 우리에게 준 것은 남자다움, 정력, 용기, 유머, 그리고 영웅시의 이미지였습니다. 이런 이미지들은 미국의 국가적 자아상(自我像)의 강력한 부분, 어쩌면 가장 강한 부분, 가장 널리 퍼져나간 부분이 되었고, 이 세계의 다른 지역으로 수출되었습니다. 미국의 민속문학을 보면 가령 대니얼 분(Daniel Boone)[3] 같은 남부의 이미지들이 있고, 양키 및 그밖의 몇몇 원형들이 있습니다. 그러나 산사나이와 카우보이와 대목장주를 혼합한 서부의 이미지가 아마도 가장 강렬한 이미지일 것입니다. 경제가 직접적이고 급속한 자연의 개발로부터 안정적인 농업 기반으로 이동하면서 '서부'는 존재하지 않게 되었습니다. 어떤 지역이 지리적으로 서부이든 아니든 상관없이 말입니다. 영웅담은 초창기 서부의 개발에 따라, 즉 모피 무역, 그 다음의 가축산업, 그 다음의 채광사업, 다시 그 다음에 온 벌채사업과 함께 이동했습니다.

나는 미 서부에 있는 워싱턴 주에서 성장했습니다. 그곳은 건조하지도 않고 나무가 없는 곳도 아니기에 그곳을 '서부문학' 범주에서 제외하는 사람들도 있습니다. 그러나 그곳은 '서부' 신화의 범위 안에 있다고 할 수 있는데, 왜냐하면 직접적 개발경제에 참여했기 때문입니다. 그곳에는 그런 종류의 노동에 따라다니는 온갖 믿을 수 없는 허풍으로 가득 찬 이야기들, 에너지, 예측불가능성, 이동성, 그리고 고향 상실이 있습니다. 이제는 유전(油田)이 그와 비슷한 의미에서 '서부'입니다. 유전에는 여전히 서부의 그 무질서한 상태가 있

3. 1734~1820. 미국 펜실베이니아에서 태어나 켄터키와 미주리 지방을 탐험한 개척자로 19세기 미국 문학에 등장하는 주인공의 한 유형을 만들었다.

기 때문입니다. 그런 의미에서라면 알래스카 또한 '서부'지요.

서부의 또다른 측면은 남자들이 여자들로부터 어느정도 격리됐다는 점입니다. 문학평론가 레슬리 피들러(Leslie Fiedler)가 여기에 대한 글을 쓰면서 영웅적이고 서사시적인 '서부'가 가진 또다른 면은 남자들이 가정으로부터 그리고 여자로부터 떨어져 있던 것이라고 말합니다. 남자들은 또한 아버지로부터도 떨어져 있었으며, 국가의 가부장제적 모습이라고 할 수 있는 법의 테두리가 미치지 않는 곳에 있었습니다. 그리하여 '서부'는 부모가 없는 남자아이들이 차지했습니다. 그들은 사실상 물건을 챙겨 잠시 어디로든 자유롭게 떠날 수 있는 사람들이었습니다. 바로 그런 이유로 '서부'의 무용담에 그토록 많은 노골적인 유머가 있는 것이지요.

그러나 제2차 세계대전 이후 우리의 서부관(觀)에는 어떤 변화가 일어났습니다. 그 변화가 내게 어떻게 일어났는지 나는 조금은 알고 있습니다. 서부의 신화는 백인에 의한 개발과 팽창의 이야기로부터 장소 감각의 탐구로 바뀌었습니다. 저 초창기 서부인들은 사실 자신들이 어디에 있는지를 몰랐습니다. 나중에 거의 아메리카 인디언이나 다름없게 된 산사람들을 제외하면 말이지요.

초기 정착민들은 장소의 감각을 얻어가는 과정에 있었습니다. 나는 우리 할머니께서 워싱턴 주의 킷샙 카운티에서 자라는 여러 종류의 야생식물로 음식을 만들고 숲에서 야생 흑딸기와 여러가지 식용버섯을 채취하는 것을 보고 자랐습니다. 그러나 나의 할머니 세대가 마지막이었습니다. 그 다음 세대들은 슈퍼마켓과 통조림 음식과 함께 자랐습니다. 자급자족을 실행하며 살 수 있던 '서부'의 시골생활이 한 세대쯤 후에 증발한 것입니다. 지금 서부에 남아 있는 것은 식품을 구입하거나 일터로 가기 위해 각자 수백 마일을 운전하며 살아야 하는 절반은 도시화한 전원인구입니다.

그래서 최근 들어 작가들과 많은 젊은이들은 아메리카 인디언의 민간전승을 찾아나서고 있습니다. 우리 모두가 어디에 있는지를 우리는 아메리카 인디언에게 배워야 합니다. 그것은 다른 누구로부터도 배울 수 없습니다. 우리에게는 150년의 서부 백인의 역사가 있습니다. 그러나 아메리카 인디언의 역사는 처음에는 1만년이었다가 그 다음 1만 6천년이 되었으며, 그 다음 3만 5천년이라고 사람들이 말하기 시작한 것처럼, 그 연대는 언제나 뒤로 밀려나고 있습니다. 근래 쌘타바바라에서는 탄화(炭化)한 매머드의 뼈가 발견되었는데 그것은 구석기시대의 바비큐 같았습니다. 우리가 아메리카 인디언의 민간전승이나 신화를 조금이라도 읽거나 들여다본다면 이 대륙, 이 장소에서 4~5만년에 걸쳐 살아온 인간들이 새겨놓은 경험의 아주 작은 흔적을 발견할 수 있습니다. 그곳으로 들어가기 위해서는, 그리고 그곳으로부터 배움을 이끌어내기 위해서는 비상한 노력을 요하는 상상력이 필요합니다. 그곳에는 무엇인가 강력한 것이 있습니다.

3

대단히 세심하게 수집한 아메리카 인디언의 신화와 민간전승은 '미국 민족국'의 회보와 보고서 형태로 도서관에 소장되어 있으며

1880년대까지 거슬러올라갑니다. 그 규모도 상당하고 꼼꼼하고 면밀하게 채집된 이 자료들은 대체로 무단삭제되거나 정정되지 않은 상태입니다. 초기에는 좀더 요설적인 부분을 뽑아 라틴어로 옮겨놓았는데 당시에는 누구나 라틴어를 알고 있었기 때문이지요. 근래에는 그렇게 하지 않습니다. 내가 공부한 것이 바로 그쪽이었습니다. 또한 아이러니컬한 것은 내가 퓨젯 싸운드(Puget Sound) 인디언을 알고 자랐으면서도 그들의 문학을 처음 배운 것이 도서관을 통해서였다는 사실입니다. 프란츠 보아스(Franz Boas)[4] 에드워드 싸피어(Edward Sapir)[5] 존 스원턴(John Swanton), 멜빌 제이콥스(Melville Jacobs), 텔마 제이콥슨(Thelma Jacobson), 앨프리드 크뢰버와 그의 제자들, 해리 호이저(Harry Hoijer), M. E. 오플러(Opler)—이들은 거의 전부 프란츠 보아스의 사도들이라고 말할 수 있습니다. 이들은 브리티시컬럼비아 남쪽에 사는 모든 아메리카 인디언과 기회가 닿는 대로 접촉하여 그 문화집단들의 전승 텍스트를 원주민어로 수집하고 영어로 번역하는 데 수십년을 바친 사람들입니다. 그것은 대단히 풍요로운 학문의 성과입니다. 우리들 중에는 어떻게 그것을 우리의 작품 속에서 다룰 것인지, 어떻게 그 자체를 즐겁게 읽을 것인지, 그리고 어떻게 그것으로부터 새로운 방식의 자연관을 배울 것인지를 알게 된 사람들이 있지요. 코요테에 관한 이야기들이 나를 흥분시킨 최초의 요소 가운데 하나는 그것이 가진 거

---

4. 1858~1942. 독일 태생의 미국 인류학자. 미국 인류학의 아버지로 불린다.
5. 1884~1939. 미국의 언어학자이며 인류학자. 예일대 교수를 역임했으며 아메리카 인디언의 언어 연구로 유명하다.

친 다다이즘적 에너지로서, 그것은 무슨 연유에서인지 현대적인 평가 기준계 안으로 껑충 뛰어들어 왔습니다. 그 언어가 무엇이든, 그것이 콰키우틀(Kwakiutl)족의 언어든 메스칼레로 아파치족의 언어든, 직접 베낀 필사(筆寫)만큼 유용한 것은 없고 최초의 텍스트만큼 원본에 가장 가까운 것도 없습니다. 진정한 맛이란 여전히 바로 거기에 있을 것입니다. 어떤 사람이 좀더 읽기 쉽게, 좀더 문학적으로, 소괄호와 대괄호를 지워버리고 구두점과 생략부호와 각주를 집어넣어서, 말하자면 깔끔하게 정리해놓을 경우 사람들이 더 많은 것을 얻느냐 하는 문제에 대해서는 지속적으로 논란이 있습니다. 그것이 나을까요, 아니면 최초의 자료를 택해 사용하는 것이 더 나을까요? 나의 경우는 아메리카 인디언에 관한 것이든 아니든 역사적 질료에서 1차 자료의 사용을 더 좋아합니다. 다른 누구의 상상력이 나를 위해 그 자료를 편집하는 것보다는 나 자신의 상상력으로 편집하는 걸 더 좋아하기 때문입니다. 그럴 경우 해석의 오류가 발생한다 하더라도 그것은 나 자신의 오류이지 다른 누구의 오류도 아니지요.

코요테에 가까이 접근하는 또다른 방법은 넓은 땅에 가서 직접 경험해보는 것입니다. 나는 많은 시간을 동부 오레곤에서 보냈습니다. 그곳에서 나는 동부 오레곤을 횡단하던 초기 역마차와 포장마차에 대한 이야기, 초창기의 밀 농장주들에 대한 이야기를 들었습니다. 흥미롭기는 했지만 그런 이야기들은 장소의 감각을 얻는 데 도움이 되지는 못했습니다. 와스코(Wasco)족과 위슈람(Wishram)족의 언어로 된 텍스트에 나오는 코요테 이야기들은 그 땅의 진정한 맛을 나에게 가르쳐주었습니다. 그것은 나를 역사시대로부터 신화시대로, 다시 지질학시대로 조금씩 계속해서 뒤로 이동시켰습니다. 미래를 바라볼 때 나는 '서부'에 대한 언급을 그치기 위해서는 북미 사람들이 '장소'에 점점 더 많은 관심을 가지지 않을 수 없다는 것을 예측할 수 있습니다. 이것은 지역주의와 동일한 것은 아닐 것입니다. 과거에 지역주의는 인간의 역사였습니다. 즉 어떤 지역에서 확립된 특정한 인간의 습관과 습벽(習僻)과 기벽(嗜僻)들, 그러니까 민족의 다양성이랄까 하는 것에 대한 이야기였습니다. 그것은 그곳에 새로 온 사람들의 역사입니다. 그것은 종종 아주 훌륭한 문학이긴 하지만 기대한 만큼 장소의 정신에 공명하지는 못합니다. 생태주의자들과 경제학자들은 고장의 장소와의 조화, 그리고 자원을 고갈시키지 않는 생활방식, 자연자원이 고갈되리라는 두려움 없이 후손에게 계승될 수 있는 삶의 방식이야말로 우리가 살아가기 위해 배워야 할 것이라고 말합니다. 이 점을 이해할 때 사람들은 별 유감 없이 과거를 돌아보며 '서부'의 영웅시대는 유쾌했지만 그후 우리는 아메리카 인디언으로부터 많은 것을 배웠노라고 말할 것입니다. 아메리카 인디언에게 서부의 역사는 믿을 수 없는 허풍스러운 이야기를 동반하는 영광스러운 서사시의 역사가 아닙니다. 그것은 굴욕과 패배와 거주지 박탈의 역사입니다.

코요테가 나와 나의 동료들에게 흥미로운 존재가 된 것은 그가 우리에게 장소를 말해주고, 또 어떤 수호자, 보호정령처럼 되었기 때문입니다. 트릭스터에게서 느끼는 매혹이라는 또다른 감정은 우리 내부에 있는 어떤 것에서 나와야 합니다. 나에게 트릭스터 이야기의 가장 흥미진진한 심리적 측면은 그들에게 선과 악이 혼재돼 있다는 점입니다. 코요테는 분명 인간에게 자비심과 연민과 유용함을 보여주는 한편, 또한 어떤 기품도 가지고 있습니다. 그런가 하면 어떤 경우에는 철저한 바보입니다. 그러나 늙은 현자 '코요테 인간', 그는 그저 언제나 길을 가고 있으며, 행할 수 있는 최선과 최악을 행하고 있지요.

나는 1950년대에 오레곤 주의 포틀랜드에서 성장했습니다. 리드 칼리지에 다니면서 그때 막 부임한, 사상적으로 말없이 고민하고 있던 급진파 교수들과 어울렸습니다. 나는 할아버지가 알고 있던 IWW와 관련된 이야기와 미 북서부의 급진적인 풀뿌리 정치를 알게 되었습니다. '서부'에는 영웅시가 있었습니다만 1950, 60년대에 우리는 영웅적인 것과는 거리가 멀었습니다. 그런데 트릭스터가 우리에게 반영웅(反英雄)의 모습으로 나타났으니, 우리는 즉시 매혹된 것입니다. 같은 이유로 제2차 세계대전 이후 프랑스와 이탈리아 혹은 영국 작가들의 작품에서도 반영웅을 발견할 수 있습니다. 아르또(Artaud)는 하나의 문화영웅입니다. 윌리엄 버로우즈(William Burroughs)는 그의 소설들에서 절반은 코요테 같고 절반은 대실 해미트(Dashiell Hammett)[6]적인 건조한 문체로 삐딱하게 말합니다. 그들 문학에서 트릭스터의 이미지는 기본입니다. 트릭스터는 영웅들을 농담거리로 바꾸고 재빠른 재치와 꾀와 선경지명을 찬미하는 것과 관련되어 있습니다. 미국의 백인 개척자 이야기에도 어딘가 코요테 이야기 같은 점이 있습니다. 무책임하고 유머스럽고 예측불가능하다는 점에서 말입니다. 마이크 핑크(Mike Fink)[7]의 허풍 이야기를 보면 남자들이

6. 1894~1961. 미국의 추리소설 작가.

서로 치고박고 으스대는 동안 인디언들은 그들의 코요테 이야기를 들려주고 백인들은 그들의 허풍스러운 무용담을 들려주는 것으로 이루어집니다. 물론 나는 내 능력의 범위 안에서, 그러니까 20세기 미 서해안에 사는 한 백인 미국인으로서 코요테 이야기를 읽을 뿐입니다. 아메리카 인디언들 자신이 실제로 코요테를 어떻게 보았는가는 별개의 문제이지요.

코요테의 존재가 미국의 현대시에 들어올 때 그것은 단지 장소의 감각을 표현하기 위한 것만이 아닙니다. 코요테의 존재는 전세계에 두루 널려 있는 신화와 이야기와 모티프의 보고(寶庫)를 환기시킵니다. 시는 언제나 그 일을 해왔습니다. 기본적 이미지를 저장고에서 끄집어내어 재창조하고, 시간과 장소에 맞춰 교묘하게 변형해왔지요.

괴상한 동물 코요테의 미치광이 같은 짖어댐과 울부짖음이야말로 트릭스터로서의 코요테에게로 들어가는 문이기도 합니다. 동물 코요테는 특정한 자연세계의 완벽한 한 표현입니다. 동물 코요테는 트릭스터로서의 코요테의 이미지가 인간의 어떤 요구에 부합하듯이 '서부'의 산과 사막에 잘 어울립니다. 트릭스터와 코요테의 만남, 이것은 경이로운 결합입니다. 코요테는 명민하고, 민첩하며, 닥치는 대로 잘 먹고, 조심성이 많으며, 장난을 좋아합니다. 좋은 아버지이기도 합니다. 기회주의자이고 우미(優美)합니다. 관찰을 통해 자연을 알게 된 현대인들은 이 모든 것을 이해했습니다. 그보다 더 많은

7. 1770~1822. 서부의 선원으로서 서부개척시대 영웅의 한 사람.

것을 옛날의 아메리카 인디언들은 알았습니다. 새와 식물과 동물로부터 우리는 특정한 지혜를 배울 수 있습니다. 자연계는 총체적인 교육입니다. 이런 배움은 도덕적일 뿐 아니라 생존에도 유익합니다. 붉은꼬리매는 우리에게 좀더 폭넓은 시야를 갖도록 가르치는 한편 한 마리 생쥐의 움직임도 놓치지 말라고 하지요.

4

트릭스터는 세계의 민간전승 중에서 가장 오래되고 가장 광범위하게 알려진 존재일 것입니다. 그가 종종 '늙은 현자'로 불리는 것도 놀랄 일이 아닙니다. 그는 '오래된 존재' '고불'(古佛)입니다. 그 트릭스터가 후기구석기시대의 우리의 조상들에게 어떤 의미였을까 궁금해집니다. 웃음과 전율과 함께 우리는 거의 직감적으로 그것을 압니다. 그리고 육중한 몸을 가진 '대지의 어머니' '매머드 부인' '트릭스터 늙은 현자' '자칼/여우/코요테' '산속의 큰 곰' 그리고 '가지진 뿔을 가진 무용수' 같은 가장 고풍스럽고 기라성 같은 무리가 투사된, 인간과 비인간의 생명이 뒤얽힌 그들의 세계관을 헤아릴 수 있습니다.

이 지구의 조용한 한귀퉁이에서 전통을 지키며 살고 있는 '대분지'의 인디언들과 캘리포니아의 인디언 부족들은 1세기 전부터 국제적인 민간전승 단체로서 그것을 전승하고 있습니다. 인도, 중동, 지중해 그리고 서유럽의 '고급'문학의 토대가 되고 있는 바로 그 민간전승이지요. 이 지구라는 별에 살고 있는 인류가 지금 다시 생태계를 지향하고 있듯이 가장 세련되고 고뇌에 찬 현대의 신학자들은 신이 틀림없이 트릭스터일 것이라는 사실을 고백하는 단계에 와 있습니다.

그러나 신은 정확히 말해 트릭스터는 아닙니다. 동물 코요테, 동물 인간, 동물 곰은, 아이누 말로 하자면, 그냥 하약뻬(hayakpe), 즉 '갑옷'이나 가면, 혹은 공물 음식, '위대한 자연'에 봉사한다고 생각되는 형상과 기능입니다. 그 가면들을 조금만 옆으로 밀어내면 트릭스터 '코요테 인간'이, 산의 왕 곰이, 자비의 여왕 '사슴 어머니'의 모습이 드러납니다. 달리 보면 마음이 만들어내고 대지가 만들어낸 저 '유형(類型) 존재들' 또한 환영일 뿐입니다. '빛나는 존재'가 큰 바위 뒤에서 살짝 엿보다가 사라집니다. 그러나 그 큰 존재는 언제나 그곳에 있습니다. 하지만 우리의 관심사는 이 모든 원형적(元型的)인 것들이 아니지요. 우리가 관심을 두고 있는 것은 뒷방에 잠들어 있는 아이들이고, 먼 언덕 위에 쌓여 있는 눈이며, 달빛 휘황한 산속 쑥밭에서 울부짖는 코요테지요.

반자연의 글

'자연의 글쓰기'(Nature Writing)는 근래 문학적으로 큰 관심을 받고 있습니다. '자연'이라는 주제와 자연 및 그 안에 존재하는 인간에 대한 관심이 예술가와 작가들의 마음을 끌어들인다는 것은 기쁜 일입니다. 이런 관심은 어쩌면 포스트모더니즘의 한가닥일지도 모르겠습니다. 모더니스트의 아방가르드는 명확하게 도시중심의 예술운동이기 때문입니다. 많은 작가 지망생들이 일종의 호기심과 경의, 그리고 관심 때문에 자연의 글쓰기에 접근하고 있으며, 그것으로 개인적인 이득이나 문학적 명성을 추구하지는 않습니다. 그들이 그렇게 하는 것은 사랑, 그리고 환경전사(戰士)로서의 열정 때문이지 돈

---

* 이 글의 초고는 1992년 7월 스퀴 밸리에서 개최된 '야생의 예술'자연의 글 컨퍼런스 씨리즈의 강연을 위해 쓴 것이다.

때문이 아닙니다. 자연의 글쓰기가 어떤 것이어야 하는가에 대해서는 여전히 다양한 견해와 입장이 있습니다. 옛날식의 자연의 글쓰기가 있는데 그것은 대체로 인간의 관점에서, 중산층의 입장에서, 그리고 중류 교양을 갖춘 유럽계 미국인이 쓴 에쎄이와 글이라 할 수 있습니다. 그런 글에는 아름답고 조화롭고 숭고한 수사(修辭)가 있습니다. 존 뮤어(John Muir)[1]의 글을 읽을 때 우리가 때로 불편함을 느끼는 것은 과도한 수사 때문입니다. 이제는 잊혔지만 그와 동시대인들 중에는 그보다 훨씬 심한 경우도 있었습니다.

박물지(博物誌)는 자연의 글쓰기의 한 분야입니다. 그 기술방식이 반(半)과학적이고 객관적이지요. 두가지 다 '순진하게 현실주의적'입니다. 얼굴의 앞면에 박혀 있으며 이중촛점을 가진 눈, 보잘것없는 후각, 그밖에도 우리 인류라는 종(種)이 가진 여러가지 특징들, 또한 거기에 덧붙여 정신은 자기검열을 하지 않고도 바라보는 것은 모두 직접적으로 또 객관적으로 '알 수 있다'는 일반적인 믿음, 이 모든 것을 의심없이 받아들인다는 점에서 그러합니다. 또한 영웅적 행위를 담은 일지문학(日誌文學)과 모험문학도 언제나 있어왔습니다. 그리고 과학과 자연에 대한 올바른 인식, 미국에서 자연보존운동이 발전해오는 동안 잠재적으로 그것의 일부가 된 자연보존 정치학, 이런 것들이 혼합된 역사가 깊은 글이 있습니다. 그중 가장 우수한 작품은 레이첼 카슨(Rachel Carson)[2]과 알도 레오폴드(Aldo

---

1. 1838~1914. 박물학자이며 자연보호론자. 영국 태생으로 현대 환경보호운동의 아버지라고 불린다.
2. 1907~64. 미국의 해양생물학자로 농약의 위험성을 알린 자연보호운동의 선구자이며, 저서로 『침묵의 봄』(Silent Spring, 1962)이 있다.

Leopold)[3]의 작품일 것입니다. 이들이 쓴 글을 완곡하게 인간중심적이라고 보는 사람들도 있습니다만 그들의 글은 훌륭하고 또 선의(善意)에 차 있습니다. 우리는 그들의 글에 빚진 바가 큽니다.

자연의 글쓰기는 기성 문단이 그다지 중시하지 않았던 종류의 문학입니다. 그 이유는 자연의 글쓰기는 서양의 글쓰기에서 주류를 이루는 주제, 가령 윤리적 곤경, 영웅적 행위, 연애, 대단히 재능 있고 강한 남자들의 영혼의 추구와 같은, 말하자면 엘리뜨의 이야기와는 다른 것에 촛점을 맞추고 있기 때문입니다. 10년 전까지만 해도 자연의 글쓰기는 19세기 여성작가들의 작품이 가진 지위 정도로 분류되었습니다. 여성문학은 감수성과 감정이입과 관찰의 산물이기는 하지만 주류에서 벗어나 있고, 진정으로 진지하거나 중요한 문학은 아니라고 여겼지요.

하지만 서양사와 교육받은 엘리뜨 계층, 그리고 문학적 교양이라는 좀더 큰 문맥에서 바라본다면 우리는 자연계가 본질적으로는 위대한 예술작품들 속에서 존재하며, 또한 어쩔 수 없이 그 일부임을 알 수 있습니다. 대부분의 서양 역사에서 인간 경험은 자연계와 밀접한 관계 속에서 만들어진 것입니다. 이 사실은 너무 분명한 것이라 말할 필요조차 없는데, 기이하게도 종종 잊혀지고 있습니다. 역사, 철학, 그리고 문학은 당연히 제반 인간사, 사회적 동향, 흔들리는 신념, 지적 구조물을 전경(前景)으로 끌어낸 것입니다. 그러나 모

---

3. 1887~1948. 미국의 생태학자이자 보호관리론자로 위스콘신대학교 교수를 역임했고 토지윤리의 개념을 정립했다. 그의 저서 『사막의 주(州)의 연표』(A Sand County Almanac, 1949)는 1960~70년대의 환경보호운동의 성전으로 읽혔다.

든 것을 관통하는 결정적인 부주제(副主題)는 인간이 인간 이외의 자연과 맺는 관계를 규정하는 것과 관련이 있습니다. 문학에서 자연은 배경, 상면을 제공할 뿐 아니라 그 속에 많은 등장인물을 등장시킵니다. '고전적' 신화의 세계는 동물과 초자연적인 존재와 인간이 상호작용하는 세계입니다. 곰과 황소와 백조는 옛날 사람들에게는 추상이 아니라 아주 현실적인 풍경 속에 살고 있는 실재하는 존재들이었습니다. 오록스는 에우로파를 사랑한 나머지 제우스로 변신한 몸집이 큰 야생 소(Bos primigenius)인데 실제로 중세까지 유럽의 숲에서 생존했습니다.

1990년에 출간한 내 책『야생의 실천』(*The Practice of the Wild*)에서 지적한 것처럼 인류의 역사를 통해

인구는 비교적 적었고, 여행은 걷거나 말을 타거나 돛단배를 타고 했습니다. 그리스든 게르마니아든 혹은 한족의 중국이든 언제나 근방에는 숲지대와 야생동물과 철새가 있었고, 바다에는 물고기와 고래가 넘쳤으며, 살아 있는 사람이면 누구나 그것을 경험할 수 있었습니다. 동물들은 문학 속의 등장인물로, 또는 상상과 종교의 원형에서 보편적으로 등장하는데 그 이유는 동물들이 실제로 그곳에 있었기 때문입니다. 황무지와 폭풍과 야생지와 산이 가지는 개념 및 이미지는 추상이 아니라 체험에서 태어납니다. 알프스 산맥 남쪽의, 극북(極北)의, 극지(極地)의, 태평양을 건너, 혹은 경계를 넘어 형성된 체험으로부터 탄생합니다. 이것이 19세기 후반까지 사람들이 살던 세계입니다. 풍부한 야생동물, 광대한 빈

땅, 적은 인구, 도로가 아닌 오솔길들——그리고 개인의 책임과 실존의 치열함이 있었던 인간의 삶. 우리가 지금 생각하고 있는 것은 '변경'이 아니라 충적세(沖積世) 시대, 그러니까 언어와 곰과 엘크와 사슴과 무스가 번성하던 바로 우리의 시대입니다. 켈트족이 신성시하던 연어, 북유럽문학에 등장하던 갈색곰, 지중해의 돌고래, 아르테미스의 곰춤, 헤라클레스의 사자가죽은 인간이 가까이 살던 바로 야성의 세계에서가 아니라면 어디에서 온 것일까요?

여전히 새로운 이미지들이 만들어내는
저 이미지들
돌고래가 찢겨지고, 징소리로 괴로워하는 저 바다

작가, 비평가, 학자들 가운데 자연계에 깊은 관심을 갖는 사람들은 많지 않습니다. 실제로 그들 중에는 인간이 성취한 것과 비교하면서 자연계의 가치에 대해 단호하게 회의적인 사람들도 있습니다. 좋은 시인이며 훌륭한 인품을 지닌 하워드 네메로프(Howard Nemerov)[4]의 다음 글을 보지요.

언어에 비춰진 문명은 정원. 그곳에서
관계들은 자라난다. 그 정원의 바깥은 야생의 심연.

---

4. 1920~91. 미국 뉴욕 출신의 시인으로 하버드대학교에서 공부했고 몇몇 대학교에서 강의했다. 1977년에 낸 시집은 산문시와 무운시(無韻詩)로 유명했다.

여기에서 드러나는 검토되지 않은 가설들이 아주 흥미롭습니다. 그 가설들은 최악의 경우 잘못된 견해를 구체적으로 드러내는데, 그런 견해가 선진국들이 제3, 세4세계의 사람들을 몰아내고 자연을 전지구적으로 착취할 수 있는 근거가 되고 있습니다. 네메로프는 언어가 어느정도 암묵적으로 문명화되었거나 문명화되는 과정에 있으며, 문명은 질서정연하며, 인간 사이의 관계야말로 경험의 정점이며 (마치 우리 모두는, 그리고 지구 위의 모든 생명은 상호관계 속에 있지 않은 것처럼), '야생'은 '바닥을 헤아릴 수 없는 심연'이고, 무질서하며 혼돈스러운 것을 의미한다고 말합니다. 우선 언어에 대해 말해보지요. 어떤 이론가들은 '언어'란 어쨌든 우리 인간을 다른 존재로 만들어주는 것이라고 여기며 거기에 빗장을 걸어둡니다. 그들은 '로고스'에 대해 옛날의 써머언어연구소(Summer Institute of Linguistics)가 성서를 문자 없는 언어로 번역하는 일에 대해 품었던 것과 같은 열광을 가지고 있습니다. 사실 요즘 작가들은 자신의 작품에 대해 달리 말할 게 없을 때면 예외없이 "글쎄, 나는 다만 언어에 매료되고 있을 뿐이지요"라고 말합니다. 사실 언어란 의식의 일부이며 의식의 꾸러미입니다. 그런데 우리는 두가지 중 어느 것에 대해서도 아는 바가 전혀 없습니다. 언어가 의식의 일부며 꾸러미라는 것에 대한 우리의 연구와 관심이 확대되어야 하겠습니다.

또다른 견해를 보이고 있는 사람들은 유럽의 탈구조주의자들인데 그들은 자기들의 일신론적 배경 때문에 '로고스'가 신과 함께 죽었다고 생각합니다. 서구의 형이상학을 탈중심화하려는 사람들은 언어와 자연의 가치를 깎아내리고 그 두가지가 지배계급 신화를 강화하는 도구라고 선언합니다. 과거에는 외부세계가 우리 자신의 발명품이라는 생각이 다양한 관념론으로부터 나왔습니다. 그러나 이 견해는 '유물론적 유아론(唯我論)'이라고 부를 수도 있는 완전하게 기묘한 철학적 입장에 이르게 되는데, 그 이유는 그런 주장을 펴는 사람들이 대학에서 연구하는 '후기맑스주의자들'이기 때문입니다. 하지만 그들의 주장은 그저 공론일 뿐입니다.

재계와 정계 일각에서 사용하는 용어 중 정말 위험한 언어가 있는데 '지속가능한 개발'이라는 말이 그것입니다. 개발은 지속가능성이나 생물의 다양성과는 양립할 수 없습니다. 우리는 개발에 관해 말하는 것을 중단하고 어떻게 하면 안정적 상태로 진정한 지속가능성을 가진 조건을 획득할 것인가에 골몰해야 합니다. 경제개발로 통하는 것의 대부분은 기껏해야 사람들을 불안하게 하고 엔트로피를 방출하는 무질서한 산업문명의 기능을 조금 더 연장할 뿐입니다.

그래서 나는 의식, 정신, 상상력, 그리고 언어는 근본적으로 야생적이라고 주장하는 바입니다. 여기서 '야생적'이라 함은 야생적인 생태계를 말할 때의 뜻입니다. 그것은 풍부하게 상호연관적이고 상호의존적이며 믿을 수 없을 만큼 복잡합니다. 다양하고 오래되었으며 풍부한 정보를 가지고 있습니다. 근원에 있는 진정한 문제는 우리가 질서와 자유와 혼돈의 개념을 어떻게 이해하느냐는 것입니다. 예술은 혼돈스러운 자연에 질서를 부과하는 것인가, 혹은 예술은(그것은 또한 '언어'라고 이해할 수도 있는데) 사물의 본질을 발견하고 자연계의 구조를 이루는 정연한 혼돈을 밝혀내는 문제인가? 우리가 그점을 관찰하고 숙고하고 실천해보면 예술적 과정은 후자라는 것이

드러납니다.

이곳 스쿼 밸리에 있는 우리의 산간학교(山間學校)를 우리는 '야생의 예술'이라고 부릅니다. 나는 이 습한 산악 저지대에 어떤 식용 근채류(根茱類)가 그토록 흔했기에 계곡 이름을 '스쿼 밸리'라고 부르게 되었는지 궁금합니다. 이름에 '스쿼(squaw)'라는 단어가 들어가 있는 장소는 보통 미국 초기의 덫 사냥꾼들이 야생식물을 채집하는 많은 아메리카 원주민 여인들을 목격했던 곳입니다. 이곳에서는 그것이 아마도 브로디아에아(Brodiaea) 구근(球根)이었을 것입니다. 이런 이름짓기 관행은 마치 어떤 아메리카 원주민 여인들이 유럽계 미국인들이 사는 농촌마을을 보고 그것을 '백인소년의 평지'라고 부른 것과 같겠지요.

'야생의 예술'은 예술을 자연의 과정이라는 문맥에서 봅니다. 자연을 생산물이나 상품이 아니라 과정으로 보는 것이지요. '야생'이란 다양한 현상이 스스로를 끊임없이 현실화하는 방식을 일컫는 것이기 때문입니다. 이렇게 이해할 때 야생은 우리로 하여금 이 세계에 존재하는 인간 아닌 존재, 우리가 이제야 겨우 알기 시작한 '타자(他者)'의 영역이 가진 자율성과 완전성을 인정하도록 만듭니다. 우리의 글쓰기로 야성의 세계를 밝히고 발견할 때 갑자기 과거에 '자연의 글쓰기'라고 부르던 것과는 전혀 달라 보이는 낯선 영역으로 뛰어들고 있음을 발견할지 모릅니다. 야생의 예술작품은 부적절하고, 조화롭지 못하며, 못생겼고, 단편적이며, 예측할 수 없고, 단순하고, 그리고 명쾌하며, 혹은 접근이 불가능합니다. 그 누가 인간 아닌 생물의 수컷이 가진 기묘하고, 가시가 달리고, 갈고리처럼 생기고, 구부러져 있고, 바깥쪽으로 벌어졌으며, 꼬부라져 있는 음경(陰莖)에 대해 쓸 수 있을까요? 거미들 사이에서 벌어지는 성차별에 대해서는요? 하지만 어떤 사람은 곤충의 눈을 가지고 쓸 것이며, 바닷속 세계에서 바라보는 대로 쓸 것이며, 인간세계 밖으로 나가 다른 방법으로 쓸 것입니다.

『야생의 실천』에서 나는 그것을 다음과 같이 말했습니다.

야성의 삶이란 그저 햇빛을 받으며 딸기를 먹는 일이 아닙니다. 나는 자연의 어두운 면으로 들어가는 '심층 생태학'을 상상하기를 좋아합니다. 짐승의 똥 속에 뭉쳐 있는 뼛조각들, 눈 속에 떨어져 있는 새의 깃털들, 아무리 먹어도 만족을 모르는 식욕에 관한 이야기들 말입니다. 야생의 생태계는 어떤 의미에서는 비판을 초월합니다만 그것은 또한 불합리하고, 곰팡내 나고, 잔인하고, 기생적입니다. 짐 다지(Jim Dodge)는 축치 해(海)에서 범고래들이 회색고래를 조직적으로 난타해 결국 죽음에 이르게 하는 광경을 황홀한 공포감을 가지고 바라본 일을 말한 적이 있습니다. 삶은 낮에만 이루어지고 인간의 관심을 불러일으키는 대형 척추동물만이 차지하고 있는 것은 아닙니다. 삶은 밤에도 이루어지며, 혐기성(嫌氣性) 생물, 서로 잡아먹는 생물, 미생물, 소화기내 생물, 발효 생물이 활동하는 세계이기도 합니다. 따뜻한 어둠 속에서 뚝딱 요리해 치워버리지요. 생명은 6.4킬로미터 깊이의 바다 밑에서도 잘 지탱하며, 얼어붙은 암벽 위에서도 버티면서 보전하고, 화씨 1백도나 되는 사막에서도 매달려 양분을 섭취합니다. 그리고 부패하는 쪽에도 자연의 세계가 있고, 어두운 곳에서도 썩거나 부패하지 않는 존재들의 세계도 있습니다. 인간은 위생 상태를 구축해왔지만 피, 오염, 부패 때문에 그것은 격뇌뇌었습니다. '신성한' 세계의 반대편에는? 사랑하는 연인이 땅속에 누워 있고, 그녀의 몸에서는 구더기가 뚝뚝 떨어지고 있는 광경입니다. 코요테, 오르페우스, 그리고 이자나끼(伊邪那岐, 일본 창세신화의 남신)는 그것을 바라보지 않을 수 없습니다. 그리고 그들은 연인을 잃어버립니다. 수치심, 슬픔, 당혹, 공포감은 어두운 상상의 혐기성 연료입니다. 야생의 세계에 있는 우리와는 덜 친숙한 에너지들, 그리고 우리의 상상 속에 있는 그런 에너지들의 유사물은 우리에게 상상력의 생태학을 주었습니다.

(…)

이야기는 우리가 이 세계에 남기는 일종의 흔적입니다. 우리의 모든 문학은 지스러기들입니다. 그것은 이야기들과 몇개의 석기(石器)만을 남기는 저 야생지 사람들의 신화와 등급이 같습니다. 자연의 다른 존재들도 그들의 문학을 가집니다. 사슴 세계의 이야기는 냄새의 흔적으로서 본능적인 판독 기술을 통해 사슴에서 사슴으로 전해집니다. 핏자국, 소량의 소변, 발정기(發情期) 암컷이 훅 풍기는 냄새, 발정기에 이루어지는 격돌, 어린 나무에 생긴 작은 상처의 문학, 그리고 사라진 지 오래된 것들의 문학. 그리고 어쩌면 이들 다른 존재들 사이에는 '이야기론'이 있을지도 모르겠습니다. 그들은 '이성간(異性間) 성교'나 '해체비평'에 대해 생각을 곱씹고 있을지도 모릅니다.

나는 이렇게 해서 우리가 마음을 돌려 선입견이나 검열 없이 그러나 동시에 기술적으로 '야생의 문학'에 대해 자유롭게 생각할 것을 제안합니다. 기술이란 가령 매의 급강하, 서양소나무 껍질에 기생하는 벌레가 나무껍질 속에 만들어놓은 복잡한 회랑 같은 굴 파기와 터널 파기, 물 밑바닥으로 내려가 크고 늙은 송어 곁에 잠복하기, 혹은 황색 재킷을 입은 일본 카미까제(神風)의 급습, 호저(豪猪)의 태평하고 어기적거리는 걸음, 커다란 돌 위를 늘 한결같이 흐르는 물, 다람쥐의 재잘거림, 고요한 달빛 아래 울음소리를 내며 죽은 기린의 내장을 파먹는 하이에나로 볼 수 있겠습니다. 그것은 모두 우리의 예술 이미지들입니다. 자연의 글쓰기는 가장 생생하고, 근본적이며, 유동적이고, 초월적이며, 범성욕적(汎性慾的)이고, 불필요한 것을 제거하는, 그 시대 도덕에 도전적인 문학이 될 가능성이 있습니다. 그렇게 될 때 자연의 글쓰기는 우리 시대의 가장 끔찍한 일 중 하나라고 할 많은 종(種)과 그들의 서식지의 파괴, 일부 살아 있는 생물의 영원한 절멸을 중단시키는 것을 도울 수 있을 것입니다.

마지막으로, 문명과 자연, 가축과 야생, 정원과 야생의 심연에 대한 이항대립적인 견해와 논의에 너무 깊이 빠져들지 않아야 하겠습니다. 창조성은 그 근원을 야성에 의존하며, 야성은 자유를 부여합니다. 자유란 그 본질에서는 매순간 총체적으로, 그리고 완전하게 현실의 물리적인 일상세계를 살아가는 능력인 것입니다.

'새로운 자연시학'을 위한 몇가지 항목

- 교양, 말하자면 자연에 대한 교양을 갖도록 한다. 생태계 안에서 누가 누구이고 무엇이 무엇인지를 알아야 한다. 하지만 이런 측면은 글에서는 거의 드러나지 않을 수도 있다.

- 장소에 기초를 두도록 한다. 그렇게 해서 장소에 대한 교양과 지식을 갖는다. 생태학적−생물학적이며 동시에 사회 정치적인 차원에서 지역의 특성을 잘 알도록 한다. 그리고 역사에 대한, 그러니까 사회의 역사와 환경의 역사에 대한 지식을 갖는다. 하지만 이것이 시에서는 분명하게 보이지 않을 수도 있다.

- 코요테를 토템으로 사용하도록 한다. 트릭스터는 언제나 마음이 열려 있고, 형상을 바꾸며, 다른 존재들의 관점을 인간에게 들려주며, 죽음을 넘나들며, 삶의 어두운 면과 만나도 웃는다.

- 곰을 토템으로 사용하도록 한다. 곰은 잡식성이고, 두려움이 없으며, 불안이 없고, 안정되어 있으며, 관대하고, 명상적이며, 치열하게 야성의 세계를 수호한다.

- 더 많은 토템을 발견하도록 한다. 이 세계는 우리가 탐구해야 할 자연·신화·원형·생태계를 가진 세계이다. '심층생태학'의 세계인 것이다.

- 과학을 두려워하지 않도록 한다. 자연에 대한 교양과 지식을 '넘어' 뜻밖에 나타나는 새로운 과학 영역으로 들어가야 한다. 바로 거기에 지형생태학, 보존생물학, 매혹적인 혼돈, 복잡다단한 체계론이 있다.

- 과학과 더불어 앞으로 더 나아가도록 한다. 소위 객관성이 가지는 문제적이고 우발적인 측면에 대한 인식을 갖는다.

- 정신과 언어를 연구하도록 한다. 야생의 체계로서의 언어, 야생의 서식지로서의 정신, (시를) '만들기'로서의 세계, 야생의 정신이 창조한 것으로서의 시를 연구한다.

- 기술을 습득하고 일이 '성취되도록' 한다.

언어는 두 길을 간다

서양에서는 언어를 인간이 '세계의 혼돈'에 질서를 부여할 때 사용하는 것으로 설명해왔습니다. 이런 견해에서 보자면 인간의 지성은 언어가 가진 독특한 기능을 통해 꽃피우고, 그와 함께 혼돈스러운 우주에 정연한 범주의 그물을 부여합니다. 언어가 더 객관적이고 합리적일수록 세계에 질서를 부여하는 이런 작용은 더 정확해질 것이라고 사람들은 생각합니다. 어떤 이들은 언어를 결함을 가진 수학으로 생각하기도 하지요. 수학이 언어를 밀어내고 그 자리에 들어앉을지도 모른다는 생각을 장난삼아 하기도 했습니다. 이런 생각은 많은 기사(技士)형의 사람들과 일부 수학자 및 과학자들의 평범한 생각에 아직도 영향을 미치고 있습니다.

하지만 이 세계는 그 자체의 불가해한 양식에 따라 질서를, 실제로는 일종의 혼돈을 가지고 있고, 지극히 크고 또 지극히 작은 척도에서 상상할 수 없을 만큼 복잡미묘하고 거대해서 영원히 예측이 불가능한 상태입니다. 진부한 예를 하나 들자면, 날씨가 그렇습니다. 그리고 이러한 생각을 깊이 숙고하는 바로 그 마음을 예로 들어보지요. 오랜 세월에 걸쳐 인간은 자신의 개성을 형성해왔지만 우리는 우리 자신에게조차 예측이 불가능합니다. 종종 우리는 다음에 어떤 생각을 할지 짐작할 수 없습니다. 그렇지만 그것이 우리가 희망 없는 혼란상태 속에서 살고 있음을 의미하는 것은 분명 아닙니다. 그것은 다만 우리에게는 불가사의하거나 다가갈 수 없는 상태로 존재하는 다양한 영역에서 우리가 살고 있다는 것을 의미합니다.

하지만 우리는 인간의 언어를 포함한 자연계가 '그 자체의 의도에 따라서' 예의바르고, 모양 좋고, 일관되고, 일정한 양식을 가지고 있다고 단언할 수 있습니다. 이 세계에 존재하는 4천여개의 언어는 하나하나가 그 나름대로 현실을 모델로 하며, 다른 누구에 의해서 고안된 것이 아닌 양식과 구문(構文)을 가집니다. 언어란 고대의 선생들의 지적 발명품이 아닙니다. 그것은 자연적으로 발전해온 야생체계입니다. 그 야생체계에 내재한 복잡성은 합리적 정신이 기술하려고 시도해도 그것을 교묘히 피해갑니다.

'야생'은 체계와 유기체를 생산해내는 자기조직화의 과정을 암시합니다. 모든 체계와 유기체는 생물권에 있는 주요 생태계나 물의 순환 같은 역시 야생인 더 큰 체계의 구속을 받고 있고, 그 체계의 요소로 작용합니다. 야생은 자연의 핵심적인 본성이라고 말할 수 있겠습니다. 의식에 반영될 때 야생은 일종의 열려 있는 앎으로, 상상력으로 충만하지만 또한 빈틈없는 생존 지식의 원천으로 볼 수 있습니다. 인간 정신의 작용이 가장 풍요로운 상태에 있을 때, 그것은 자기조직화하는 야생을 반영합니다. 그러므로 언어는 혼돈스러운 우주에 질서를 부여하는 것이 아니라 그 자신의 야생을 되비치는 것입니다.

그렇게 하면서 언어는 두 길을 갑니다. 즉 언어는 우리가 독립적으로 존재하는 세계 쪽으로 나 있는 작은 창을 가질 수 있게 해줍니다. 하지만 언어는 또한 그 자체의 구조와 어휘를 통해서 우리가 세계를 보는 방식을 형성합니다. 우리가 현실을 바라볼 때 언어가 하는 일은 협소하고 한계를 지니며, 우리를 오도할 수도 있다는 주장이 나올지 모릅니다. "메뉴는 식사가 아니다." 그러나 막연히 "말로 나타낼 수 없는 진리들"을 말하면서 언어를 정신적인 위치로부터 추방해버리지 말고, 우리는 언어 '로' 곧장 돌아가야 합니다. 언어를 '가지고' 보며, 언어를 자유롭게 사용하고, 언어가 자아를 초월하는 통찰의 수단임을 발견하는 길은 마음과 언어를 둘 다 지극히 잘 아는 일이며, 어떤 특별한 집착 없이 언어가 가진 풍부한 가능성을 가지고 노는 일입니다. 이렇게 할 때 언어는 우리를 깜짝 놀라게 하는 관점과 경이로움을 창출해내고, 그것을 통해 우리는 중재 없는 직접 체험으로 갈 수 있습니다.

사회적 역사의 혼란의 와중에서 구축된 자연발생적 문법과 어휘를 가진 자연언어는 스스로를 그 지방의 언어로 표현합니다. 언어의 일상용법에는 인상적이고, 명료하며, 독특한 용법과 비유적 표현이 많이 들어 있는데, 이런 것은 전통적으로 수수께끼와 격언, 이야기

등을 통해 드러납니다. 그리고 현재에 와서는 농담과 랩과 분방하게
변화하는 슬랭, 농담조의 압축 표현의 끊임없는 실험 속에서 나타납
니다. 운동장에서 놀고 있는 아이들은 각운(脚韻)을 가진 단조로운
노래를 부르며 말장난하는 걸 좋아하지요. 수학이나 음악에 재능을
타고나는 사람들이 있듯이 언어에도 재능을 지니고 태어나는 사람
들이 있습니다. 천부적인 재주를 가진 이들은 길거리 가수, 신화작
가, 이야기꾼을 뛰어넘어 다문화사회 미국에서 맹활약하는 시인과
작가가 됩니다.

세계는 끊임없이 유동하고 완전히 뒤섞이고 혼합합니다. 정말로
새로운 것은 아무것도 없지요. 창조성이란 이미 있는 것을 새롭게
보고, 그 함의와 징조를 읽어내는 것입니다. 스티븐 오웬(Stephen
Owen)의 『중국 전통시와 시학: 세계의 전조(前兆)』(*Traditional
Chinese Poetry and Poetics: Omens of the World*)는 바로 이 점을
말하고 있습니다. 역사를 관통하며 우주 속에 우리들의 자리를 끊임
없이 재규정하는 시, 소설, 회화가 있습니다. 그런 예술의 시초는 세
계의 유동성과 혼합성, 그리고 창조성에 대한 통찰에 의해 나옵니
다. 창조성이란 독특하고, 단일하며, '무엇을 만드는' 신적(神的)인
행위가 아닙니다. 그것은 '존재하는' 것에 깊이 스며들고, 그런 다음
지나쳐버린 여러 관계, 긴장, 울림, 전조, 반전(反轉), 개작(改作)된
이야기들을 보는 것으로부터 태어납니다. 거기서 '새로운' 것이 나옵
니다. 하지만 언어에 대한 이러한 관점은 교육이 일반적으로 가지고
있는 생각과는 동떨어진 것입니다.

최근까지만 해도 '바람직한 언어 사용법'의 기준은 권력과 지위를

가진 사람들이 사용하는 말에 기초를 둔 것이었습니다. 그들의 언어란 런던이나 워싱턴 같은 수도의 언어입니다. 이런 기준은 그들이 그 말을 사용할 때 생기는 사회적·경제적 이익을 인정하는 것과 관련되어 있었습니다. 또다른 기준으로 기술적인 종류의 글이 있는데, 그런 글은 명료함과 구성에 중점을 두는 것으로 당연히 현대세계에서 성공하기를 바라는 사람에게 필수적인 도구로 인식되고 있습니다. 이런 종류의 글은 본질적으로 따분합니다. 하지만 똑바로 그리고 일정하게 한 고랑을 올라갔다가 다른 고랑으로 내려오는 트랙터의 유용성은 가지고 있지요. 그런 글도 트랙터처럼 수확물을 만들어낼 것이라고 기대합니다. 학술논문과 박사논문, 장학금 신청서, 법률적 논란에서의 고소(告訴)와 반소(反訴), 최종보고서, 장기계획 시나리오, 전략적 계획서가 그런 글이라 하겠습니다.

하지만 '진정으로 뛰어난 글'은 전통적인 '바람직한 사용법'과 '좋은 글'을 배우고 습득하고 통과한 다음 원래의 '자연언어'가 가진 즐겁고 자유분방한 장난스러움으로 다시 돌아가는 사람들에게서 나옵니다. '보통 수준의 좋은 글'이란 잡초뽑기를 많이 하고 튼실하게 재배해서 정확히 우리가 원하는 것을 생산하는 뜰과 같습니다. 우리가 얻는 것은 한 이랑의 콩처럼 바로 우리가 심은 것이지요. 그러나 '정말로 좋은 글'이란 뜰의 담장 안팎의 양쪽에 다 있습니다. 열린 콩은 얼마 되지 않을 수도 있지만, 또한 거기에는 몇그루의 야생양귀비, 살갈퀴, 털갈매나무도 있고, 또 북미산 참새와 말벌 몇 마리도 들어와 있을 수 있습니다. 그런 글은 좀더 다양하고, 좀더 흥미로우며, 좀더 예측 불가능하고, 훨씬 더 폭넓고 깊은 지성과 맞물려 있습니다. 그런 글은 언어와 상상력의 야생성과 연관됨으로써 힘을 부여받습니다.

이것이 바로 소로우가 '황갈색 문법'이라는 용어를 쓸 때 의미한 것입니다. 그는 「산책」(Walking)이라는 수필에서 이렇게 쓰고 있습니다. "광대하고 야만적이며 울부짖는 우리의 어머니 '자연'은 마치 표범처럼 비상한 아름다움과 자신의 아이들에 대한 그토록 크나큰 애정을 가지고 사방에 누워 있다. 하지만 우리는 너무 일찍 그녀의 젖을 떼고 사회로 나간다 (…) 스페인 사람들은 이 야생적이며 희미한 지식을 표현하는 '황갈색 문법'이라는 좋은 말을 가지고 있는데 이는 내가 말한 바로 그 표범에서 유래한 기지있는 표현이다." 언어의 문법만이 아니라 문화와 문명 자체의 문법이 이 광대한 어머니 자연에서 나옵니다. '야만적인, 울부짖음'은 '우아한 무용수'와 '좋은 작가'를 달리 묘사하는 말입니다. 언어학자인 내 친구는 언젠가 "언어란 감정상에서 '어머니 자연'과 같다. 그것은 대단히 강력하고 질서정연하기 때문에 99%가 야생의 공간으로 채워져 있다"라고 말한 적이 있습니다.

우리는 젊은이들에게 다국적 경제와 정보의 과부하가 요구할 경우에 대비해 예상되는 표준적 글쓰기 방식을 습득하도록 가르칠 수 있고, 또 가르쳐야 합니다. 우리의 젊은이들은 후기산업사회가 붕괴되기 직전 세상에서 출세하기 위해서만이 아니라 세계를 비판하고 변혁하기 위해서라도 그런 기술이 필요할 것입니다. 매력적이고 순수한 글쓰기 재능을 가진 젊은 배움꾼들은 이런 훈련이 가져올 파괴적인 결과 때문에 고통받을 수도 있습니다. 그들 자신의 귀를 의심하고 그들이 가진 기지를 의심하게 될 것이기 때문이지요. 젊은이들은 그들 고유의 개인적인 비전이 끝까지 살아남을 것이라고 확신할 필요가 있습니다. 그들은 숨을 깊이 들이쉬고, 통용되고 있는 사회 관행과 규칙 속으로 뛰어들어 게임을 배우는데, 그러면서도 여전히 가슴과 그들의 지역언어로 귀환할 수 있습니다. 언어와 언어의 힘이란 어떤 정해진 시간과 장소에서 '적절한 용법'이라고 생각되는 것보다는 훨씬 더 광대하다는 것을, 그리고 정규교육을 받지 않고도 새로운 것을 창조해온 언어의 천재들이 있다는 사실을 우리는 끊임없이 사람들에게 상기시켜야 합니다. 호메로스는 노래꾼이며 이야기꾼이었지 작가가 아니었습니다.

일반적으로 친숙한 기존의 언어개념은 다음과 같습니다.

1. 언어는 인간에게 독특한 것이며 일차적으로 문화적이다.
2. 지성은 언어에 의해서 틀이 형성되고 발전한다.
3. 세계는 혼돈스럽다. 하지만 언어는 그 세계를 조직하고 문명화한다.
4. 언어가 더 세련될수록, 즉 많이 교육받고 정확해지고 명료해질수록, 언어는 통제할 수 없는 자연과 감정의 세계를 잘 길들이게 된다.
5. 좋은 글은 '문명화된' 언어다.

그러나 우리는 그 말을 다음과 같이 뒤집어 말할 수 있습니다.

1. 언어는 기본적으로 생물학적이다. 언어는 사람들이 배우고 사용할 때 절반의 문화가 된다.

2. 지성은 언어적, 비언어적인 인간의 의사소통을 포함해서 인간이 세계와 갖는 모든 상호작용에 의해서 형성되고 발전한다. 그리하여 언어는 사고를 정련(精練)할 때 강력한 역할을 담당하지만 그러나 그것이 언어의 유일한 역할은 아니다.

3. 세계는, 그리고 마음은 그 나름대로 질서정연한 것이다. 언어적 질서는 바로 그런 질서를 반영하며 응축한다.

4. 세계가 나서서 우리의 자아와 견해를 간섭하지 않고도 우리를 가르치는 것이 더 온전하게 허용될수록 우리는 상호관련성을 가진 자연계 안에서 우리가 있는 곳을 더 잘 알 수 있다.

5. 좋은 글은 '야생의' 언어이다.

20세기 일본의 선승이며 사상가인 도오겐 선사는 그것을 다음과 같이 말했습니다. "너의 체험을 여러 현상을 가진 세계로 내보낸다는 것은 미혹이다. 제(諸)현상을 가진 세계가 제 스스로 나서서 경험할 때 그것이 깨달음이다." 덤불 속에서 굴뚝새를 보고 그것을 '굴뚝새'라고 부른 다음 계속 걸어가는 것은 건방진 마음으로 아무것도 보지 않은 것입니다. 새를 보고, 걸음을 멈추고, 바라보고, 느끼고, 잠시 자아를 잊어버리고, 덤불의 그늘 속에 있는 것, 그때 어쩌면 '굴뚝새'를 느끼는 것, 그것이야말로 의미있는 어떤 순간에 세계와 결합하는 것입니다.

마찬가지로, 우리가 장난스러운 글을 쓸 때 마음의 눈(心眼)은 건들건들 배회하며, 광경과 장면을 보고, 여러가지 사건을 체험하며, 동시에 꿈꾸고 있습니다. 이런 순간이면 마음은 아마도 과거의 어떤 순간을 전체로 다시 살고 있을지도 모르는 것이어서, 마음이 과거에 있는지 혹은 다른 현재에 있는지 구분하기 어렵습니다. 우리는 정신적으로 어떤 커다란 풍경 속을 움직이는 것처럼 그곳으로부터 뼈 몇 자루와 호두나 밤 같은 견과와 자두나 복숭아 같은 과실을 가지고 돌아옵니다. 그것을 우리는 언어로 가지고 있는 거지요. 우리는 풍성한 어둠으로부터, 판단이나 목적이 없는 순간으로부터, 깊은 곳에서 들리는 그러나 먼 리듬에게 글을 씁니다. 언어는 우리 몸의 일부이며, 마음 전체를 보는 것, 느끼는 것, 만지는 것, 그리고 꿈꾸는 것으로 싸여 들어갑니다. 그만큼 언어는 어떤 지방화된 '언어의 중심부'에서 옵니다. 가령 다음과 같이 감각으로 넘쳐 있지요.

아름다운 사브리나
　그대가 앉아 있는 곳에서 들어주어요
거울 같고 차분하고 반투명인 물결 아래서
　백합꽃으로 엮은 듯 땋은 머리채로
호박(琥珀) 방울지는 늘어진 긴 머리채
　제발 들어줘요
　은빛 호수의 여신이여
　　귀기울여줘요 구해주어요.

──J. 밀턴의 「코무스」(Comus)

으스스한 명료함, 유동적인 여신, 은빛 물결, 그리고 은색 꽃들.

어렴풋이 보이는 세계의 수많은 흔적을 우리는 믿어야 합니다. 이른바 혼돈이라는 것을 우리는 체계화할 필요가 없습니다. 훈련과 자유는 서로 대립적인 것이 아닙니다. 우리는 꼭 필요한 것을 습득할 수 있게 해주는 훈련에 의해서 자유로워집니다. 또 우리의 자유로운 선택으로 숙달되기 위해 훈련을 받습니다. 우리는 '필요성'의 친구가 됨으로써, 그리하여 아마도 A. 까뮈가 말한 희생자도 사형집행자도 아닌 사람이 됨으로써, 어떤 상황에 '정통한 자'가 되는 걸 뛰어넘습니다. 그저 세계의 들판에서 놀고 있는 한사람일 뿐이지요.

〔1995〕

2부

윤리

Ethics

노스 비치

1950년대 미국이 정신적으로 정치적으로 외로웠을 때 사람들은 지나가는 자동차를 얻어타고 1600킬로미터나 떨어진 곳으로 친구를 만나러 가곤 했습니다. 어떤 생명이건 성장하기 위해서는 서식지가, 그러니까 온기와 습기가 있는 문화가 필요한 법입니다. 그 시절 웨스트 코우스트(서태평양 해안)에서 쌘프란시스코는 유일한 도시였습니다. 쌘프란시스코에서 우리의 모항(母港)은 '노스 비치'(North beach)였습니다. 왜냐고요? 그곳이 완전히 비영국계 땅이라는 것이 그 이유의 일부였지요. 그곳에 가장 먼저 터를 잡은 건 꼬스떼뇨스

* 이 글은 건축가 댄 오스본(Dan Osborne)과 자크 스튜어트(Zach Stewart)가 조직하고 1975년 1월 몽고메리가의 카네싸 갤러리에서 열린 '주거환경으로서의 노스 비치'라는 한 독창적인 행사를 위해 쓴 것이다. 나중에 내 책 『옛 방식들』에 실렸다.

(costenõs) 원주민[1]이었는데, 그들은 베이 지역 근처에서 5천년 이상 살아온 종족입니다. 호세 오르떼가[2] 하사는 1769년 11월 초 바닷가 모래언덕과 잡목숲을 지나 그곳의 한 언덕(텔리그라프트 Telegrapht)에 올라갔습니다. 나중에 지진과 화재가 발생하기 전까지[3] 그 언덕에서는 아일랜드 사람들이 살았는데 그곳 바위산에서 풀을 뜯는 염소들의 이야기들이 전해옵니다.

텔리그라프트 언덕, 텔리그라프트 언덕,
바위투성이 언덕, 진창투성이 언덕,
텔리그라프트 언덕

그외에 이딸리아인, 씨칠리아인, 뽀르뚜갈인(어부), 중국인(꽝뚱인과 하카인), 심지어 바스끄지방 출신의 양치기들까지 휴가철이면 네바다에서 그곳으로 내려갔습니다.

1950년대 이후 세대인 우리가 걸어서 그곳을 찾아갔을 때 '걷기'는 중요한 의미를 갖는 것이었습니다. 아마도 그곳 말고는 현대화된 미국의 그 어느 곳에서도 '걸어서'의 느낌을 갖기란 어려울 것입니다. 좁다란 길, 높고 장식 없는 담장, 계단처럼 가파른 뒷골목, 싸구려 셋집으로 내놓은 흰색 나무집들, 평면식 지붕 위에서 안개비를 맞으며 펄

---

1. 버클리와 오클랜드 해안을 따라 살았던 원주민들에게 스페인 사람들이 붙인 이름. 스페인어로 '해안가 사람'이란 뜻. 지금은 오흘론(Ohlone)이라고 칭한다.
2. 쌘프란시스코에 처음 들어온 스페인 원정대의 군인이었다는 기록 외에 알려진 것이 거의 없다.
3. 1906년 4월에 발생한 쌘프란시스코 대지진.

럭이는 빨래. 그곳은 모로코나 고대 계단식의 '비옥한 초승달 지역'[4]
에 형성된 마을 같았습니다.

그린과 콜롬버스라는 곳 한쪽에는 아주 작은 유역(流域)이 있습니
다. 북쪽으로 샛강 하나가 흐르고 있었는데, 워터 스트리트라는 작
은 골목(지금은 피셔먼즈 워프Fisherman's Wharf 해안에서 몇 구역
위쪽, 아주 밀집지역이지요)에 닿아 있는 그 강어귀는 친구의 아파
트 지하실 아래에 있었습니다. 동쪽으로 흐르는 물줄기는 한때 바버
리 코우스트(Barbary Coast)의 클럽지구이던 곳 옆을 지나 배터리
(Battery)에 있는 오늘날의 '해안 측량조사' 사무실 아래로 흘렀습니
다. 폭풍은 북태평양의 날씨 변동이 심한 한 지점으로부터 옵니다
(여름에는 폭풍이 북쪽으로 비껴갑니다). 쌘프란시스코, 노스 비치
는 마치 뱃머리 위에서 사는 것과 같습니다. 11월부터는 내달리는
검은 바다 위에서 갑자기 쏟아지는 비와 날아가는 구름조각들이 텔
리그라프트 언덕의 예리한 끄트머리에 와서 부딪치지요.

하나의 서식지, 아주 다른 여름과 겨울을 가진 두 지역 버클리와
마린 카운티 사이의 중간. 길을 가는 사람이라면 누구라도 노스 비치
에서 잠깐 멈추지 않을 수 있을까요? 오리알을 사기 위해서, 베수비
오(Vesuvio's)[5]와 씨티 라이츠(City Lights)[6]에 잠깐 들르느라, 참기

---

4. 원래는 메소포타미아에서 이집트에 이르는 고대 중동의 양대 문명의 발상지로 초승달 모양을 이루며
   강과 토양이 좋은 곳을 가리킨다. 여기서는 그 초승달형의 비옥한 마을처럼 쌘프란시스코에 좁은 길과
   하얀 담이 많음을 일컫는다.
5. 쌘프란시스코의 콜롬버스가와 브로드웨이 모퉁이에 있는 술집으로 1950년대 비트 시인들이 자주 출
   몰했다.
6. 잭 케루악가를 사이에 두고 베수비오 건너편에 있는 시인 로런스 펠렝게티 소유의 유명한 출판사 겸 책
   방의 이름. 앨런 긴즈버그의 시집 『울부짖음』(Howl)을 펴낸 후 비트 제너레이션의 산실로 유명해졌다.

름이나 포도주를 사기 위해서, 혹은 그랜트로 올라가 거기서 이런저런 '장소'로 가기 위해서 말입니다. 또는 바로 그곳에 사람들이 살고 있기도 했습니다. 길 위 전차들의 붕붕거리는 전선소리, 아래쪽 부둣가에서 밤새 불 밝혀 일하는 배들, 동 트기 전 스캐빈저 트럭들이 만들어내는 요란한 소음. 젊은 여자가 맨발로 걸어다니다가는 체포되던 시절로부터 이제는 멀리서 온 여행객의 구미를 맞추기 위해 엉덩이를 드러낸 브로드웨이의 클럽에 이르기까지 건너온 세월.

하나의 서식지. 특히 소비적이고 오만불손한 빌딩 '트랜스아메리카 피라미드'는 한때 몽고메리 블록(Montgomery Block)이라 불리던 곳에 사각형으로 떡 버티고 서 있었는데, 1930, 40년대에 예술가와 혁명가들이 거주했던 빌딩입니다. 케니스 렉스로스(Kenneth Rexroth)를 비롯한 많은 사람들이 그곳을 거처로 삼았지요. 전후 자유의지론의 토대들. 1950년대 중반 대중적으로는 '비트'로 알려진 운동들. 이런 점을 강조하다보면 종종 깊숙이 파묻혀 살면서 자신의 삶을 바쳤던 당시의 사상가와 예술가 들을 소홀히 하게 됩니다. 대중매체에서 큰 명성을 얻지 못했거나 그런 것을 필요로 하지 않은 그들이야말로 그토록 많은 자양분을 공급한 '문화 그 자체'였습니다. 많은 사람들이 모든 것을 걸었습니다. 때로는 극단적인 길을 따랐는데, 언제나 그들이 어리석음을 넘어 희망한 대로 지혜에 이른 건 아니었습니다. 하지만, 알류산 열도 아래에서 일어나는 폭풍처럼, 1950년대 이후 세계 곳곳의 사람들의 삶에 영향을 준 파동은 차례차례 노스 비치로부터 왔습니다.

그 시절 나는 부두에서 일했습니다.

일하러 제23번 부두로 내려갔다. 스미스-라이스 크레인들, 그리고 금요일 부두에는 흰 헤오라기 한 마리가 피드덕 날아왔는데 그 때문에 바닷갈매기가 작게 보였다. 헤오라기는 자신의 날개와 깃털을 몇차례 섬세하게 흔들어 잔물결을 일으키더니 왔던 방향으로 날아가버렸다.

—1952년 11월 23일

내가 한자를 쓰고 그것을 일본어로 발음하는 연습을 하고 앉아 있다고 해서 그것이 특별한 중요성을 갖는 것은 아니다. 모든 것은 여기에 있다. 지중해의 포도나무, 멜라네시아의 타로토란 밭, 밴쿠버 아일랜드의 클로버 밭—눈은 보고, 손은 움직이고, 세계는 중심을 관통한다. 복잡한 나선형 무늬의 조가비처럼.

—1954년 2월 4일

그리고 1958년 10월 『피플즈 월드』(*People's world*)[7]에 실린 제목.

시대에 뒤진 자본주의
여러가지 위험으로
인간성을 위협하다
우리가 만나 술을 마시곤 하던 또 하나의 장소인 '지노와 칼로'[8]로

----

7. 캘리포니아의 공산주의자들이 발간하던 소규모 신문.
8. 그린가에 있던 술집으로 역시 많은 예술가들이 모이던 곳.

가면서 잭 스파이서(Jack Spicer)는 구레나룻 난 얼굴로 나를 껴안 았습니다.

　　반드시 걷잡을 수 없을 정도로 방황해야 한다. 광대하고, 쓸모없 고, 어딘지 알 수 없는 곳, 보헤미안의 삶이 이루어지고 있는 곳이 면 "제정신이 아닌 상태로라도" 따라가야 한다, 등등.——우리에게 는 뛰어들어야 할 큰 도박과도 같은 물리적·경제적 도회지의 '허 공'이 필요하다.　　　　　　　　　　　　　　——1958년 11월 3일

　　그 굽이치는 노스 비치에서 함께 어울린 그토록 가까우면서도 서 로 매이지 않았던 동료들, 연인들, 괴짜들, 그리고 친구들(우리는 얼 마나 많은 사람의 죽음을 애도했는지요!)——노스 비치는 1972년 12월 갑작스러운 추위가 캘리포니아를 덮쳤을 때 식물들이 얼어죽 지 않은 유일한 곳이었습니다. 실제로 노 밸리(Noe Valley)를 빼고 쌘프란시스코의 어느 곳보다 더 따뜻하고, 플로리다를 제외하면 미 국에서 일년 중 서리가 내리지 않는 날이 가장 많은 곳——그곳은 대 단히 아름답고 비옥한 땅, 미국에서 무언가 '다른 것'을 부화해내는 훌륭한 작업이 이루어지는 땅입니다. 때가 되면 그 땅이 껍질을 깨 기를 기도합시다. '그 장소의 정령들'에게 감사드립니다. 모든 '존재 들'의 번영을 축원하며.

비트 제너레이션에 관한 노트와 새로운 바람

비트 제너레이션에 관한 노트

1955년 9월의 어느날 나는 캘리포니아 버클리의 한 조그만 오두막 마당에서 자전거를 고치고 있었습니다. 석달 동안 씨에라네바다에서 산길 건설 팀과 함께 일하다가 막 돌아온 참이었습니다. 짙은색의 양복을 입은 모양새 좋은 한 젊은이가 모퉁이를 돌아오더니 나더러 게리 스나이더냐고 물으면서 자신의 이름은 앨런 긴즈버그(Allen Ginsberg)라고 말했습니다. 앨런 긴즈버그가 양복을 입은 것을 본 것은 그때 딱 한번뿐이었습니다. 우리는 함께 차를 마셨는데 그는 시인 케니스 렉스로스를 만난 후 나를 보러 온 것이라고 하면서 쌘프란시스코의 시인 몇명을 모아 씨티의 한 작은 미술관에서 시낭송회를 열 생각이라고 말했습니다. 2주 후 필 훼일런(Phil Whalen)이 워싱턴의 산악지대로부터 지나가는 자동차를 얻어타고 시내로 들어왔고, 때를 같이해 잭 케루악(Jack Kerouac)도 로스앤젤레스에서 화물열차를 타고 도착했습니다. 긴즈버그는 눌러앉아 교수직이나 가져볼까 하는 생각으로 영문과 대학원에 들어가기 위해 쌘프란시스코에서 버스로 불과 30분 거리에 있는 캘리포니아 대학의 버클리 캠퍼스로 옮겨와 있었습니다. 그는 그 대학에 3주쯤 있다가 학교를 작파했지요. 우리들 중 누구도 대학교 학위라든지 앞으로 우리가 어떤 일을 할 것인지에 대해 걱정하지 않던 때였습니다. 1955년 10월에 포도주와 마리화나와 재즈와 함께 긴즈버그는 지금은 유명해진 시 『울부짖음』을 썼고, 10월 말에 우리는 시낭독회를 가졌습니다. 최근 새 시집 『황홀』(*Ekstasis*)을 출판한 필립 라만셔(Philip Lamantia), 마이클 매클루어(Michael McClure), 훼일런, 긴즈버그, 그리고 내가 시를 읽었습니다. 케루악은 그 자리에서 빈 병을 두들기며 박자를 맞추었고, 렉스로스는 몇 달러를 주고 산 중고 외교관 양복을 걸치고 농담을 쏟아내고 있었습니다. 우리는 모두 5~10년에 걸쳐 써온 시들을 가지고 있었는데, 대부분은 아무도 들어본 적이 없는 시들이었습니다. 그 시의 밤이, 그곳에 온 거친 군중과 함께, '쌘프란시스코 시의 르네쌍스'의 시작이었습니다. 이후 그것은 '비트 제너레이션'(beat generation)으로 알려진 현상의 일부가 되었지요. 그날 밤 이후 쌘프란시스코에서는 매주 누군가의 소굴이나 어떤 술집 혹은 화랑에서 시낭송회가 열렸습니다. 마침내 우리 스스로 새로운 표현의 자유로 가는 돌파구를 열었으며, 시인을 목조르고 있던 대학을 깨부수고, 이 세상의 그토록 많은 지식인들의 상상력 넘치는 삶을 고갈시키고 있던(지금도 그렇지만) 볼셰비끼 대 자본가들에 대한 지루하고도 의미없는 논쟁을 넘어섰다는 것을 우리는 돌연 느끼게 되었습니다. 우리가 발견한 것 혹은 재발견한 것은, 상상력은 자유롭고 자발적인 그 자체의 생명을 가진다는 것, 그것은 신뢰할 만하다는 것, 자발적인 마음에서 흘러나오는 것이 시라는 것이었습니다. 그리고 이것이 역사적 필연성이라든가 '이성' 혹은 '자유'의 이름으로, 결국은 인간 살해로 끝을 맺는 '문명화된 추상'에 기초한 그 어떤 정치 프로그램보다도 더 근본적인 것이며 더 혁명적인 것이라는 것, 러시아와 미국은 둘 다 너무나 어리석게도 인간의 심장을 살해하는 자들이라는 것이었습니다.

잭 케루악은 당시 뜨내기 노동자로 살고 있었습니다. 블루진 한벌, 배낭 하나, 글을 쓸 공책 한권. 그러나 그때도 그는 이미 10~12권의 소설 원고를 완성해 쌓아두고 있었지요. 1957년 그의 소설 『길 위에서』(On the Road)가 출간되자 '비트'라는 말이 유명해졌고, 하룻밤 사이에 미국은 모든 규칙을 다 깨부수고 물구나무 서서 세상을 바라보는 작가와 지식인 세대를 가지고 있다는 사실을 깨닫게 되었습니다. 이 신세대는 교육받은 세대였지만 학계나 재계 사실 또는 정계로 들어가기를 거부했습니다. 자체적으로 만든 소규모 잡지들에 시를 발표했고, 오랫동안 전위적 글에 대한 독점권을 장악하고 있던 대규모의 고상한 지식인 잡지에는 작품을 보낼 생각조차 하지 않았습니다. 신세대 시인들은 뉴욕에서 멕시코씨티로 해서 쌘프란시스코까지—큰 삼각형을 이루는—를 부랑자로 떠돌며 편안하고 홀가분하게 여행했습니다. 그들은 쌘프란시스코의 노스 비치나 뉴욕의 로우어 이스트싸이드(비트족이 살았던 그리니치 빌리지인데 정말이지 빈민굴이었습니다)에서는 친구 집에서 묵었고, 무슨 일이든 가리지 않고 돈을 벌었습니다. 목수일, 철도 노동, 벌목, 농사, 그릇닦이, 화물 취급 등 어떤 일이든 괜찮았습니다. 정규직은 우리를 묶어놓고 시간을 주지 않습니다. 소탈하고 가난하게 살면서 떠돌고 글을 쓰고 이 세상에서 벌어지는 일들을 '파고들어가는'(관통하고 흡수하고 즐긴다는 뜻이지요) 시간을 갖는 것이 더 좋았습니다. 『길 위에서』는 그런 삶을 그린 소설입니다. 그 책을 읽은 사람들은 두려워하거나 즐거워하거나 둘 중 하나였습니다. 즐거워한 사람들 가운데 많은 이들이 그 재미에 가담하려고 쌘프란시스코로 이주해오기도 했습니다 (케루악의 그 다음 소설 『지하 생활자들』(*The Subterraneans*)에는 그런 장면이 나오지요).

긴즈버그의 『울부짖음』으로 말하자면, 처음에는 경찰에 의해 쌘프란시스코에서 판금당했지만 이후 재판에서 이겼고, 젊은이들 사이에서 시 부문의 베스트쎌러가 되었습니다. 젊은 세대는 그 시가 말하고 있는 대상이 바로 자신들이라는 것을 알았지요. '비트 제너레이션'은 일상용어가 되었습니다.

이 현상에 대해 신문이나 대중의 반응은 어떠했나요? 격분 아니면 약간의 시샘이었습니다. 그것은 일단의 사람들이 '미국적 생활수준' 및 그것과 함께하는 모든 것으로부터 자유의 이름으로 절연을 선택한, 미국 역사에서 몇 안되는 시기 중 하나였습니다. 그리고 어떤 점에서 볼 때 비트 제너레이션의 문학은 최근세사에 나타난 단 하나의 진정한 프롤레타리아 문학입니다——왜냐하면 실제 노동계급의 성원들이, 말하자면 '프롤레타리아 보헤미안들'이 썼기 때문입니다. 그것은 중산층 출신의 공산주의사 지식인들이 생각하는 그런 프롤레타리아 문학이 아닙니다. 거기에는 자기연민이나 비난이나 정치는 없고, 그저 인간과 사실만이 있습니다. 계급투쟁이란 자신의 마음과 삶 속에서 모든 계급을 포기한 자들에게는 별 의미가 없지요. 그러나 미국의 좌파 지식인들과 신문 편집자들은 이것을 최악의 이단으로 보았고, 양쪽 다 '무책임하다'고 아우성쳤습니다. 그들은 재즈 세계를 퇴폐적인 것으로 지목했고(하지만 그것은 사실 미국에서 가장 창의적이고 심오한 것 중의 하나이지요), 쌘프란시스코와 뉴욕의 젊은 작가들의 성적 문란함과 비행과 마약 복용에 대한 기사를 썼습니다. 그런 비난에 대한 대답은 간단했지요. 즉 이 사람들은 혁명, '진짜' 혁명에 관심이 있으며, 그것은 바로 개인의 마음과 몸에서 시작한다는 것입니다. 청동기시대의 종말 이후 세계의 영혼을 추락시킨 것 중 하나가 가족제도 및 그와 관련한 성도덕에 대한 관념인데, 그것은 부계 남성 혈통의 재산상속과 일치합니다(F. 엥겔스의 『가족, 사유 재산, 그리고 국가의 기원』을 읽은 사람이라면 내가 무얼 말하는지 알 것입니다). 이 세상에 성의 혁명을 동반하지 않고 성공할 수 있는 경제혁명은 없을 것입니다. 성의 진정한 가치는 무엇이며 결혼이란 진정 무엇을 의미하는지 실천적으로 발견하려고 노력하는 사람이라면 누구든 (D. H. 로렌스가 그랬던 것처럼)부도덕하거나 음란한 사람이라고 불릴 것입니다. 비행이나 범죄에 대해서와 마찬가지로 이것 역시 대체로 중상모략입니다. 비행 청소년이란 로렌스 립턴

(Lawrence Lipton)이 소설 『성스런 야만인들』(*Holy Barbarians*)에서 지적한 것처럼 단지 당장 돈을 원하는 십대의 자본가들일 뿐입니다. 쌘프란시스코 노스 비치의 보헤미안 남녀들은 중고품 가게에서 옷을 샀으며, 라디오나 자동차를 소유하고 있는 사람은 아무도 없었습니다. 마지막 고발 대상인 마약은 어려운 문제인데, 왜냐하면 마리화나는 미국에서는 위험한 마취제로 분류되어 있고 따라서 불법이기 때문입니다. 마리화나(인도 대마초로 학명은 카나비스 사티바 Cannabis Sativa)는 싸구려 붉은 포도주와 함께 비트족의 사회생활에서는 비상용품입니다. 멕시코에서 수입하거나 집에서 길렀는데, 이것을 소지했을 때의 벌은 아주 엄했습니다(최소 징역 6개월이었지요). 하지만 누구나 그것을 피웠는데—그것을 '항아리'나 '차' 또는 '풀'이라고 불렀습니다—그것이 인간의 지각작용을 조용히, 예민하게 만들어주는 것을 즐긴 것이지요. 특히 청각이 예민해지는데, 마리화나가 재즈 음악가들에게 폭넓게 사용되는 이유도 그 때문입니다. 마리화나가 비습관성이며 내성(耐性)이 없고 사회적으로 알코올보다 덜 위험하다고 의사들이 공표한 사실을 일반인들은 알지 못합니다. 마리화나에 대한 낡고 무분별한 편견이 '비트'와 '스퀘어'(일반적으로 재즈 혹은 마리화나는 안된다고 하는 사람을 의미합니다. '스퀘어'의 또 하나의 반대어는 '힙스터 hipster'에서 파생한 '힙 hip'인데, 그것은 마약과 재즈 등에 식견이 있는 사람을 말하지요)를 담장 하나를 사이에 두고 양편으로 갈라놓았는데, 비트는 이 경우 종종 감옥의 담장 안쪽에 있지요. 이제 '무책임하다'는 것에 대해 말해봅시다. 이 세상에서 정말 무책임한 자들이란 핵폭탄을 실험하는

장군과 정치가 들입니다. 반사회적이고 폭력적이고 유치한 사람들은 바로 지금 세계정부를 경영하고 있는 자들입니다. 그들의 백치 같은 행동에 동참하기를 거부하는 것——이것이야말로 진정한 책임이며, 시인들이 당당히 감당해야 할 책무입니다. 그리고 이것은 군비(軍備)에 기여하는 직업을 피할 것, 입대하지 말 것, 아무도 두려워하지 않고 생각하는 바를 말할 것을 의미합니다.

어떤 점에서 비트 세대는 공동체·사랑·자유 같은 그 자체의 가치를 지닌 채, 역사 속을 흘러온 영속적인 '제3의 힘'이 가진 또 하나의 측면으로 볼 수도 있겠습니다. 그것은 고대의 에세네파 공동체[1], 원시기독교, 그노시스교(Gnostic)[2] 공동체, 그리고 자유정신을 가졌던 중세의 이단들, 이슬람의 쑤피(Sufi)족[3], 고대 중국의 도교(道教), 그리고 선불교와 일본의 신교(神教)와 연결지을 수 있습니다. 인도 코노락(Konorak)에 있는 대담무쌍하며 감동적인 관능의 조각들, 히에로니무스 보스[4]의 그림들, 윌리엄 블레이크의 시, 이 모두가 같은 전통에 속해 있지요. 로스앤젤레스의 비트족 커피하우스에 있는 모토는 '예술은 사랑이고 사랑은 신이다'란 방정식입니다. 미국에서 우리는 이것을 휘트먼(Walt Whitman)과 소로우(H. D. Thoreau)를 통해서, 우리의 윗세대 스승들인 윌리엄 칼로스 윌리엄즈(William Carlos Williams), 로빈슨 제퍼즈(Robinson Jeffers), 케니스 렉스로

1. 기원전 1천년 동안 중동 지역에 있던 종교공동체로 이원론적인 구제관(救濟觀)을 가지고 있었으며, 특히 초기 기독교 시대에 갖가지 이단적인 그리스도론(論)을 전개한 신비주의적 이단 기독교를 말한다.
2. 고대 유대교의 금욕주의적이고 신비주의적인 유파.
3. 이슬람교의 범신론적 신비주의.
4. Hieronymus Bosch. 15세기의 플랑드르의 환상적 화풍의 화가.

스, 헨리 밀러(Henry Miller), 그리고 D. H. 로렌스에게서 얻고 있습니다.

이 모든 것의 국제적인 의미는 무엇일까요? 비트 제너레이션은 지식인들이 인간 개체, 실존, 개인적 동기, 사랑과 증오의 특질, 지혜에 이르는 길을 근본적으로 다시 생각해보는 전세계적인 경향의 한 측면으로 볼 수 있습니다. 실존주의, 현대의 평화주의자—무정부주의자 운동, 최근 서구인들의 선불교에 대한 관심 등은 모두 그 경향의 일부입니다. 비트 제너레이션이 특히 홍미로운 것은 그것이 지적 운동이 아니라 창조적 운동이기 때문입니다. 즉 그들은 시를 쓰거나 그림을 그리고 실수를 하거나 운명에 내맡기면서——그러나 무관심해지거나 낙담할 이유를 전혀 발견하지 못하는, 독립된 방식으로 삶을 살기 위해서 그럴듯한 사회와의 끈을 절단한 사람들입니다. 그들은 어디론가 가고 있습니다. 그들의 태도 가운데 일부가 일본 시인들에게 활력을 주게 되었다면 해가 될 것은 없겠습니다.

새로운 바람

오늘날은 누구나 미국에서 있었던 '시의 르네쌍스'와 '비트 제너레이션'에 대해 알고 있습니다. 그것은 아시아와 유럽으로 퍼져나갔지요. 그리고 이제, 마침내 그 시가 한권의 시선집으로 출간되었습니다. 도널드 앨런(Donald Allen)이 편찬한 『새로운 미국시 1945~1960』(The New American Poetry 1945~1960)가 그것입니다. 나는 며칠 전에 이 책을 받아보았는데, 이 책은 우리 세대 시인들을 아주 잘 드러내고 있어서 이 글은 어떤 점에서는 도널드 앨런의 책에 대한 서평이 되겠습니다.

새로운 미국시에서 '새로운' 것이란 무엇일까요? 우선, 시인들에 대해 무엇이 새로운 것일까요? 가장 특기할 만한 것은 그들이 상업 잡지든 대학의 문학과이든 공식적인 문단으로부터는 초연했다는 점입니다. 그들은 아주 다양한 방법으로 생계를 유지했습니다만, 자신들의 진짜 일은 시라고 느꼈고 그걸 정당화할 필요가 없었습니다. 그들은 훌륭한 교육을 받고, 강인하고, 독립적이었으며, 똘똘 뭉쳐서 파벌을 만드는 일 따위는 절대로 하지 않았습니다. 그들은 미국의 안락한 중산층의 삶을 거부했거나 또는 그 안에 받아들여지지 않았습니다. 그들 중 많은 사람들이 대학은 제도적으로 직업적 사기꾼을 만들어내는 곳이라고 생각해서 대학을 '안개 공장'이라고 부르기도 했습니다——대학으로서는 자신들이 좋아하는 것을 가르치고 말할 수 있는 지위에 있으니 진리에 봉사한다고 생각했겠지요. 시인들은 주로 쌘프란시스코와 뉴욕에 모였지만, 시골에 숨어 산 이들도 많았습니다. 농사꾼이 된 사람도 있었지요. 헨리 밀러가 10년 넘게 산 캘리포니아 해안의 빅써(Big Sur, 몬테레이에 있는 자연경관지) 같은 곳은 사람들에게 별 매력이 없었습니다. 대학에 연연하지 않았다는 점에서, 그리고 1930년대 후반에서 1940년대의 아카데믹하고 신형식주의적인 시를 거부했다는 사실에서, 그들은 바로 앞세대와는 달랐습니다. 에즈라 파운드(Ezra Pound)와 T. S. 엘리어트, 그밖에 지금은 유명해진 1920년대의 일군의 현대파 시인들의 작품을 실었던

『시』(Poetry)라는 잡지는 지금은 보수적인 잡지로 간주되며 『새로운 미국시』에 들어 있는 시인들의 작품은 거의 싣지 않습니다.

그들은 시를 아주 진지하게 생각했으며, 상당히 독특한 견해를 가지고 있었습니다. 시는 '아름다움'이 아니며, 볼셰비끼나 자본가 혹은 그 무엇을 위한 선전도 아니고, 음풍농월도 아니며, '고요 속의 회상'(W. 워즈워스)이 아니라는 것, 시는 훈련된 지성의 가장 고차원적인 활동과 직관적이고 본능적인 혹은 정서적인 마음의 가장 깊은 통찰을 결합한 것, '모든 기능들'입니다——마이클 매클루어에게 있어 그것은 '단백질과 불'이지요——숨결 속에 존재하면서(찰스 올슨Charles Olson) 형식에 맞는 시행, 일종의 문체론적인 '지(知)'를 만드는 것입니다. 그것은 있는 그대로의 사물 자체에 대한 민감한 인식이고(지나치게 강조하면 일본의 시가 자주 그랬듯이 시의 내장과 뇌수가 빠져 버립니다), 역사이며, 무엇보다도 그것은 '마술', 즉 상징과 은유를 통해서 변화시키는 힘, 형식으로 세계를 창조하며 혼돈으로 세계를 파괴하는 힘입니다. 찰스 올슨은 시선집 뒤에 붙인 '투사시'(Projective Verse)에 대한 노트에서 '형식'은 '내용'의 연장이라고 말합니다. 불교에도 형식과 내용의 이원론적 본질 전체를 드러내는 철학적 체계가 있습니다. 형식＝공(空), 공＝형식이 바로 그것입니다.

그래서, 이 시선집의 시는 '현대'의 전통 속에 있습니다. 에즈라 파운드와 특히 윌리엄 칼로스 윌리엄즈(지금 세대의 작가들에게는 가장 크고 유일한 영향력을 미치고 있습니다)로 되돌아가고 있지만, 영향력있는 시 잡지를 운영했던 1930년대 후반과 1940년대의 시인들에 대해서는 너무 형식적이고 따분하다고 건너뛰고 있습니다. 새로운 미국시에 분명 따분한 것은 없습니다. 논쟁적이고, 직접적이고, 시사적이고, 제약받지 않으며, 개인적 체험에 근거하고 있습니다. '비트 제너레이션'과 거의 동일시되는 이 시선집 속의 시인들은 별나게 상상력이 뛰어나고 '미치광이' 같고, 그리고 어떤 제약도 받지 않습니다. 그러나 새로운 시인들이라고 해서 모두 비트 제너레이션의 일원으로 치부되는 걸 좋아하지는 않겠지요.

19세기의 미국 시인인 휘트먼과 허먼 멜빌(Herman Melville, 소설에서와 별개로 시인으로서의 그의 명성은 아주 최근의 일입니다)은 높은 평가를 받아왔습니다. 유럽에서는 라파엘 알베르띠(Raphael Alberti)와 특히 페데리꼬 가르시아 로르까(Federico García Lorca)의 스페인 시, 앙리 미쇼(Henri Michaux), 앙또냉 아르또(Antonin Artaud), 기욤 아뽈리네르(Guillaume Apollinaire) 같은 프랑스 시인들, 독일의 베르톨트 브레히트(Bertolt Brecht) 그리고 칠레의 빠블로 네루다(Pablo Neruda) 들이 영향력이 있었습니다. 에즈라 파운드, 아서 웨일리(Arthur Waley) 그리고 케니스 렉스로스의 번역을 통해 소개된 중국의 고전 시인들, R. H. 블라이스(Blyth)가 번역한 일본의 하이꾸, 그리스 신화와 중세 유럽의 음유시인들을 다시 읽기, 이 모든 것이 한데 모여 아이러니와 연민의 시를 생산해온 것입니다.

사실 지금 미국에서는 이제까지 보지 못한 창조의 꽃이 피어나고 있습니다. 어디에나 시인들이 있으며, 그들 대부분이 아주 훌륭합니다. 엘리자베스 시대의 영국이나 당나라 중기 같다고 말하고 싶을 정도입니다. 진정 놀랄 만한 일입니다.

도널드 앨런은『새로운 미국시』의 서문에서 시인들을 다섯 층위로 나누고 있는데 독자의 이해를 돕기 위해 여기에 그 목록을 만들어보지요.

1. 맨먼저 쿄오또에서 1960년 4월까지 2년 동안 조용히 살다간 씨드 코먼(Cid Corman)이 창간한 잡지『오리진』(*Origin*)과『블랙 마운틴 리뷰』(*Black Mountain Review*)에 관계한 시인들. 이들 가운데 가장 두드러진 시인들은 찰스 올슨과 로버트 던컨(Robert Duncan)입니다. 그밖에 데니스 르버토브(Denise Levertov), 폴 블랙번(Paul Blackburn), 로버트 크릴리(Robert Creeley), 폴 캐럴(Paul Carroll), 래리 아이그너(Larry Eigner), 에드워드 돈(Edward Dorn), 조너선 윌리엄즈(Jonathan Williams), 조엘 오펜하이머(Joel Oppenheimer), 이들은 아주 주도면밀하고 역량있는 지혜로운 시를 썼습니다.

2. 쌘프란시스코 그룹. 너무 늙어서 이 시선집에 포함시킬 수 없었던 케니스 렉스로스는 어떤 의미에서, 어쩌다 1번으로 들어간 로버트 던컨과 더불어 쌘프란시스코 '시의 르네쌍스'의 아버지입니다. 대표적인 시인들로는 헬렌 애덤(Helen Adam), 안토니우스 수사(Brother Antonius), 윌리엄 에버슨(Willliam Everson), 제임스 브로턴(James Broughton), 매들린 글리슨(Madeline Gleason), 로런스 펠링게티(Lawrence Ferlinghetti), 로빈 블레이저(Robin Blaser), 잭 스파이서, 류 웰치(Lew Welch), 리처드 듀어든(Richard Duerden), 필립 라만셔, 브루스 보이드(Bruce Boyd), 커비 도일(Kirby Doyle) 그리

고 에브 보리가드(Ebbe Borregaard)입니다. 펠링게티는 긴즈버그의 『울부짖음』을 처음 출판한 쌘프란시스코의 씨티 라이츠 서점의 주인입니다.

3. 비트 제너레이션. 도널드 앨런은 규정을 엄격히 해서 잭 케루악, 앨런 긴즈버그, 그레고리 코소(Gregory Corso) 그리고 피터 오를로브스키(Peter Orlovsky)만 포함하고 있습니다. 케루악은 소설가로 잘 알려져 있지만 『멕시코씨티 블루스』(*Mexico City Blues*)라는 재미난 시집을 출판했지요. 대체로 케루악의 개인적인 불교 해석과 관련된 시들입니다.

4. 뉴욕 시인들. 여기에는 바버러 게스트(Barbara Guest), 제임스 슈일러(James Schuyler), 에드워드 필드(Edward Field), 케니스 코크(Kenneth Koch), 프랭크 오하라(Frank O'Hara), 그리고 존 애슈버리(John Ashbery)가 있습니다. 프랭크 오하라가 아마도 가장 유명할 것입니다.

5. 마지막 그룹은 어떤 계층에 딱 들어맞지 않으면서 제각기 개인적인 스타일을 견지하고 있는 독자적인 시인들의 작품을 혼합해놓은 것입니다. 그들은 필립 훼일런, 길버트 쏘렌티노(Gilbert Sorrentino), 스튜어트 퍼코프(Stuart Perkoff), 에드워드 마셜(Edward Marshall), 마이클 매클루어, 레이 브렘저(Ray Bremser), 『유겐』(*Yugen*)지의 편집자인 르로이 존즈(LeRoi Jones), 존 위너즈(John Wieners), 론 로윈손(Ron Loewinsohn), 데이비드 멜처(David Meltzer) 그리고 나입니다. 실제로 이들 시인들 대부분을 쌘프란시스코 사람들이라고 부를 수 있는데 무슨 까닭인지 도널드 앨런은 그들을 떼어놓는 걸 더

좋아하는군요.

『새로운 미국시』는 여러 시인들이 쓴「시학에 대한 진술」과 모든 시인들의 약력, 짤막한 작품목록으로 끝을 맺고 있습니다.

이 책은 1960년대 이후의 젊은 작가들에게는 안내서 노릇을 할 것입니다. 좋은 선집입니다. 내가 이 책에서 보고 싶었지만 들어 있지 않은 시인들은 단지 셋뿐입니다. 씨드 코먼은 자신이 선택해서 그리되었다고 합니다. 그리고 시어도어 엔슬린(Theodore Enslin)과 톰 파킨슨(Tom Parkinson)이 있습니다. 이 신선한 시의 바람이 미국에만 머물지 않고 전지구에 불기를 바랍니다.

—『미국시』(*American Poetry*) 2, no. 1. 1984년 가을.

곰 스모키 경(經)

약 1억5천만년 전쯤인 쥐라기시대의 어느날, '무한공(無限空)'의 이쪽 편에 계시던 대태양불(大太陽佛)께서 그곳에 모인 모든 요소들과 에너지들, 즉 서 있는 자들, 걷는 자들, 나는 자들, 앉아 있는 자들과 심지어는 풀들에게, 그 숫자가 130억이나 되는 풀들에게, 씨앗에서 태어난 그들 하나하나에게, 위대한 '말씀'을 전하셨습니다. '지구'라는 별에서의 '계몽'에 대한 말씀이었습니다.

"장차 미국이라 불리는 대륙이 있게 될 것이다. 그곳에는 피라미드 호수, 월든 호수, 레이니어 산, 빅써, 에버글레이즈 습지대 등과 같은 커다란 힘의 중심지, 그리고 컬럼비아 강, 미시시피 강, 그랜드 캐니언과 같은 막강한 신경줄과 수로(水路)들이 만들어질 것이다. 그 시대가 오면 인류는 실제로 그 자신은 강하고 총명한 불성(佛性)

을 가지고 있으면서도 머릿속은 큰 혼란에 빠지면서 모든 것을 파괴하게 될 것이다."

"거대한 산맥의 얽혀 있는 지층들과 웅대한 화산의 맥동은 땅속 깊은 곳에서 불타오르는 나의 사랑이다. 편암(片巖), 현무암, 화강암이 산이 되게 하고 비를 내리게 하는 것이 나의 불굴의 자비심이다. 그 미래의 '미국의 시대'가 오면 나는 새로운 형상으로 나타나 맹목적인 굶주림을 가지고 추구하는 사랑 없는 지식과, 결코 만족할 줄 모르는 탐식 속에서 남을 배려할 줄 모른 채 노여움으로 가득 차 있는 그 세계를 치유할 것이다."

그러면서 그는 자신의 진정한 모습을 드러냈으니 그가 바로 '곰 스모키'(Smokey the Bear)입니다.

잘생긴 불곰[1]이 뒷발로 서 있습니다. 그가 분기하여 세상을 경계하고 있음을 보여주는 것이지요.

오른쪽 앞발은 '삽'을 쥐고 있는데, 그 삽은 겉모양 밑에 가려진 진실을 파내고, 쓸데없는 집착의 뿌리를 자르고, 축축한 모래를 탐욕과 전쟁의 불길을 향해 던집니다.

'동지(同志)의 전시 벽화'[2](Mudra of Comradely Display)에 있는 그의 왼쪽 앞발은 모든 생물은 그들의 수명만큼 살 권리가 있다는 것, 그리고 사슴, 토끼, 얼룩다람쥐, 뱀, 민들레, 도마뱀은 모두 불법

---

1. 어미를 잃은 새끼 곰으로 산림관리국에서 데려다 길렀다. 털 색깔이 연기색(갈색)이어서 이름을 '스모키'라고 지었다. 이 곰은 후에 산불방지 캠페인의 상징적 캐릭터로 사용되었다.
2. 무드라(Mudra)는 힌두교의 종교적 의식이나 인도의 무용에서 사용되는 손동작이나 정지된 자세 등 요가의 자세가 그려져 있는 벽화다.

(佛法)의 영역 안에서 자란다는 걸 표시하고 있습니다.

그는 노예와 노동자를 상징하는 푸른색 작업복을 입고 있습니다. 그것은 구원하겠노라고 주장하지만 실제로는 파괴하기만 하는 문명에 억눌린 채 살아온 무수히 많은 사람들을 상징합니다.

서부에서 쓰는 챙 넓은 모자를 쓴 것은 '야생지'를 수호하는 여러 세력을 상징합니다. 야생지란 '자연상태의 불법'이며 지상의 모든 생명체를 올바른 길로 인도하는 '진리의 길'입니다. 진리에 이르는 모든 길은 산을 통과하지요.

그의 배후에는 연기와 화염의 후광이 있는데 그것은 '칼리 유가'[3]의 산불입니다. 산불은 우리가 물건을 소유하거나 잃을 수 있다고 생각하는 사람들의 어리석음이 일으킨 화재를 상징하지요. 진실로 모든 것은 '한 마음〔唯識〕의 푸른 하늘과 초록빛 대지' 안에 드넓고 자유롭게 편재하는 것인데도 말입니다.

그 둥그런 배는 그의 정다운 성품과 함께 위대한 지구는 자기를 사랑하고 믿는 사람이면 누구에게나 넉넉한 음식을 제공한다는 것을 보여줍니다.

그는 낭비를 조장하는 고속도로와 필요없는 교외 주택지역을 발로 짓밟으며, 자본주의와 전체주의의 해충들을 후려치고 있습니다.

그는 '과업'을 지시하고 있습니다. 그의 제자들에게 자동차와 집과 깡통 음식과 대학과 구두 들에서 자유롭게 벗어나 자신의 **몸**과 **말**[言]

---

3. 힌두교의 우주론에 의하면 세계에는 '유가'(yuga)라는 네개의 시대가 있다. 그 네번째 시대를 죽음과 파괴를 관장하는 여신 '칼리'(kali, 검은 자黑神)의 이름을 따서 '칼리 유가'라고 부른다. 칼리 유가가 끝나면 우주 전체는 불로 파괴된다.

과 **마음**이라는 '세가지 신비'를 터득하라고 합니다. 두려움 없이 이 나라 미국의 썩은 나무를 잘라내고 병든 가지를 쳐낸 다음 방치된 쓰레기를 불태우라고 합니다.

분노하되 차분하고, 엄격하되 우스꽝스럽게 보이는 곰 스모키는 자신을 도와주는 사람들의 길을 환하게 비춰줄 것입니다. 하지만 그를 훼방하거나 중상모략하는 자들로 말하면

그는 그들을 흔적도 없이 사라지게 할 것입니다.

그의 위대한 '주문(呪文)'은 이렇습니다.

나마 사만타 바즈라남 찬다 마하로샤나
Namah samanta vajranam chanda maharoshana
스파타야 훔 트라카 함 맘
Sphataya hum traka ham mam

(나 자신을 우주의 금강석에 바치나이다.
이 들끓는 노여움을 멸하십시오.)

그리고 그는 숲과 강을 사랑하는 사람들, 신들과 동물, 부랑자와 광인, 죄수와 병자, 음악가, 놀기 좋아하는 여인들, 그리고 희망에 차 있는 아이들을 보호할 것입니다.

그리고 만약 누군가 광고, 대기오염, 또는 경찰로부터 위협받고

있으면 그들은 '곰 스모키의 전쟁주문(戰爭呪文)'을 외우면 됩니다.

그들의 엉덩이를 물에 빠뜨려라
그들의 엉덩이를 짓이겨라
그들의 엉덩이를 물에 빠뜨려라
그들의 엉덩이를 짓이겨라

그러면 곰 스모키가 틀림없이 금강 삽[4]을 들고 적을 없애버리려고
나타날 것입니다.

이 경전을 읽고 그것을 실천하려고 노력하는 자들은 애리조나와
네바다 사막의 모래만큼 무수한 공덕을 쌓을 것이며
지구별이 전부 기름덩어리가 되는 것을 구제하도록 도와줄 것이며
인간과 자연이 조화를 이루는 시대로 들어갈 것이며
남자와 여자와 야수 들의 부드러운 사랑과 애무를 얻을 것이며
언제나 잘 익은 블랙베리를 먹고 소나무 아래 햇빛 잘 드는 곳에
앉게 될 것이며
그리고 마침내는 가장 드높고 완벽한 깨달음을 얻으리로다.

이렇게 우리는 들었도다.　　　　(이 경전의 무료 복사를 영원히 허락함)

....

4. 티베트 불교나 불교 진언종(眞言宗)의 의식에 쓰이는 물건에는 황동으로 장식한 것이 많다. 삽의 손잡
이에도 금강이 붙어 있어서 이 도구를 성스러운 물건으로 바꾸어준다.

「곰 스모키 경」에 대하여

우리가 '몸이 큰 갈색 동물들'에 대해 잘 모른다고 해도 그들에 대해 일종의 종교적인 감정을 갖지 않기란 어렵습니다. 나는 노스 캐스케이드(North Cascade)에서 몇차례인가 '털 코트'를 입은 그 '노인'을 만났습니다. 한번은 씨에라 산맥 중심부에서 만났는데 그에 어울리는 깊은 감동을 받았습니다. 그 '몸이 큰 동물들'과 결혼한 인간에 대한 이야기도 많이 있지요. 「ㄱ__ㅁ을 위한 시」[5](This poem is for B__r)라는 내 시에도 그런 민담을 많이 담았는데 이 시는 나의 책 『신화와 텍스트』(*Myths and Texts*)에 실려 있습니다.

'북극지방의 ㄱ__ㅁ'의 숭배는 우리가 알기로는 쑤오미(Suomi)에서 시베리아를 경유해 유타(Utah)에까지 뻗어 있으며, 지금까지 지상에 남아 있는 종교의 복합체 가운데 가장 오래된 것입니다. 오스트리아의 어떤 동굴에는 우리의 네안데르탈 조상이 7만년쯤 전에 그 '몸집 큰 친구'에게 종교적 의식을 열심히 행했다는 증거가 있습니다. 한번은 내가 참선을 하고 있을 때였는데, 문득 그 '노인'은 상상할 수도 없이 아득한 과거에 인간에게 가르침을 주었다고 불경에 묘사되어 있는 바로 그 '경사스러운 존재', 즉 '고불(古佛)'이라 불리는 바로 그분이 아닐까 하는 생각이 들었습니다.

----

5. 이런 민담을 낳은 원주민 문화에서는 신의 이름을 말하거나 쓰는 것을 삼갔다. 그 습관을 존중하여 게리 스나이더는 시에서 그 동물의 이름의 일부를 숨기고 있다.

그래서 나는 미국 산림관리국이 'ㄱ_ㅁ 스모키'라는 홍보 캠페인을 시작했을 때 우리의 태곳적 은사(恩師)인 그가 20세기의 지도자이며 스승으로 재포장되었다는 걸 깨달았습니다. 산림관리국에서는 자기들이 이런 마술적 재생의 매개자 역할을 했다는 것조차 알지 못했겠지요.

일본에 체류하는 동안 나는 민간신앙이나 불교에 고대의 'ㄱ_ㅁ' 숭배의 흔적이 있는지를 지속적으로 탐구했습니다. 그런데 야마부시(山伏)[6]의 수호신이며, 그 이름이 흔들림 없는 지혜의 왕을 의미하는 '부동명왕(不動明王)'이 바로 그 흔적의 하나일 수도 있다는 생각이 떠올랐습니다. 이런 주장에 대해 학문적인 근거를 댈 수는 없습니다. 그저 '부동명왕'이 주로 거주한 곳이 깊은 산중이라는 데에 근거를 둔 직감일 뿐입니다.

'부동명왕'을 묘사한 불상과 그림 들을 보면 어금니 하나는 아래를 향해 있고 또 하나는 위를 향해 있으며, 고약한 사팔뜨기의 모습입니다. 땋은 머리는 한쪽으로 늘어져 있고, 한쪽 눈에서는 기묘한 광채가 나며, 누더기를 걸치고 금강검(金剛劍)과 밧줄 올가미를 들고서 화염에 둘러싸인 채 울퉁불퉁한 바위 위에 서 있습니다.

그 불상들은 폭포 옆이나 일본의 산들 중에서도 가장 깊은 산에서만 발견됩니다. 그는 또 동굴에 숨어 있기도 합니다. 분명 'ㄱ_ㅁ' 신(神)을 말하는 아이누의 가장 깊은 산의 왕 '카무이 키문'(Kamui Kimun)처럼 '부동명왕'은 모든 것을 압도하는 힘을 가졌으며, 모든 어

---

6. 신도(神道)와 불교도 단체로 산에서 수행하는 요가 수행자들.

리석은 폭력을 잠재우는 능력을 가지고 있습니다. 도상학(圖像學)에서 보면 그의 어떤 한 면은 자비의 보살 '관세음보살'이나 아름다운 구원의 여인인 '타라보살'의 배우자로 보이기도 합니다.

탐욕과 전쟁의 불을 끄고 21세기에 일어날지도 모를 생물의 대량 학살을 저지하는 걸 돕기 위해서는 이런 보살이 필요할지 모릅니다. 일본에서 오래 머물다가 1968년 12월에 '거북섬'[7]으로 돌아왔을 때 내 마음속에는 그런 생각들이 들어 있었습니다. 『쌘프란시스코 크로니클』(*San Francisco Chronicle*)지에 '씨에라 클럽 야생지' 회의가 1969년 2월에 개최된다는 기사가 실려 있었습니다. 날짜는 바로 다음날이었습니다. 나는 때가 왔음을 알았고 책상 앞에 앉았습니다. 경(經)은 자동기술처럼 술술 씌어졌습니다. 그것은 '대승불교' 경전의 구조를 아주 충실하게 따랐습니다. '위대한 갈색 존재'의 강력한 주문(呪文)은 사실은 '부동명왕'의 주문입니다.

나는 그것을 밤새 인쇄했습니다. 다음날 아침 나는 낡은 환경 캠페인용 모자를 쓰고 회의가 열리고 있는 호텔 로비에 서서 "ㄱ_ㅁ 스모키 인쇄물입니다"라고 말하면서 내 원고를 나누어주었습니다. 토지관리국과 산림관리국에서 나온 관리들은 그걸 공손한 태도로 받았습니다. 숲에서 사는 비트족들과 광신적인 환경보호론자들이 눈을 번득이며 그걸 읽고는 낄낄거렸습니다. '지하신문 써비스'가 그걸 게재했고, 그것은 『버클리 미늘』(*Berkeley Barb*)에 실렸으며, 그 후 전국으로 퍼져나갔습니다. 『뉴요커』(*The New Yorker*)가 그 인쇄

---

7. Turtle Island. 아메리카 원주민이 북미주를 부르는 말.

물에 대해 나에게 문의해왔을 때 나는 그것은 무료이며 익명으로 씌어진 것이라고 말했는데 그들은 그렇다면 발표할 수 없다고 했습니다. 그 글은 원래 의도한 대로 곧 제 생명을 갖게 되었습니다.

네가지 변화

1. 인구

상황

입장   인간은 생명이라는 직물의 한 부분일 뿐입니다. 생존을 직물 전체에 의지하고 있는 것이지요. 도구를 사용하는 가장 발달한 동물인 우리 인간은 다른 생명체가 가진 알 수 없는 진화의 운명도 존중해야 한다는 것을 인식해야 합니다. 그리고 인간은 이 지구상의 생명공동체를 돌보는 온화한 관리인으로서 행동해야 합니다.

현상   지금 지구에는 너무 많은 인간이 살고 있고 그래서 문제가 급속도로 악화되고 있습니다. 그것은 인류에게만이 아니라 다른 대부분의 생명체에게도 재앙의 가능성이 되고 있습니다.

목표 목표는 현재 세계 인구를 절반 내지는 그 이하로 줄이는 것입니다.

행동

사회적·정치적 우선 세계의 정부와 지도자 들에게 문제의 심각성을 인식시키기 위해 광범위한 노력을 전개해야 합니다. 식량증산을 위한 모든 논의는 그 의도는 좋지만——유일한 해결책인 인구 감소를 지연시킬 뿐입니다. 낙태를 합법화하고 무료 진료소가 시술하는 정관수술과 난관불임수술을 권장하는 프로그램에 모든 나라가 즉각 참여하도록 요구해야 합니다. 여성에게 임신을 강요하는 인습적인 문화적 태도를 바로잡으려고 노력해야 합니다. 수입이 일정 이상이면서 두 자녀 이상을 가진 경우에 베푸는 소득세 공제를 없애고, 그것을 저소득 가정에 편성하거나 또는 그런 가정이 자녀수를 제한하는 데 대한 보상금으로 주어야 합니다. 그리고 인구 문제에 관해 무책임하게 사회적 실력을 행사해온 가톨릭 교회 및 다른 모든 집단 내 우파(右派)의 정책에 강하게 저항해야 합니다. 인구 증가를 지속적인 번영과 동일시하는 단선적인 선전에 반대하고 그것을 바로잡아야 합니다. 모든 정치적 문제들은 최우선적인 인구 문제의 관점에서 검토하도록 끊임없이 노력해야 합니다.

물론 정부라는 조직은 무엇을 청원하기에는 대단히 부적절한 대행자입니다. 그들이 어떤 문제나 위기에 잘 대처한다고 해도 그것은 그들의 권력을 확장하기 위한 하나의 방편에 불과한 경우가 대부분입니다. 낙태는 합법적이며 자발적인 행위여야 합니다. 누구도 속아서 또는 강제로 불임수술을 받지 않도록 아주 조심해야 합니다. 인구 문제는 그 전체가 모순덩어리입니다. 하지만 지구상의 생물학적 복지를 기준으로 할 때 인구가 너무 많다는 것은 자명한 사실입니다. 장기적인 해결책은 출생률의 지속적인 저하밖에 없습니다. 이 지구의 어떤 지역이든 '최적의 인구'에 대한 기준은 그 지역에 있는 야생동물의 수를 포함한 생태적 건강을 위해 무엇이 최선인가에 기초를 둔 것이어야 합니다.

공동체 우리와는 다른 사회조직과 결혼형태를 탐구하십시오. 가령 집단혼과 일처다부제가 있습니다. 이 경우 가정을 체험하면서 자식은 덜 가질 수 있습니다. 아이들을 널리 함께 기르는 기쁨을 타인과 공유해야 합니다. 그러면 모든 사람들이 이 기본적인 인간의 경험을 맛보기 위하여 직접 아이를 낳을 필요가 없을 것입니다. 이 위기의 시대에 어떤 여자도 한두 명 이상의 아이는 낳지 않기를 바라야 합니다. 아이들을 입양하십시오. 생명에 대한 경외와 여성에 대한 경외야말로 지금 생존의 위협을 받고 있는 다른 생물종(種)에 대한, 그리고 미래의 인류에 대한 경외를 의미하는 것임을 잊지 맙시다.

우리 자신 "나는 모든 생명의 자식이며 모든 생명은 나의 형제자매, 나의 자식들, 나의 손자들이다. 내 안에 태어나기를 기다리는 아이가 하나 있다. 새롭고 더 지혜로운 자아를 가진 아기가." 사랑과 사랑의 행위는 한쌍의 남녀에게는 상호실현의 수단입니다. 사랑할 때 새로운 자아와 새로운 존재의 세계를 창조하는 일도 우리 같은 인간을 번식시키는 것만큼이나 중요합니다.

2. 오염

상황

입장 오염에는 두가지 유형이 있습니다. 하나는 연기나 고형(固形) 쓰레기처럼 일상적인 물질을 과도하게 사용함으로써 발생하는 것입니다. 환경으로 유입되는 것을 상쇄할 만큼 빠른 시간에 흡수하거나 다른 형태로 내보낼 수 없는 것들이지요. 그리하여 생태계의 거대한 순환주기가 그것에 대처할 수 없는 상황을 초래합니다——모든 유기체에서는 폐기물과 부산물이 나오는데 이것은 사실 생물권 전체의 한 부분입니다. 에너지란 그 경로를 따라 흐르면서 여러가지 모양으로 굴절됩니다. 이는 순환이지 오염이 아닙니다. 또다른 오염은 화학물질과 독극물로 이루어져 있습니다. 이들은 생물권 전체가 대비할 수 없는 최신 테크놀로지의 산물입니다. 가령 DDT와 그와 유사한 염화탄화수소, 핵실험에서 발생하는 낙진과 핵폐기물, 독가스, 군대가 관장하는 세균과 바이러스의 저장과 누출, 인간에게 미치는 장기적인 영향이 아직 제대로 검증되지 않은 식품 첨가물인 화학물질 등이 그런 것들입니다.

현상 지난 19세기 이래 인류는 폐기물과 부산물, 그리고 여러가지 화학제품을 과도하게 생산하고 사용해왔습니다. 오염은 이 지상의 생명에게 직접적인 해를 입히고 있습니다. 말하자면 인간을 위한 환경을 스스로 망치고 있다는 말입니다. 우리는 대기와 물을 더럽히고 있고, 어떤 '동물'도 참을 수 없는 소음과 오물 속에서 살고 있습니다. 한편에서는 광고문구와 정치가들이 우리가 이렇게 좋은 시대에 산 적은 없었다고 말합니다. 현대 정치는 이같은 허위에 의존함으로써 부끄러운 정신의 오염을 만들어내고 있고, 그것은 대중매체와 학교 교육을 통해 이루어지고 있습니다.

목표 깨끗한 공기, 깨끗하고 맑게 흐르는 강물. 우리의 삶 속에 더불어 있는 펠리칸과 물수리와 회색고래. 우리의 강물에서 헤엄치는 연어와 송어. 오염되지 않은 언어와 즐거운 꿈.

행동

사회적·정치적 DDT 및 그밖의 다른 독성약품을 금지하는 효과적인 국제법안의 제정에 우물거리며 시간을 허비하지 말아야 합니다. 이런 법안 제정을 방해하는 일부 과학자들이 살충제 업체 및 농기업과 결탁하고 있음을 백일하에 밝혀야 합니다. 기업에 의한 수질 및 공기 오염을 중벌로 다스려야 합니다──오염은 누군가의 이득입니다. 내연기관과 석탄, 석유 등 화석연료의 사용을 단계적으로 폐지해야 합니다. 태양에너지나 조수(潮水)에너지 같은 비오염 에너지 자원에 대한 연구가 더 많이 이루어져야 합니다. 핵폐기물 처리 문제로 대중을 기만하는 일이 더이상 없어야 하겠습니다. 원자력발전을 안전하게 처리한다는 것은 불가능하므로 그것을 지금과 같은 상태로 진지하게 계획해서는 안됩니다. 모든 세균전·화학전에 관한 연구 및 실험을 중단해야 합니다. 현재 어리석고 갈팡질팡하고 있는 수소폭탄이나 방사성 코발트 폐기물, 세균과 독물 탱크와 깡통의 축적물에 대해 안전한 처리방법을 강구해야 합니다. 도시의 고형 쓰레기에 보태지는 종이의 낭비 등을 막을 동기를 마련하고, 도시의 고형 쓰레기를 재활용하는 방법을 연구해야 합니다. 재활용이야말로 쓰레기를 처리하는 모든 사고의 배후에 깔린 기본 원칙이 되어야 합니다. 이렇게 해서 모든 유리병은 다시 사용할 수 있어야 하고, 못 쓰게 된 깡통으로 더 많은 깡통을 만들어야 하며, 낡은 신문지는 다시 신문 인쇄지로 돌아가야 합니다. 식품에 사용하는 화학첨가물에 대해 더욱 강력히 통제하고 더 많은 연구를 해나가야 합니다. 좀더 다양하고 섬세한 형태의 농업—좀더 규모가 작은 자급농업—으로 신속히 전환한다면 무차별적인 살충제 사용의 필요성을 크게 줄일 수 있을 것입니다.

공동체 DDT 같은 약품들을 사용하지 마십시오. 대기오염 방지를 위해 자동차를 덜 타십시오. 자동차는 대기를 오염시킵니다. 한두 사람이 큰 차를 타고 가는 것은 지성과 대지에 대한 모욕입니다. 자동차를 함께 나누어 타고, 도로변에서의 자동차 편승을 합법화하고, 고속도로에는 편승을 희망하는 사람들을 위해 대합실을 지으십시오. 그리고—이것은 새로운 세계로 가는 한 단계인데—더 많이 걸으십시오. 그리고 아름다운 시골에서 장거리 도보여행을 할 수 있는 가장 좋은 길들을 찾아보십시오. 가령 쌘프란시스코에서 로스앤젤레스를 거쳐 저 아래 코우스트 레인지로 이어지는 길이 있지요. 혹 시골에 살고 있다면 극동지역 사람들이 수백년에 걸쳐 해온 것처럼 자신의 배설물을 비료로 사용하는 방법을 강구해보십시오. 방법은 있으며 그것은 안전합니다. 고형 쓰레기 문제의 경우, 부피가 크고 낭비적인 일요판 신문을 거부하십시오. 그것들이 나무를 다 써버립니다. 어쨌든 그것은 모두 광고뿐이며 더 많은 에너지 소비를 인위적으로 유도하고 있습니다.

상점에서 주는 가방을 거절하고 자신의 가방을 가져가십시오. 공원과 거리의 대청소일을 축제일로 만들어보십시오. 오염물질을 배출하는 기업을 위해서나 그런 기업과는 어떤 식으로든 일하지 마십시오. 그리고 군대 징집을 거부하십시오. 쓸데없이 낭비하지 마십시오. (언젠가 어떤 스님과 노선사가 산길을 걷고 있었습니다. 그들은 윗물 쪽에 작은 암자가 있는 것을 알았습니다. 스님이 말했습니다. "저곳에 지혜로운 은둔자가 살고 있음이 틀림없습니다." 그러자 스승이 말했습니다. "그는 지혜로운 은둔자가 아니니라. 저 상춧잎이 물에 떠내려오는 것이 보이느냐? 그는 낭비하는 자로다." 바로 그때 한 늙은이가 수염을 휘날리며 산을 달려 내려와 떠내려가는 상춧잎을 붙잡았습니다.) 양조장에 갈 때면 직접 주전자를 가져가 술통에서 받아 채우도록 하십시오.

우리 자신   DDT 같은 것에 대해 이야기할 때 곤란한 것 중 하나는 그런 것을 사용하는 게 실용적인 방책일 뿐 아니라 거의 기성 종교가 되었다는 점입니다. 서양문화에는 기어다니는 벌레나 짐승들을 완전히 소탕하고 싶어하며 독버섯이나 뱀에 대해 거부감을 느끼는 어떤 것이 있습니다. 이것은 깊은 곳에 자리한 내적 자아의 야성지대에 대한 두려움인데, 그에 대한 해법은 '마음을 편하게 하라'입니다.

벌레, 뱀 그리고 당신 자신의 섬뜩한 꿈의 언저리에서 마음을 편하게 가지십시오. 다시 말하거니와 우리는 모두 우리가 수확한 것에 대한 '세금을 내는' 한 방법으로 그것의 어느 정도를 벌레들과 나누어야 합니다.

소로우(H. D. Thoreau)[1]는 말합니다. "그렇다면 우리의 농사가 실패할 수 있겠는가? 잡초의 씨앗들은 새들의 곡창(穀倉)인데 나는 또한 잡초가 무성한 것도 기뻐해야 하지 않겠는가? 밭농사가 잘되어 농부의 광을 가득 채우느냐 아니냐는 상대적으로 덜 중요한 것이다. 다람쥐가 금년에 숲에 밤이 열릴 것인지 아닌지 걱정하지 않듯이 참다운 농부라면 걱정을 멈추고, 날마다 하루의 노동에 만족하며, 자기 밭의 수확물에 대한 독점권을 포기하고, 자신이 거둔 최초의 결실만이 아니라 최후의 결실까지도 제물로 바치려 마음 먹을 것이다." 상호의존하고 있는 외부세계가 그런 것처럼 사상과 내적 경험과 의식의 영역에서도 균형잡힌 순환과 처리할 수 없는 과도함 사이에는 차이가 있습니다. 균형이 바로잡혀 있을 때 마음은 가장 드높은 계시로부터 진창 같은 맹목적인 노여움이나 때때로 우리 모두를 사로잡는 탐욕으로까지 순환합니다——연금술적인 '변용(變容)'이지요.

3. 소비

상황

입장 생명을 가진 것은 모두 음식을 먹고, 다음 차례에는 음식이 됩니다. 인간이라는 이 복잡한 동물은 거대하면서도 섬세한 피라미

---

1. 1817~62. 미국이 배출한 가장 영향력있는 사상가이며 집필가로서 무소유와 야성의 삶을 주장했다. 대표적인 저서로 자연 속의 삶을 묘사한 『월든』(Walden)이 있다.

드를 이루고 있는 에너지 변형에 의지해 살고 있습니다. 필요 이상으로 지나치게 많이 쓰는 것, 파괴하는 것은 생물학적으로 건전하지 못한 것입니다. 현대사회가 생산하고 소비하는 것의 대부분은, 생존은 말할 것도 없고 정신적·문화적 성장에도, 꼭 필요하거나 성장을 이끌어낼 수 있는 것이 아닙니다. 그 배후에는 케케묵은 사회적·국제적 불화의 원인이 되어온 커다란 탐욕과 시기가 있습니다.

현상 인간이 부주의하게 '자원'을 사용하고, 서서히 그러나 확실히 고갈되어가고 있는 화석연료 같은 특정한 물질에 전면적으로 의존함으로써 생명체 네트워크의 다른 모든 구성원에게 해로운 영향을 끼치고 있습니다. 복잡한 현대적 기술들은 모든 생명에게 어느 한 가지라도 주요 자원의 상실이 초래할 치명적인 결과를 가져다주고 있습니다. 우리는 물처럼 생명을 주는 물질로부터 자립하는 게 아니라 과도하게 의존하고 있으며, 마구 낭비하고 있습니다. 많은 동물종과 조류가 일시적 유행의 재료로, 비료로, 또는 산업용 기름으로 사용되면서 절멸했습니다. 토양은 피폐해지고 있습니다. 사실상 인간은 지상에서 메뚜기떼의 충해 같은 마름병의 원인이 되어버려 이 지구는 자신의 아이들에게 그저 텅 빈 찬장 하나 정도나 남길 것입니다. 그러는 동안 인간은 내내 마약 중독자가 꿈꾸는 것 같은 풍요, 안락, 영원한 진보의 환상 속에서 살면서 위대한 과학이 이룬 업적을 이용하여 소프트웨어와 음식찌꺼기를 생산해낼 것입니다.

목표 균형, 조화, 겸손, 삼나무와 메추라기가 서로 도우며 성장하듯 그렇게 성장하는 것. 거대한 생명공동체의 선량한 일원이 되는 것. 진정한 풍요란 어느 것도 필요로 하지 않는 상태입니다.

행동

사회적·정치적 지속적으로 '성장하는 경제'가 더이상 건강하지 않으며 암(癌)에 불과함을 끊임없이 증명해야 합니다. 그리고 경쟁이라는 이름으로 허용되고 있는 범죄적 낭비는——특히 소모적이고 불필요한 경쟁, 가령 '공산주의'(또는 '자본주의')와의 열전이나 냉전에서 나타난——열의와 결단력을 가지고 전면 중단해야 합니다. 경제학을 생태학의 작은 분야로 보아야 합니다. 생산·분배·소비는 자연에서 볼 수 있는 우미함과 여유를 가지고 회사나 노동조합이나 협동조합이 관장해야 합니다. 잉여농산물로 인한 휴경(休耕)보조금 제도를 실시하고, 공지(空地)를 남겨두어야 합니다. 벌목은 산림을 유지할 수 있는 숲의 사생력에 기준을 두고 시행해야 합니다. 미국 산림관리국은 슬프게도 기업의 하수인이 되어버렸습니다. 얼마 남지 않은 모든 육식동물과 야수 들을 보호해야 합니다. "곰을 무장시킬 권리를 지지하십시오." 망할 놈의 국제포경(捕鯨)위원회는 우리에게 마지막으로 남은 소중하고 지혜로운 고래들을 팔아치워 한몫을 챙기고 있습니다. 앞으로는 더이상의 도로개발이나 정부 허가에 따른 국립공원과 야생지 내의 개발을 받아들이지 마십시오. 자동차 캠프장은 조건이 가장 나쁜 장소에 지으십시오. 부정직하고 불필요한 생산물에 대해서는 소비자 불매운동을 선도하십시오. 협동조합을 설립하십시오. 정치적으로는 '공산주의자'와 '자본가' 둘 다가 내세우는 진보의 신화 및 자연 정복이나 자연 통제라는 모든 조잡한 생각을 날려버리십시오.

공동체 나눔과 창의성, 이는 공동체 삶의 고유한 성향입니다. 공동체생활에서는 큰 도구들을 공동소유하고 효율적으로 사용하지요. 포기할 수 있는 힘이 필요합니다. 만약 많은 미국인들이 어느 한 해만이라도 새 차의 구입을 거부한다면 그것은 미국 경제를 영구적으로 바꾸어놓을 것입니다. 의복과 장비 들을 재생해서 써야 합니다. 수공예, 원예, 여러가지 가사(家事), 조산술(助産術), 약초재배 — 이 모든 것은 우리를 자립적이고 아름답고 전체가 되게 하므로 지원해야 합니다. 불필요한 소유물을 구입하는 습관이란 모든 사람이 등에 원숭이를 한 마리씩 짊어지는 것과 같습니다. 그것을 끊는 걸 배워야 합니다. 그렇다고 즐거움에 반대하는 자기부정적인 독선은 피해야하겠지요. 단순함이란 가볍고 걱정 없고 단정하고 그리고 애정이 깊은 상태이지, 스스로를 처벌하는 금욕적인 길은 아닙니다.(위대한 중국의 시인 두보(杜甫)는 "한 시인이 생각하는 것은 고결하고 단순해야 한다"라고 말한 바 있습니다.) 그 고기를 다 어떻게 이용할지, 다 먹을 수 없는 고기는 어떻게 저장할지, 껍질은 어떻게 무두질하고 가죽은 어떻게 사용할지, 다시 말해 그것을 몽땅, 감사하는 마음으로, 힘줄과 발굽까지도 다 쓸 방법을 모른다면 사슴을 사냥하지 마십시오. 먹거리에서의 간소함과 남을 배려하는 마음이야말로 많은 이들을 위한 삶의 출발점입니다.

우리 자신 참되고 명철하고 해방된 시선으로 세계를 보는 방식과 우리 사이에 얼마나 많은 '나의, 그리고 나의 것'이라는 복잡다단한 소유의 개념들이 가로놓여 있는지를 판단한다는 것은 시작조차 어려운 일입니다. 지상에서 가볍게 살기, 깨달음 속에 살아 있기, 자기

중심주의에서 자유롭기, 동식물과 접촉하기. 이런 것들은 단순하고 구체적인 행위로 시작됩니다. 그 내적 원리는 우리 자신이 매우 잠재적인 지혜와 자비를 가진 상호의존적인 에너지장(場)이라는 통찰인데, 그것은 초월정신으로, 아름답고 복잡한 육신으로, 그리고 거의 마술적인 언어능력으로 표현됩니다. 인간의 이러한 잠재력과 능력에 '소유'는 어떠한 진정성도 보탤 수 없습니다. "하늘을 덮고 땅을 베개 삼아."

4. 변환

상황

입장 사람은 네가지 힘의 총체입니다. 이미 알려진 이 우주의 여러 조건들(물질·에너지 형태와 끊임없는 변화), 각자의 생물학적 종(種), 개인의 유전적 배경, 그리고 태어난 곳의 문화가 그것이지요. 이 여러가지 힘의 구조망에는 일정한 공간과 고리 들이 있는데 그것이 어떤 사람들에게는 내적 자유와 계시의 체험을 제공합니다. 공간들의 어느 부분을 점진적으로 탐구함으로써 '진화'가 이루어지고, 인류의 문화에서는 점차 '역사'가 될 수 있는 어떤 것이 됩니다. 우리는 이러한 탐구심을 우리의 가장 깊은 내면의 힘 안에 가지고 있어서 우리의 '자아'를 바꿀 수 있을 뿐만 아니라 우리의 문화도 바꿀 수 있습니다. 만약 인간이 지상에 남아 있고자 한다면 5천년에 걸친 기나긴 도시화 문명의 전통을 전환하지 않으면 안됩니다. 생태적으로 민감하고 조화를 지향하며 야성의 성향을 가진 과학적-정신적인 새로운 문화로 말입니다. "야성은 완전한 깨달음의 상태이다. 그렇기 때문에 우리는 그것이 필요하다."

  현상 우리 인류를 그토록 성공적인 종족으로 만들어준 문명은 스스로 지나치게 나아간 나머지 지금 그 타성으로 우리를 위협하고 있습니다. 또한 문명생활은 인간의 유전자풀(Gene Pool)[2]에 좋지 않다는 증거도 나오고 있습니다. '변화'를 이룩하기 위해서 우리는 우리 사회와 우리 마음의 토대를 바꾸어야만 합니다.

  목표 총체적인 변화에 미치지 못하는 것이라면 그 무엇도 별 소용이 없을 것입니다. 우리가 마음속에 그리는 하나의 행성이란, 인간이 '자연으로 남겨둔' 지구환경에서 여러가지 세련되고 신중한 테크놀로지를 이용해 조화롭고 활기차게 살아가는 지구입니다. 구체적으로 다음과 같을 것입니다.

- 모든 종족이 건강하고 여유있게 거주하되 오늘날보다 그 수가 훨씬 적다.
- 세계부족회의의 형태로 통합된 문화적·개인적 다원주의가 실현된다. 자의적이고 정치적인 경계선은 없어지고 자연과 문화가 만드는 경계선으로 분할된다.
- 정보, 교육, 그리고 조용한 교통수단에 관한 기술이 발달한다. 토지는 각 지역의 특성을 고려해서 이용된다. 따라서 들소는 대

---

2. 어떤 종속(種屬)의 유전자 총체.

부분의 고지대로 돌려보낸다. 광활한 충적평야에서 신중하고도 집약적인 농사를 짓는다. 사막은 자신의 수완으로 살 사람들을 위해 야생상태로 남겨둔다. 컴퓨터 기술자들은 일년의 일부는 공장을 경영하고 나머지 기간에는 이동하는 엘크들과 함께 걷는다.

• 기본적인 문화관과 사회조직은 권력과 재산의 추구를 금하는 대신, 음악·명상·수학·등산·마술, 그밖에 심신을 함께 실천하는 다른 모든 삶의 방식을 탐험하고 그에 도전하도록 장려한다. 여성은 완전하게 자유로우며 남성과 동등하다. 새로운 종류의 가족——그것은 책임감 있되 좀더 축제처럼 즐겁고 편안한——은 절대적이다.

행동

사회적·정치적 전세계적으로 어떤 사회적·종교적 힘이 역사를 통해 생태학적·문화적으로 개화된 상태를 향해 작용해왔음은 분명한 듯합니다. 그노시스 교도, 힙 맑스주의자,[3] 떼이야르 드 샤르댕(Teilhard de Chardin)[4]파 가톨릭 신도, 드루이드(Druid)교[5] 승려, 도교도(道教徒), 생물학자, 마녀, 요가 수행자, 비구(比丘),[6] 퀘이커 교도, 쑤피

---

3. 'hip'은 재즈에서 나온 말로 박식한, 냉정하고 지적인, 고급의, 자유사상의, 독립적인 등의 의미를 갖는다.
4. 1881~1955. 프랑스의 고생물학자이며 신학자. 예수회 사제로서 북경원인의 발굴에도 참가했다. 인간은 우주 진화의 중심에 있으며 신적인 종국점을 향해 진화한다는 이론을 구축했다.
5. 기독교 개종 전 골(Gaul)과 브리튼(Britain)의 고대 켈트족의 종교로, 숲속에서 예배를 보며, 참나무를 신목(神木)으로 숭배했다. 성직자는 예언자, 재판관, 시인, 마술사 등을 포함했다.

교도, 티베트불교도, 선(禪) 수행자, 무당, 부시먼, 아메리카 인디언, 폴리네시아인, 무정부주의자, 연금술사──목록이 이렇게 긴데, 이런 사람들을 북돋웁시다. 원시문화, 공동체와 은둔자 암자운동, 협동조합사업. 직접적인 유혈을 불러일으키는 세력이 많은 것을 성취하리라는 생각은 현실적이지도 않고 바람직하지 않게 보이기 때문에 이런 변화를 지속적인 '의식의 혁명'으로 여기는 것이 가장 적절할 듯합니다. 이 '의식의 혁명'은 총이 아니라 핵심적인 심상(心象), 신화, 원형, 종말론, 황홀경을 통해 얻어질 것이고, 우리가 변환의 에너지 편에 서지 않는다면 삶은 살 만한 가치가 있다고 보이지 않을 것입니다. 우리는 '과학과 테크놀로지'를 접수한 다음 지구에 봉사할 수 있도록 그 실제적인 가능성과 힘을 풀어주어야 합니다. 결국 우리를 낳고 그것을 만든 것은 이 지구니까요.

(좀더 구체적으로 말해 우리의 두 발을 땅에 두지 않으면 변환은 없습니다. 우리들 대부분에게 관리인 정신이란 이 지구에서 우리가 있을 장소를 찾아내고, 열심히 일하고, 그곳을 책임지는 것을 의미합니다. 교육위원회의, 군(郡)의 관리감독자, 지방의 산림지기, 지방정치 같은 성가시지만 실질적인 일들 말이지요. 마음속으로는 가장 큰 규모의 잠재적 변화를 생각하는 동안에도 말입니다. 활용할 수 있는 토지에 대한 감각을 얻고, 그것에 대해 공부하며, 한가지씩 실행하기 시작하십시오. 전국적인 것에서 지역적인 것에 이르기까지 모든 수준에서 안정된 국가경제를 향해──평형, 역동적인 균형,

---

6. 불교의 독신 남자 승려.

내적 성장을 강조하면서——움직여가야 할 필요가 있습니다. 성숙·다양성·절정·창의성이 있어야 합니다.)

공동체 새 학교, 새 교실, 숲속 걷기와 길거리 청소. 사회·자연 환경을 포함하는 '자아' 인식을 창조하기 위한 심리적 기술을 발견하십시오. 어떤 특정한 언어형태——상징계——와 사회제도가 생태적 인식을 방해하고 있는지 고찰해야 합니다. 마셜 맥루한(Marshall McLuhan)[7]에 대한 안이한 해석에 떨어지지 않고도 우리는 대중매체를 적절하게 이용할 수 있습니다. 누구도 생물학적 사실과 그 관련 분야에 무지하지 않도록 합시다. 우리 아이들을 야생동물의 일부로 기르십시오. 어떤 공동체는 벽지의 촌에 자리잡고 번영할 수 있고, 또 어떤 공동체는 도시 중심부에서 유지해갈 수 있는데, 이 두 유형은 공동작업을 할 수도 있습니다. 경험과 사람과 돈 그리고 집에서 직접 기른 채소 들이 쌍방향으로 흐르게 하는 것입니다. 궁극적으로 도시는 오로지 즐거운 부족 모임과 정기적인 장날의 장소로 존재하다가 몇주 뒤에는 없어져버릴 수 있습니다. 우리 내적 영역의 탐구가 그렇듯이 새로운 삶의 방식을 조사하는 것도 우리가 할 일입니다. 거기에는 우리가 익히 아는 충돌의 위험이 있습니다. 가장 상상력 넘치는 과학을 확대하기 위해서뿐만 아니라 자연과 관련된 기본적인 문화의 모델을 찾기 위해 고대 원시적인 것에 정통하십시오. 이 두 방향이 교차하는 곳에 사회를 건설해야 합니다.

우리 자신 그 일은 우리 자신으로부터 시작합니다. 우리는 그토록

....

7. 1911~81. 캐나다의 사회학자이자 매스컴 이론가. 구텐베르크 인쇄술이 가져온 도서의 보급이 '기억하는 존재'로서의 인간의 가능성을 전부 빼앗아갔다고 주장했다.

많은 과거와 소중한 경험을 우리의 연구에 사용할 수 있는 역사상 최초의 인간이라는 것을 알아야 합니다. 그리고 아주 자유롭게 전통문화의 무게로부터 해방되어 보다 큰 동질성을 추구해야 합니다. 신석기시대 이후 야성의 눈동자를 맑게 들여다보며 거기서 우리의 자아와 가족을 만나고 싶어하는 문명사회 최초의 인간들입니다. 우리는 이런 잇점들로 혼란에 빠진 우리의 명백히 불리한 상태를 보완할 수 있습니다. 그것은 우리로 하여금 우리 자신과 우주가 가진 어떤 수수께끼를 꿰뚫어보고, '인간의 생존'이나 '생물권의 존속'이라는 개념을 초월하게 합니다. 만물의 핵심에는 어떤 고요하고 황홀한 과정이 있으며 그 과정은 물질을 초월하고 생사를 초월한다는 깨달음으로부터 우리가 삶의 힘을 이끌어낼 수 있는 훌륭한 기회를 줍니다. "살아남을 필요가 없다!" "겁(劫)이 끝나는 날 우주를 파멸시키는 불속에서 무엇이 살아남으랴?" "쇠나무[鐵木]가 허공에서 꽃을 피운다!"

아무것도 이룰 필요가 없다는 앎이야말로 우리가 움직이기 시작하는 장소입니다.

후기(1995)

「네가지 변화」는 1969년에 썼다. 이 글을 쓰는 동안 마이클 매클루어(Michael McClure), 리처드 브로우티건(Richard Brautigan), 스티픈 베퀴트(Stephen Beckwitt), 키스 램프(Keith Lampe), 클리프

험프리스(Cliff Humphreys), 앨런 와츠(Alan Watts), 앨런 호프만
(Allen Hoffman), 스튜어트 브랜드(Stewart Brand), 다이앤 디 프리
마(Diane di Prima) 들이 읽어주고 여러가지 제안과 비평을 해주었
다. 이 글은 몇번이나 판을 거듭하면서 무료로 널리 배포되었다. 나는
1974년에 이 글을 조금 더 늘려 썼고 그해 내 시집『거북섬』(*Turtle
Island*)에 시들과 함께 실었다. 이제 1995년이 되어 사반세기가 흘
러갔다. 1969년에 우리가 느끼던 불안은 줄어들지 않았다. "우리가
틀렸다. 자연계는 이제 더이상 우리가 그때 말했던 대로 위협받고
있지 않다"고 말할 수 있다면 얼마나 좋을까. 이런 경우라면 우리의
생각이 타당했다는 것을 기쁨으로 받아들일 수는 없을 것이다. 많은
대형 포유류가 멸종에 직면해 있고, 모든 생물종이 생존의 위험에
빠져 있다. 자연의 서식지('야생의 땅')는 산산조각이 난 다음 파괴
되고('개발되고') 있다. 세계의 산림은 다국적기업에 의해 무자비하
게 벌채되고 있다. 공기와 물과 토양은 모두 더 열악한 상태가 되었
다. 인구는 계속 증가하고 있다. 비록 세계가 완전한 사회·경제적
정의를 이룬다 하더라도 생태적 정의라는 점에서 인구는 더 감소되
어야 한다고 나는 주장하는 바이다. 장소에 기반을 둔 지속 가능한
경제를 실행해온 전통문화를 가진 종족들은 이제 얼마 남지 않았으
며, 도시빈민촌으로 내몰려 문화적 자살에 이를 수밖에 없게 되었다.

어느 곳에서나 사람들의 삶의 질이 낮아지고 있다. 되살아나는 민
족주의, 인종주의, 마구잡이식 폭력이나 조직적인 폭력, 사회·경제
적 불평등의 증대 때문이다. 이 모두가 한꺼번에 일어나는 나라들도
있는데, 그런 곳에서는 일상생활이 재난의 연속이다. 이 글의 일부

는 순진하고 비현실적으로 비칠지 모르지만 나는 여전히 「네가지 변화」의 기본적 입장을 지지한다. 1969년에 나는 다음과 같은 글을 쓴 적이 있다.

스승께서 한번은 내게 이렇게 말씀하셨다,
──매듭 그 자체와 하나가 되어라,
매듭이 풀어질 때까지.
──뜰을 쓸어라.
──그 뜰의 크기가 얼마이든.

요가 수행자와 철학자

우리는 우주의 '한 주기 속에서' 살고 있습니다. 그 안에서는 모든 것이 하나이며, 동시에 모든 것이 여럿임을 많은 사람들이 느끼고 있습니다. 수탉 한 마리와 내가 어느날 저녁 하나가 되기 전까지 우리는 주체이며 객체였습니다. 차별하기를 좋아하고 자기중심적인 문명인들의 의식이 점점 자신들의 물질적 생존의 가능성을 확대해오는 동안 그에 따라 그들은 자연계의 일원이라는 자연발생적인 감정에서 점점 더 멀어지게 되었습니다. 지구의 주요 착취자로서 현대인들이 해온 바에 대해 스스로 의문을 제기하게 하기 위해서는, 아이러니컬하게도 인간과 다른 생명체들의 상호의존성에 대한 분석적

* 이 글은 1974년 봄 캘리포니아 클레어몬트에서 열린 '인간 아닌 생명의 권리를 위한 회의'에서 했던 연설문을 기초로 한 것이다. 이 글이 처음 실린 책은 『옛 방식들』이다.

이고 이성적인 생물학의 진술이 필요합니다. 이를 통해 우리는 '비인간적 본성의 권리' 같은 용어를 사용하거나 '나무들에게 지위가 있는가?'라는 질문을 하게 됩니다. '모두가 하나'라는 입장에서 볼 때 그런 질문은 제기될 필요가 전혀 없습니다. 중국의 불교철학자이며 승려인 심연(湛然)[1]은 무정(無情)한 것들도 불성(佛性)을 가지고 있다고 상정하면서 이렇게 말했습니다. "해박하고 완벽한 사람은 어떤 물체도 '마음'과 떨어져서는 존재하지 않는다는 것을 처음부터 끝까지 알고 있다. 그렇다면 누가 '유정(有情)'이고 누가 '무정(無情)'인가? 연화법회(蓮花法會)안에서는 모두가 나뉨 없이 출석하고 있다."

1970, 80년대의 입장에서 볼 때, 이런 생각은 우리로 하여금 우리 외부에 있는 것으로 간주하는 인간이 아니고 비지성적인, 또는 다른 어떤 객체들과 관계를 맺는 방식을 검토하도록 했습니다. 우리가 세계를(그리고 우리 자신을) 좀더 잘 다루고 싶다면 먼저 이렇게 물어야 합니다. 인간의 것이 아닌 영역이 실로 어떻게 생겼는지 우리가 어찌 알 수 있는가? 만약 이에 대해 어렴풋하게나마 답을 얻게 된다면 두번째 질문은 이렇습니다. 그것은 법정과 의회와 지역법을 가진 인간의 영역에 어떻게 번역되고 소통될 수 있는가? 우리는 어떻게 귀기울여 듣는가? 우리는 어떻게 말하는가?

팜 스프링스 사막과 그 위쪽 산악지방에 사는 카후일라(Cahuilla) 인디언들은 계곡 밑바닥에서 산꼭대기까지의 식물들을 정확한 지식을 가지고 채집합니다. 그들은 인내심을 갖고 주의를 집중해 식물에

----

1. 711~782. 중국 천태종의 승려

서 나는 작은 소리를 듣는다면 누구라도 그들처럼 할 수 있다고 말합니다. 애리조나 주 남부의 파파고(Papago)족에 따르면 겸손하고 용감하며 끈기 있는 사람은 어느날 밤 꿈속에서 캘리포니아 만에서 날아온 새들, 매, 구름, 바람, 혹은 붉은비거미가 들려주는 노래를 들을 수 있다고 합니다. 그리고 그 노래는 듣는 이의 것이 되리라고, 그의 지식과 힘에 보탬이 될 것이라고 합니다.

어떻게 해야 우리는 종(種)을 초월하는 그런 사랑스러운 주의력과 인내심을 배울 수 있을까요? 어떤 수행을 거쳐야 우리는 그냥 꿈이 아니라 그들의 '노래'에 맞춰 우리를 아름답게 조율할 수 있을까요? 철학자는 이성의 언어로 말합니다. 그것은 공적 담화의 언어로서 그 의도는 누구나 알아들을 수 있게 하려는 것이며, 기본적인 지성과 교육과 동떨어진 특별한 요구사항이 없습니다. 그 다음으로 종교적 담화가 있는데 이는 신앙을 받아들이는 문제와 결부됩니다. 또한 세번째 중요한 언어 스타일이 있는데, 바로 요가 수행자의 말입니다. 요가 수행자는 깊이 듣고 깊이 행하는, 다른 종류의 담화를 낳는 실험자입니다. 요가 수행자는 스스로에게 실험을 합니다. '요가'(yoga)는 영어의 '요우크'(yoke)와 관련된 어근(語根) '유즈'(yuj)에서 나온 말로 일하고 있음, 수행중임을 의미합니다. 인도에서는 철학자와 요가 수행자를 분명하고 실제적으로 구분합니다. 하지만 더러는 한 사람이 두 역할을 하는 경우도 있습니다. 요가 수행자는 특별한 연습과 훈련을 함으로써 순수하게 이성적인 기능이 허용하는 것을 넘어서 더 깊은 이해에 도달하고자 합니다. 호흡법·명상·염불 등과 같은 수행은 원하기만 하면 누구나 따라할 수 있게 열려 있습니다. 요가의 전통은 일정한 수행과정을 거치면 다양한 부류의 사람들이 대개 비슷한 성과를 얻는다는 것을 오래전부터 보여주었습니다. 그런데 요가 수행자들은 명백하게 철학적인 어떤 개념들은 일련의 훈련과정을 통해 접근하지 않으면 파악할 수 없다고 생각하고 있습니다. 그렇듯 요가의 전통 문헌은 독자들에게 특별한 것을 요구한다는 점에서 철학적인 글과는 다릅니다. 플라톤과 피타고라스 학파의 차이점에 주목해보십시오. 후자는 인도의 스타일—특별한 규칙이 있고, 음식을 제한하는 힌두교 아슈람(ashram, 은둔자의 수행처)—에 훨씬 더 가깝습니다. 서양의 반철학(反哲學)이라 할 수 있는 연금술적 전통·비교(秘敎)적 전통·신플라톤주의 그리고 그노시스 전통은 그런 점에서 요가적 특성이 강합니다. 그노시스교는 그 수호여신으로 지혜의 신인 '소피아'를 택했습니다. 이 여신은 인도에서는 다양한 이름으로 불리는데, 불교에서는 이 여신을 '구원의 여신' 혹은 피안으로 인도하는 여자를 상징하는 '타라'(Tārā)라 부릅니다.

구석기시대로 거슬러 올라가는 민간전통인 마법에는 마술, 여성의 힘, 식물에 대한 지식이 연결되어 있습니다. 로버트 그레이브즈가 『하얀 여신』에서 지적한 것같이 고대의 많은 종교와 미신의 전통들이 한데 합쳐져 서양의 시신(詩神)에 대한 민간전승을 만들어냈습니다. 어떤 종류의 시는 요가 수행학파들의 표현양식입니다. 사실 노래는 그 자체로 명상에 아주 가깝습니다. 최근의 어떤 연구는 노래가 인간 의식의 직관적·창조적·비언어적 측면을 그리는 '우뇌(右腦)'의 기능이라고 주장합니다. 말[言]이 좌뇌(左腦)의 기능이니, 말과 노래가 함께인 시는 틀림없이 두 영역의 결합일 것입니다.

철학자와 시인-요가 수행자 이 두 사람으로부터 멀지 않은 뒤편에 무당(샤먼)이 있습니다. 무당은 생가죽과 사슴뿔 또는 다른 여러 가지 장신구로 치장하고 있고, 그의 노래는 홍적세(洪積世)니 그 이전까지 거슬러 올라갑니다. 무당은 야생 동식물의 정령, 산과 유역의 정령 들을 대신해 말합니다. 남자 혹은 여자 무당은 그들을 위해 노래합니다. 그들은 무당을 통해 노래합니다. 이런 능력은 특별한 감수성과 훈련을 통해 얻어집니다. 무당의 세계에서 야성과 무의식은 유사합니다──하나를 알고 그 안에서 편안한 사람은 다른 쪽에서도 편안할 것입니다.

예를 들면 북미의 푸에블로(Pueblo) 인디언 사회에서는 아주 공들여 준비하는 연례적이고 주기적인, 예식에 가까운 장대한 연극이 열립니다. 그것은 사회 전체가 인간 아닌 것의 (인간 내부에 있는, 인간 깊숙이 있는?) 힘과 상의하는 일련의 과정이라 할 수 있습니다. 몇몇 사람들이 인간의 역할에서 완전히 벗어나 가면을 쓰고, 의상을 입고, 들소·곰·호박·옥수수 또는 아틀라스의 일곱 딸의 '정신'을 받아들이는 예식을 치릅니다. 그 형상으로 인간계에 다시 들어와 노래와 무언극과 춤으로 다른 세계에서 보내오는 인사를 전하도록 허용하는 것입니다. 그렇게 해서 공식적인 발언권을 얻어 고래가 연설을 하게 됩니다.

서양의 시가 국가와 교회에 대항해 오랫동안 벌여온 '이교도적인' 전투와 현대까지 연명해온 뮤즈의 생존은 어떤 점에서 시가 오래되었지만 별로 성공적이지 못한 방어행위였음을 시사해줍니다. '작은 숲'을 방어하는 데 있어서 말입니다. 그 숲은 여신에게는 신성했지만

「출애굽기」 34장 13절에 나오는 명령 "너희는 그들의 형상을 부수고 그들의 숲을 베어라"에 따라 벌목되었지요.

인류학은 역사와 선사시대를 통해 무수히 많은 남녀가 자연 그리고 인간 아닌 특정한 존재들과 깊은 일체감을 느끼며 의사소통을 해왔다는 기록을 남기고 있습니다. 더욱이, 그들은 일상의 음식으로 먹어온 존재들과 그런 교류를 자주 경험했습니다. 분석적·과학적인 방법 외에 자연의 소리에 귀를 기울이거나 자연의 소리를 대신 전하는 '합리적인' 방법을 알지 못하는 선량한 사람들은 요가 수행자와 무당, 그리고 궁극적으로는 우리의 조상이 가졌던 복잡하고 심오하고 감동적이며, 여러가지 면에서 대단히 적절한 세계관이 유익하다는 걸 배워야 합니다. 우리로 하여금 그 안에서는 모두가 하나이며 모두가 여럿이며 그 여럿이 전부 소중한, 그처럼 타자적인 요가나 무당의 관점에 다가서게 해주는 말의 양식(樣式) 중 하나가 바로 시나 노래인 것입니다.

"에너지는 영원한 기쁨"

몬트리올의 써 조지 윌리엄스 대학교(Sir George Williams University)에서 한 젊은 여성이 "선생님께서 가장 두려워하는 건 무엇인가요?"라고 물은 적이 있습니다. 나는 "유전자풀의 다양성과 풍부함이 망가질 것이라는 사실"이라고 대답했습니다. 그곳에 있던 사람들은 모두 내 말뜻을 이해했습니다.

생명의 보물은 바로 모든 생물의 다양한 유전자에 대한 축적된 지식의 풍부함입니다. 만일 인류가 일련의 파멸적인 상황을 겪고 수많은 동식물종의 생명을 희생한 댓가로 살아남는다면 그것은 승리가 아닐 것입니다. 다양성이야말로 지구의 장기적인 환경변화에 생명

이 무수히 적응하고 반응할 수 있는 능력을 부여해줍니다. 미래에 또다른 진화의 계보가 직립 영장류인 인간보다 더 명석한 의식을 발전시켜나갈 가능성은 여전히 남아 있습니다.

미국, 유럽, 러시아, 일본은 어떤 공통적인 습관을 가지고 있습니다. 이 나라들은 에너지 과다사용 중독증에 걸려 화석연료를 게걸스레 먹어치우고 화석연료 주사를 놓아 연명한다는 것입니다. 석유 매장량이 감소하면 이 나라들은 그 중독성 습관을 지속하기 위해 (원자력 사용이라는) 지구의 미래를 위협하는 도박이라도 벌일 것입니다.

몇백년 동안 서구문명에는 물질적 축적과 정치·경제적 힘을 지속적으로 팽창하려는 남근(男根)적 정력이라는 게 있었는데, 이것을 일러 '진보'라고 합니다. 유대-기독교적 세계관에서는 인간이 지구를 드라마의 무대로 삼고서 궁극적 목적지(천국? 지옥?)로 가기 위해 애쓰고 있다고 봅니다. 그러니까 나무와 동물은 소도구일 뿐이며, 자연은 거대한 자재 저장소일 뿐이지요. 화석연료를 먹고사는 이 종교적·경제적 관점은 암적 존재가 되었고, 증식을 억제할 수 없게 되었습니다. 그것은 마침내 스스로 질식할 것이며 죽어가면서 다른 많은 것도 함께 끌고갈지 모릅니다.

성장에 대한 갈망은 잘못이 아닙니다. 지금 문제의 핵심은 현대문명의 막대한 성장 에너지를 자아와 자연에 대한 아무 욕심 없는, 좀더 깊은 지식의 탐구로, 마치 유도에서 메치기하듯이, 전환시킬 수 있느냐 하는 것입니다. 자아-자연. 어머니 자연. 만약 사람들이 물질 의존적이지 않고 파괴적이지 않은 성장의 길 ─ 질적으로 최상이고 최고로 매혹적인 질서 ─도 많다는 것을 깨닫기만 한다면, 안정적인 국가경제를 죽음과도 같은 정체(停滯)와 동일시하는 대중의 두려움을 누그러뜨릴 수 있을 것입니다.

나는 예전에 몇년 동안 도량(道場)에 출입한 적이 있습니다. 일본의 선불교 임제종(臨濟宗)의 수행처였습니다. 그 공동체의 목표는 오로지 개인과 세계의 해방이었습니다. 이런 정신의 자유를 추구하면서 모든 승려들은 같은 북소리에 맞추어 엄격하게 작업과 명상을 수행해나갔습니다. 스승의 방에 들어가면 스승은 수행자에게 꿈적도 하지 않는 벽을 넘어 새롭고 광활한 공간으로 나아가라고 밀어냈습니다. 그 훈련은 전통적인 것으로 수백년 동안 전승되었습니다. 그럼에도 그 통찰은 영원히 신선하고 새롭습니다. 그같은 삶의 아름다움, 세련됨, 그리고 진정으로 문명화된 특질은 현대 미국에서는 도저히 찾아볼 수 없는 것입니다. 그런 생활을 뒷받침하는 것이 작은 밭에서 이루어지는 손노동입니다. 목욕물을 데우기 위해 잔 나뭇가지를 모으고 샘물을 긷고 집에서 여러 통씩 피클을 만드는 일이 그것이지요.

불교도는 모든 생명과 야성의 체계에 대한 존중을 가르칩니다. 인간의 생명은 상호침투적인 야성의 생명체계 그물에 전적으로 의지합니다. 유진 오우덤(Eugene Odum)은 「생태계 발전전략」(The Strategy of Ecosystem Development)이라는 훌륭한 글에서 미국은 젊은 생태계의 특성을 가진다고 지적한 바 있습니다. 반면에 아메리카 인디언의 문화는 '성숙한' 특성을 가지고 있습니다. 가령 생산에 반하는 보호, 성장에 반하는 안정, 양(量)에 반하는 질(質) 등이지요. 푸에블로족 사회에서는 일종의 궁극적 민주주의가 실천되고 있습니다. 동식물 또한 사람들의 일부로서 의식과 춤을 통해 인간들의 정치집회에 참가할 권리와 발언권이 주어집니다. 그들은 '대표권을 행사' 하는 것이지요. 그들의 슬로건은 "**모든** 인민에게 권력을"이란 말일 게 틀림없습니다.

블랙 메사(Black Mesa)에 있는 호피(Hopi)족과 나바호(Navajo)족의 땅에서는 산업계가 노천채굴의 형태로 땅을 먹어치우고 있습니다. 로스앤젤레스에 전기를 공급하기 위해서입니다. 이 블랙 메사를 지키는 일이 전통적인 방식으로 살고 있는 인디언들, 젊은 인디언 투사들, 장발의 예술가와 지식인들에게 맡겨져 있습니다. 블랙 메사는 옛이야기를 통해 우리에게 말합니다. 그곳은 신성한 영토였다고 말입니다. 그 성스러운 땅의 소리를 듣는 것은 유럽어인 '아메리카'를 포기하고 그 대륙의 오래고도 새로운 이름인 '거북섬'을 받아들이는 것입니다.

일부 젊은이들이 변방의 농토로 돌아가는 것은 향수에 젖어 19세기를 재현하기 위해서가 아닙니다. 여기 드디어 '원주민들'로부터 기꺼이 배울 준비가 된 백인 세대가 있음을 보여주는 것이지요. 우리 아이들과 그 후손이 대대로 (달이 아니라) 여전히 이 지구에서 살아갈 것이듯 이 대륙에서 계속 살아가는 방법을 배우는 것입니다. 이 땅과 이 나무들과 이 늑대들을 사랑하고 지키면서 말이지요. 그들이야말로 '거북섬'의 원주민입니다.

규모를 축소한 균형잡힌 기술이라면 가능합니다. 만약 그것이 착취·중공업·무한 성장이라는 암과 단절할 수만 있다면 말이지요. 그런 필요성을 일찍이 알아차리고 시골이나 도시에서 '적게 가지고 성장하기'를 시작한 사람들이야말로 정말 중요하고 또 유일한 반문화주의자들입니다. 로스앤젤레스의 전력(電力)은 엄밀한 의미에서 에너지가 아닙니다. 시인 윌리엄 블레이크가 말헸듯이 "에너지는 영원한 기쁨"입니다.

지구의 날 그리고 상상력과의 전쟁

　1990년 4월 22일 '지구의 날'(Earth Day)[1]에 나는 북캘리포니아의 사우스 유바 강가에 있는 브리지포트 크로싱에서 개최된 한 지역집회에 강연 요청을 받았다. (대개는 내가 다 알고 지내는 사이인) 수백명의 시골 사람들이 상쾌하게 반짝이는 강 바로 위 완만하게 비탈을 이룬 초원에 모였다. 연단은 참나무와 바위들로 이루어졌으며, 협곡은 위와 뒤로 뻗어가 동쪽 상류와 연결되었다. 여러 단체들의 임시 오두막과 음식이 마련되었고, 음악과 깜짝 놀랄 '재생품' 패션쇼도 열렸다. 주립공원지구 관리인, 토지관리국 지역관리인 등 공유지(公有地) 관리자들이 지역주민들과 그들의 열기에 끼어들었어도 모두가 편안해하고 정다웠으며 서로 즐겁게 대화를 나누었다. 우리가 그곳에 서 있는 동안 가늘지만 달디단 봄비가 내렸다. 모든 사람이 기뻐했다. 다음

---

1. '지구의 날'이 제정된 것은 1970년이다. 그 뒤 매년 4월 22일에 전세계적으로 지구의 환경보호를 위한 다양한 행사가 열리고 있다.

은 내가 말한 내용이다.

 산기슭 작은 언덕에서 우리 삶의 질을 보호하고 향상시키는 일에 전념하고 있는 옛 친구들과 새 친구들이 여기 사우스 유바 강기슭에서 다시 모이니 참 좋군요. 이 작은 분지는 적어도 7천년 동안 사람들이 고맙게 생각해온 곳입니다. 우리가 이곳에 오기에 앞서 니세난(Nisenan) 부족은 서쪽으로는 유바 강을 따라 아래로 내려가 페더(Feather) 강이 합류하는 곳, 그러니까 지금 우리가 메리스빌(Marysville)이라고 부르는 곳까지, 그리고 동쪽으로는 능선을 따라 4천 피트 정도 되는 겨울 설선(雪線)이 있는 산에 걸쳐 살았습니다. 그들에게는 이야기와 음악과 의식 그리고 동식물에 대한 깊이있는 지식이 어우러진 풍요로운 문화가 있었습니다. 나는 산기슭의 작은 언덕에서 살고 있는 우리가 니세난족을 우리의 스승이며 영적인 조상으로 삼으면서 우리의 이야기를 시작할 날이 오기를 바랍니다. 1849년의 골드 러시[2] 때 캘리포니아로 몰려와 따분한 공식 신화를 만들어내며 우리 주(州)의 문장(紋章)을 장식한 저 금광 광부들의 시대로부터 시작할 게 아니라 말입니다. 당시 광부들의 삶은 대담하고 창의성이 풍부한 것이었습니다. 하지만 비록 그것이 생생한 이야기이기는 해도 반세기에 걸친 광산 착취 일화들에만 우리의 이야기를 한정할 필요는 없겠지요. 우리가 오늘 여기에 모인 것은 땅과 좀더 깊은 관계를 맺기 위해서입니다.

....

2. 1849년 캘리포니아에서 금광이 발견되었다는 소문을 듣고 미국 전역에서 한꺼번에 7만7천명이 모여 들었다. 일확천금을 얻은 자도 있었지만 금광채굴로 그 일대의 환경은 급격히 황폐해졌다.

나는 20년 전 첫 '지구의 날'에도 강연을 했었습니다. 내가 참석한 집회는 그릴리(Greely)에 위치한 콜로라도 주립대학에서 열렸습니다. 연설자와 가수 들이 등장했을 때 광장에 앉아 있던 수천명 학생들의 머리 위로 낮게 드리운 하늘은 시커멓고 위협적인 비구름으로 덮였고 그 사이로 햇살이 흩어지고 있었습니다. 머리카락에 부엉이 털을 넣어 땋은 젊은이들도 있었습니다. 거의 모두가 반바지를 입고 하이킹화를 신고 있었습니다. 가냘픈 몸집의 한 여학생은 '나는 **국가의 적**'이라 씌어진 티셔츠를 입고 있었습니다. 그 첫번째 '지구의 날'은 엄밀히 말해 하나의 시작은 아니었습니다. 그것은 하나의 돌쩌귀였으며, 하나의 모퉁이를 도는 것과 같았습니다. 그날은 반전운동의 필요성이 점차 쇠퇴하면서 우리의 에너지를 지구의 건강을 지키기 위한 투쟁에 돌리겠다고 천명하는 날이었습니다. 그날을 기점으로 학생세대 전체와 이전에 자연에 대해 깊이 생각해본 적이 없던 많은 사람들이 생명과 죽음, 자연의 전과정을 지키는 운동에 동참하게 되었지요.

물론 그전에도 환경운동은 있었습니다. 그것은 환경보호운동이라고 불렸고, 그 연원은 20세기 초로 거슬러올라갑니다. 그 운동의 특별한 관심사는 적절한 공유지 관리 실천과 야생지구의 확립, 그리고 야생동물 보호였습니다. 환경보호운동은 겉으로는 차분했지만 그 밑에 깔린 열정은 대단했습니다. 그 운동가들은 그들의 글에서도 알 수 있듯이 은밀한 이교도이거나 초창기의 급진적 '녹색주의자' 들인

---

3. 미국의 급진적인 지구 환경보호 단체.

경우가 많았습니다. '지구 먼저!'(Earth First)[3]의 창시자의 한 사람인 데이브 포먼(Dave Foreman)조차 자신은 대학시절에는 '젊은 공화당원'이었으나 공유지 보호운동을 하면서 급진적 환경주의자가 되었노라고 말합니다.

1970년의 '지구의 날'은 몇가지 새로운 상황을 예고했습니다. 환경 보호운동은 환경주의 또는 생태학이라고 부르는 것의 일부가 되었습니다. 수수하지만 투지만만하게 시작한 그 운동은 미국 정치사에서 가장 성공적인 민주주의운동의 하나가 되었습니다. 그 운동이 제기한 쟁점들은 현실적인 것이고, 의회는 그 운동에 이끌려 스스로 무슨 일을 하고 있는지 알기도 전에 공기와 물과 야생동물을 위한 법안을 작성하고 통과시켰습니다. 오늘날 지속되고 있는 환경문제의 압력은, (양심적인 과학자의 비판과 이따금씩 출현하는 훌륭한 경제이론 덕분에) 산림관리국과 의회를 밀어붙여 그들로 하여금 마지못해 공유지에서의 산림관리 관행을 개혁하도록 했습니다. 또 도시에서는 대중교통수단과 자원재활용에 눈을 돌리게 했습니다. 환경주의자들은 국내외 정치에서 일정한 역할을 담당함으로써 자기 운동노선의 선명성을 희석시키거나 누군가의 전유물로 만들지 않을 수 없는 처지에 몰리기도 합니다. 좀더 깊은 의미에서 생태적 사고는 인간이 세계 안에서 자신을 바라보는 완전히 새로운 방식의 한 전형이 되었습니다.

친숙한 땅을 재생시키기 위한 전세계적 쟁점의 일부는 다음과 같습니다.

• 세계적인 산림벌채와 토양의 유실. 급속히 사라져가는 습윤한

열대우림이 가장 중요한 예입니다. 또 하나의 예는 많은 제3세계 국가에서 별 규제 없이 시작되는 대규모 채굴작업입니다.

- 생물 다양성의 급속한 감소. 동식물종의 멸종 위기와 멸종.
- 전세계적인 수질오염과 공기오염. 독성물질과 방사성물질이 생물권에 방출되어 암 발생률이 증가하고, 불임, 유전자 손상 등 심각한 결과를 가져올 가능성이 높아지고 있습니다.
- 수천년에 걸쳐 발전해온 지역 문화·언어·기술·지식의 상실. 지구 도처의 작은 공동체들이 붕괴되고 있습니다.
- 가슴과 영혼의 상실. 이것은 심각합니다! 자연 속에서의 삶을 잃어버린다는 것은 발랄함, 다양성, 놀라움 그리고 온갖 작은 가르침들과 광대한 공간을 가진 '타자'를 잃어버리는 것입니다.

이상의 문제들은 어느정도는 다음의 것들과 결부되어 일어납니다.

전세계적 **인구과잉**: 그것은 문제가 아니며, 문제의 원인도 아니라는 말을 누구도 하지 못하도록 합시다. 지금 세계 인구는 약 55억입니다. 1950년에는 그 절반이었고 1650년에는 1/10이었습니다. 2025년에는 85억이 될 것입니다. 제3세계에는 15억의 사람들이 있는데 그곳의 땔나무는 곧 동날 것입니다. 그 결과 잔 나뭇가지의 수준까지 산림벌채가 진행될 것이고 토양의 황폐화는 더 심화될 것입니다. 인류의 사회·경제적 정의가 성취된다고 해도 생태적 정의의 필요성은 절대적일 것입니다. 생태적 정의란 곧 인간이 아닌 생명체들에게 땅과 물을 풍부하게 공급하는 것을 의미합니다.

선진국에는 5억대의 자동차가 있습니다. '부의 불평등한 분배'는 끝없는 사회적 혼란을 일으키며 자연파괴를 심화하고 있습니다. 미국 가정의 상위 20%가 전체 수입의 43% 이상을 벌어들이고 있습니다. 그 상위 20%의 가정이 순재산의 67%를, 그리고 순금융자산의 거의 90%를 보유하고 있습니다. 상위 1%를 차지하는 가정의 평균 순재산은 나머지 99%의 평균보다 22배 이상 많습니다. 상위 1% 가정의 순금융자산의 평균은 나머지 99%의 그것의 237배나 됩니다. 가장 부유한 1% 가정의 절반은 약 43만 가구인데, 그들이 법인주식의 40%를 소유하고 있습니다. 백인의 순재산의 평균은 흑인의 그것보다 11.7배가 높습니다. 흑인 가정의 67%는 순재산이 0이거나 마이너스입니다. (이 통계는 『크리스천 싸이언스 모니터』(*Christian Science Monitor*) 1990년 3월 30일자에 발표된 데이비드 R. 프랜씨스(David R. Francis)의 글에 실린 것입니다.) 이런 세상이라면 사람들은 오로지 앞서가려고 서로 힐퀴고 아웅다웅할 것이며, 자연자원이나 위기에 처한 생물종은 별 관심을 받지 못할 것입니다.

이런 역학은 '산업경제'와 세계경제체제에 의해 형성되며, 동시에 그것을 지탱해주는 버팀목입니다. 경제부문은 주 오염원이자 수익자이기만 한 것이 아닙니다. 지금까지 경제계는 공기와 물 같은 '공동자원'에 그들이 끼친 파괴적인 영향으로 초래된 실질적 손해비용을 책임지지 않았습니다. 대중과 나머지 자연계 전체가 오염원인 기업이 분담해야 할 비용을 떠안았습니다. 어떤 사람들은 건강이나 생명으로 그 댓가를 치렀습니다. 선진국의 경제구조는 지속 불가능한 경제발전을 선호하고 장려하며, 인구문제를 심각하게 다루지 않는 데는 그 나름의 이유들이, 하나의 예로 값싼 노동의 필요성 같은 이유가 있습니다.

이 세상에는 사회·정치적 참호로 둘러싸인 '태도와 조직들'이 있고, 그것이 자연을 학대하고 인간끼리의 잔혹을 조장합니다. 일부 주요 문명국들은 자연계를 객체화, 상품화합니다. 문명세계들은 자연을 단지 무정(無情)한 자원으로 그리고 투기의 대상으로 봅니다. 이것은 나쁜 형이상학이라고 말할 수 있겠지만, 실은 그 말 이상으로 더 나쁩니다. 그것은 상상력의 실패입니다. 연민과 자선의 실패는 상상력의 실패인 것입니다. 다이앤 디 프리마(Diane di Prima)[4]는 주목할 만한 시「란트」(Rant)에서 이렇게 말했습니다.

문제가 되는 유일한 전쟁은 상상력과의
전쟁이다.

우리는 이런 문제들이 이곳 북부 씨에라네바다 산맥의 서쪽 비탈에서도 일어나고 있는 것을 쉽게 볼 수 있습니다. 하나는 통제 불능의 경제성장입니다. 그것의 끝은 어디일까요? 그렇게 해서 부를 거머쥔 사람들이 있습니다. 그런 사람들, 혹은 그런 사람들의 기업들은 흔히 우리 주의 다른 곳에 사업기반을 갖고 있기에 그들에게는 '어떤' 공동체든 장소든 그에 대한 충실성이 없습니다. 자기 가정을 진지하게 생각하고 그들 가정이 손주대까지, 가령 어떤 아메리카 원주민들의 말처럼 '7대손까지' 생명을 유지하고 살아갈 만한 곳이기를 바라는

---

4. 뉴욕 출신으로 게리 스나이더와 동시대 시인이며 급진적인 페미니스트이다. 많은 저술을 남겼고 현재 쌘프란시스코에 살고 있다. 그들 사이에서 그녀는 일종의 '불교도 마녀'로 알려져 있다.

사람들에게, 이 문제는 좀더 복잡한 것입니다.

부동산업자와 사업가 들은 즐겨 경제발전과 개발은 불가피한 것이라고 주장합니다. 지역의 개발추진주의자들은 성장을 징지시키는 것이 이기적이라고 말합니다. 그런 사람들에게 나는 아주 단호하게 "어떤 공동체든 이웃이든 자기 뒷마당에서 원치 않는 경제발전과 성장이 이뤄지지 않도록 규제하려는 행위는 이기적인 것이 아니다"라고 말하겠습니다. 실제로 무리하게 경제개발을 밀어붙이는 자들은 바로 그 개발로 이득을 얻는 사람들입니다. 그들은 개인 이익을 위해 그러한 행동을 하지 않습니까? 이 나라는 이윤 추구를 전적으로 정당한 목적이라 인정하고 있습니다. '질'의 추구 또한 전적으로 합당한 목적이 아닌가요? 파괴적인 개발이나 침략적인 산업에 저항할 때 우리는 전혀 사과할 필요가 없습니다. 그렇게 함으로써 우리는 공동체의 가치와 우리가 사는 장소에 존재하는 생물의 생존력이 유지되는 걸 돕고 있는 것입니다.

과도한 성장과 자원 착취 뒤에는 국제적인 세력이 있습니다. 하지만 우리가 여기서 성취하는 것이 무엇이든 그것은 전세계로 메씨지를 보내는 것입니다. 지역운동에는 분명 '한계'가 있습니다. 어떤 지역이든 최적의 생태학적 수용능력이라는 것이 있습니다. 수용능력의 평가는 수자원, 공기의 질, 인간의 주거와 건강한 야생동물이 공존할 수 있는 적절한 공간, 일자리를 창출할 자원과 그것의 장기적인 잠재력, 그밖의 여러 생물학적 기준과 건강 관련 기준을 판단의 근거로 삼습니다. '수용능력' 개념에서 최우선 관심사는 인간의 복지입니다만 그것은 또한 자연계의 전체의 복지도 포함합니다. 옛날 사냥용품 목록에 적혀 있듯이 "야생동물이 살 수 없는 곳에서는 인간도 살 수 없"습니다. 올 2월에 네바다 주의 관개(灌漑) 부서는 주의 수자원이 당장 한계에 도달했으며, 앞으로 물의 공급은 수자원보호 여부에 달렸다고 발표했습니다. 수용능력의 관점에서 나는 이 지구가 이미 인구과밀 상태이며 가능하다면 앞으로 수십년에 걸쳐 인구의 점진적인 감소를 목표로 삼아야 한다고 굳게 믿습니다. 물론 자발적이어야겠지요.

그러나 만약 어떤 원치 않는 개발이 우리의 이웃에서는 이뤄지지 않도록 저지하면서 바로 그같은 침입이 그 다음 다른 지역에서 일어나 그곳이 곤경에 처했을 때 우리가 그에 관심을 갖지 않는다면, 이는 실로 무책임한 일이 '될' 것입니다. 가령 유독물질 폐기장 건설 같은 명백히 문제적인 것을 막는다면 우리는 우리가 추방한 바로 그 위협과 싸워야 하는 다른 지역의 친구들에게도 응당 지원을 보내야 합니다. 한 지역사회가 원치 않는 것을 저지하는 데 성공했다는 사실은 다른 지역사회에 희망과 힘의 원천이 되어야 합니다. "그것을 다른 곳으로 보내버리는" 경우가 되어서는 안됩니다. 어느 지역이든 사람들이 독극물이나 나쁜 개발계획에 저항하면서 연합전선을 펼때, 그것은 최종적으로 기업과 정부 대리인에게 '받아들일 수 없다. 당장 멈추거나 아니면 근본적으로 다른 방법을 찾아라'라는 메씨지를 보내는 것입니다. 한 지역사회가 제초제나 살충제에 노출되거나, 그 지역에 핵폐기물을 보관하거나, 거대한 댐을 건설하는 데 길을 내주기를 원치 않는다는 결론을 내리는 것은 무책임한 일도 잘못된 일도 아닙니다. 그것은 지역 사람들의 선택인 것입니다. 그런 반대가 분명 어떤 사람에게 금전적인 손해를 입힐 수 있고 어떤 계획을 망쳐 놓을 수도 있습니다. 하지만 범죄와의 전쟁도 마찬가지입니다. 살충제와 무기 제조가 그렇듯 범죄 역시 수백만의 일자리를 만들어내지만, 우리는 범죄를 막기 위해 실로 대단한 노력을 기울이고 있지 않은가요.

그래서 우리는 정치적 활동을 전개하는 데 주저해서는 안됩니다. 우리는 선출된 관리와 정부 각료들에게, 여러가지 연구와 비판에, 우리 행동단체의 지지자들에게 말하는 데에 숙달될 필요가 있으며, 주와 군의 사람들이 어떻게 생각하고 행동하는지 좀더 잘 파악해야 합니다. 우리는 지도를 검토하고, 환경영향평가서의 작은 인쇄물들을 읽고, 국유림에 대한 장기 관리계획을 차근차근 검토해야 합니다. 우리는 지속적으로 집회와 회의에 참석하고 언제든 즉시 일어나서 우리가 생각한 안건을 말할 수 있어야 합니다.

이제 우리가 거주할 장소가 있다는 사실을 축복합시다. 그곳은 더운 곳일 수도 있고, 건조한 곳일 수도, 바위투성이일 수도 있고, 여름마다 산불이 잘 나는 곳일 수도 있습니다. 그곳은 알프스처럼 꽃이 많지 않을 수도, 오레곤처럼 푸르지 않을 수도 있습니다. 하지만 무엇 때문에 그런 비교를 하나요? 이 위대한 청록빛 지구 위, 서반구에 있는 북부 캘리포니아의 이 산맥, 여기가 이 땅 위에서 우리가 살아가는 장소입니다. 여기에서 어떤 미래를 창조할 것인가는 이 장소에 살고 있는 우리의 손에 달려 있습니다. 이곳의 산림벌채가 혹심하고 산불로 숲이 불타버렸다 해도 불의 생태를 이용해 성장림(成長林)을 복원할 수 있습니다. 2백년쯤 후에는 톱으로 켜낸 마디 없는 훌륭한 원목을 중앙계곡 사람들에게 팔게 될 것입니다. 야생초·샘물·그림문자 같은 것이 새겨진 둥근 돌들은 우리에게 가르침을 줄 것입니다. 강물은 전보다 더 맑게 흘러 여러 종류의 담비들이 다시 돌아올 것입니다. 우리의 가정은 계속 삶을 영위할 것이고, 미래의 아이들은 이 땅에 처음 들어온 우리의 상상을 뛰어넘는 훌륭한 이야기들을 말할 것입니다.

그러니 우리는 계속 언덕길을 걷고, 숲속 오솔길과 꽃과 새 그리고 오래된 공동묘지와 광산에 남겨진 옛 굴대와 잊혀진 협곡에 대해 배워가도록 합시다. 참가자가 각자 한가지씩 가져온 음식을 나누어 먹고, 아이들을 위한 삼림 생태교실을 열고, 아메리카 원주민들이 사용한 것과 같은 작은 목욕통을 갖도록 합시다. 느릅나무좀과 곤충에 대한 자연교실을 열고, 고지대 스키 유람을 하고, 시낭독회를 열고, 유역회의를 개최합시다. 우리는 편안하게, 현명하게, 창조적으로, 그리고 야성의 상태로 살아갈 필요가 있습니다.

야성적인 것은 상상입니다. 공동체도 그러하며, 즐거운 시간도 그렇습니다. 거칠지만 선(善)한 '녹색' 혹은 '무지개'의 전사(戰士)가 되어 야성의 자연과 공동전선을 구축하도록 합시다. 그리고 그런 활동 속에서 열렬한 즐거움을 누립시다.

〔1990〕

구슬들의 그물, 세포들의 직물

생태계, 유기체 그리고 불교의 제1계

불교에서 가장 중요한 윤리적 계율은 '제1계'로 알려져 있지요. 그것은 뭇생명을 빼앗거나 해치지 말라는 것으로, 산스크리트어로는 '아힘사'(ahimsa)[1]라고 하며, '쓸데없이 생명을 해치지 않는다'는 의미로 해석할 수 있겠습니다. 주로 농민 신도로 이루어진 불교계에서 육식을 하지 않는 것은 공통적으로 이 계명을 따른 것입니다. 이것은 일반적인 관용의 마음을 가진 불교도에게 경제적 필요성 때문에 어쩔 수 없이 생선이나 동물을 먹어야 하는 사회에 사는 사람들의 영적 문제를 어떻게 볼 것인가라는 어려운 문제를 제기해왔습니다.

* 이 글의 초고는 1990년 '로스앤젤레스 선(禪) 쎈터'의 기관지 『시방(十方)』(Ten Directions)에 '우리 자신의 인드라의 그물'이란 제목으로 발표되었다. 이런 토론을 추진해준 데이비드 반힐에게 감사한다.
1. 힌두교 용어로 비폭력·불살생을 가리킴.

우리가 사는 동네는 충분한 물과 훌륭한 농지가 있는 지역 너머라서 불교 평신도의 삶을 살고 있는 우리 가족도 이런 문제에 맞닥뜨리고 있습니다.

내 주변에는 불교에 대해 아무것도 모르는 이웃이 많이 있습니다. 나는 사냥을 하는 사람들과 사냥에 반대하는 사람들을 다 알고 있는데, 대부분 다 좋은 사람들이어서 나는 그들과 마음을 터놓고 지내려고 노력해왔습니다. 나는 인류의 수렵채집문화를 공부하는 사람으로서 수천년에 걸친 인간의 수렵과 채집의 경험에서 근원적인 인간 심리에 대한 통찰을 얻으려고 노력해왔습니다.

물론 나 자신도 분명히 동물 몇 마리를 죽인 적이 있습니다. 스포츠 사냥꾼들에게 다친 몸을 이끌고 헤매다가 우리가 사는 숲 근처로 온 사슴을 죽인 적이 두번이나 있습니다. 또 닭을 치며 살 때 수가 불어난 어린 수탉을 먹거나 이따금 수명이 다한 늙은 암탉이 생기면 그것으로 스튜를 만들어 먹거나 해서 닭의 적정한 수와 그 생태와 경제를 유지했습니다. 그렇게 하면서 나는 전세계 소작농들이 필연적으로 해야 할 일의 하나를 경험했습니다. 그들은 (그리고 나는) 이런 식으로밖에는 달리 가축의 수를 유지할 수 없다는 것입니다. 그 외의 것은 사치이며, 말하자면 비경제적이기 때문이지요.

또한 내가 기르던 닭들은 (닭장에 빼곡하게 갇힌 장사꾼들의 닭들과는 달리) 하루종일 제멋대로 돌아다니고 발로 땅을 헤쳐댔으며, 덩치 큰 수탉 한 마리를 남자친구로 삼기도 했습니다. 밀림의 새들처럼 활발하고 사교적으로 살았지요. 이따금 살쾡이, 너구리, 들개, 코요테 들이 그 녀석들을 잡아갔습니다. 그런 짓을 한 살쾡이와 코요테를 나는 미워했을까요? 가끔은 닭의 편에 서서 그러기도 했지요. 심지어 우리 닭들을 해치고 있던 살쾡이 한 마리를 죽이기도 했는데, 나는 그 사실을 자랑스럽게 생각하지는 않습니다. 다른 해결책을 생각해낼 수도 있었을 테니까요. 이제 나는 인간은 겸허하게 옆으로 비켜나 세계의 '대체계'(Great System)가 그 자체의 방식에 따라 운행하도록 내버려두어야 한다고 생각합니다. 나는 양계를 그만두었습니다만 그것은 그 일이 실리적이지 못했기 때문입니다. 방목해 키우는 행복한 닭들은 닭을 기계로 전락시키는 (하지만 살쾡이로부터는 보호받는) 공장의 달걀 생산과는 경쟁이 될 수 없었습니다. 더 깊은 차원에서 나는 조류와 동물의 사육에 찬성할 수 없습니다. (그들의 자립적인 야성을 너무 많이 빼앗기 때문입니다.)

사슴고기로 말하면, 이 지역의 일부 가정에서는 여러 해에 걸쳐 도로에서 차에 치여 죽은 사슴의 신선한 고기를 버리지 않고 조심스럽게 가공해 식품으로 이용해왔습니다. (하지만 내버려두어 그것이 독수리나 썩은 고기를 먹는 벌레의 먹이가 되도록 하는 것이 낭비는 아니지요.) 도로 양쪽을 자세히 살핌으로써 나는 사슴을 사냥하느냐 마느냐 하는 어려운 문제로부터 벗어났습니다. 캘리포니아에서 사냥꾼의 숫자는 점점 감소하고 있습니다. 사냥꾼들 대신 우리가 갖게 된 것은 다시 증가하기 시작한 퓨마(일명 아메리카 라이온)입니다. 집에서 멀지 않은 숲속에서 이따금 퓨마가 잡아먹은 동물의 시체를 보곤 합니다.

서부 씨에라네바다 산맥의 국유림과 사유림 그리고 초원에는 소나무, 참나무, 명금(鳴禽)과 부엉이, 너구리, 사슴 등이 서식하는 광대한 규모의 생태계가 형성되어 있습니다. 한 생태계 안에 그물처럼 연결되어 있는 관계를 보면 화엄불교의 인드라망[因陀羅網]²의 상(像)이 생각납니다. 데이비드 반힐(David Barnhill)은 이렇게 말했습니다. "그곳에서 우주는 다면체의 반짝이는 보석들이 이루는 거대한 그물이라 생각된다. 그 보석 하나하나는 다각(多角)의 거울 역할을 한다. 어떤 의미에서 각각의 보석은 독립된 실재다. 그러나 보석 하나하나를 바라볼 때 우리는 다른 보석들의 반사만을 보게 된다. 다른 보석들도 또다른 보석들의 반사이다. 그렇게 반사체계가 끝없이 이어진다. 이렇듯 하나하나의 보석은 그물 전체의 상인 것이다."

'신성시되는 생태계'에 대한 이런 인식이야말로 수렵채집문화의 자비와 감사를 표하는 예식의 배후에 있는 것입니다. 그 문화에서는 동물을 잡을 때 그 동물의 정령에 특별한 경의를 표하지요. 야생식물의 채집과 원예 또한 식물의 생명을 존중하는 사려깊은 마음을 요구합니다. 채식주의자에게도 사냥꾼만큼 깊은 마음의 배려가 필요한 것입니다.

'채식주의/비채식주의'의 구분 자체가 너무 단순합니다. 어떤 사람들, 특히 인도와 동남아시아의 불교도와 힌두교도 들은 의도적으로 채식주의를 선택하지만, 제3세계 사람들 대부분은 먹을 것이 부족해서 반(半)채식주의자가 될 수밖에 없지요. 그들은 생선이나 닭고기를 조금만 얻을 수 있어도 그에 감사할 따름입니다. 사람들이 곡류와 채소만 먹고도 적당한 영양을 얻을 수 있는 때와 장소에 대

---

2. 대승불교 경전의 하나인 『화엄경』에 나오는 개념. 제석천궁(帝釋天宮)에 있는 보배의 그물은 그 그물눈의 구슬들이 서로를 비추어 무한한 반사를 이루어가는 관계를 맺고 있다.

해 우리는 높이 평가해야 합니다. 그러나 위도가 높은 곳이나 초원, 사막과 산악지대에 사는 사람들은 언제나 식물 말고도 많은 다른 먹거리에 의지해 살았습니다. 인류의 대부분은 오랫동안 혼합 먹거리 경제에 의지해 살아야 했지요. 그렇다면 불교도는 자신들이 사람살이의 상궤에서 벗어났다고 생각할까요? 보살정신은 우리가 세계의 다양한 문화와 다양한 먹거리 경제를 즉각 거부하는 것을 허용하지 않습니다. 현대의 식량생산으로 말하면, 선진국의 쇠고기 경제가 심한 사치임이 분명하기는 해도, 제3세계가 소·닭·돼지·양 그리고 바다생물을 먹지 않고도 삶을 꾸려갈 수 있다고는 생각되지 않습니다.

미국인, 호주인, 뉴질랜드인, 일부 유럽인들은 일인당 육류 소비량이 세계에서 가장 높습니다. 선진국의 채식주의자들은 대부분 고등교육을 받은 특권층입니다. 북미주 불교도는 대부분 고기를 먹어야 할 실제적인 필요란 없으며 따라서 선택은 그들의 것입니다. (이제 화석연료를 기반으로 한 농업에 의존하는 데 대해 생각해볼 필요가 있습니다. 그런 농업은 토양과 공기와 물을 오염시키면서 곡식과 채소를 생산하고, 또 저임금 이주노동자의 건강을 위협합니다.)

그러나 진짜 문제는 어떻게 이 '제1계'를 좀더 깊이 이해하느냐 하는 것입니다. 다이또꾸사(大德寺)[3] 선원(禪院)에 계시던 나의 스승 오다 세쯔소오(小田雪窓) 선사께서는 선 경전 『무문관(無門關)』[4]

---

3. 쿄오또(京都)시에 있는 임제종(臨濟宗)의 본산. 게리 스나이더는 여기서 1959~68년까지 선 수행을 했다.

4. 중국 송나라 때 임제종의 선승 무문혜개(無門慧開)가 엮은 선(禪)의 공안집(公案集). 공안이란 선종에서 수행자들의 깨우침을 인도하기 위한 문제를 말한다.

에 나오는 공안(公案) 「남전참묘(南泉斬猫)」[5]에 대해 말씀하실 때 높은 법상에 앉지 않고 타따미로 내려와 일반 수행승들과 같은 높이로 앉으셨습니다. "이 공안은 오해를 불러일으키기 쉬우니라. 우리 일본인들은 더러 그것을 남용해왔을지도 모른다"라고 스승은 말씀하셨습니다. 당시 나는 스승께서 1930년대 일본에 군국주의가 출현해 2차 세계대전을 일으킨 데 대해 선불교 쪽에서 어떤 저항운동도 전개하지 않은 것을 두고 말씀하시는 것이라고 생각했습니다. 하지만 지금 나는 스승께서 의도적으로 생명을 빼앗는 문제를 두고 토론하는 사람이라면 '누구나' 바로 마룻바닥으로 내려와 앉아야 함을 보여주셨다고 생각합니다.

생명을 빼앗는 문제에 관한 한 우리가 아무리 겸허한 마음을 가져도 지나치지 않을 것입니다. 지난 1961년에 스승의 공식적인 선 설법을 들으면서 나는 일종의 독선에 빠져 있었음을 지금 고백하지 않을 수 없습니다. 왜냐하면 나는 살아오는 동안 내내 평화주의자였고 (또한 때때로 채식주의를 실천하고 있었기에) 그 계율을 어떻게 이해해야 하는지 잘 알고 있다고 생각했기 때문입니다. 하지만 그것은 그렇게 간단한 문제가 아니었습니다.

나는 또한 (수행승들은 말할 것도 없고) 선사들 중에도 절 밖에 있을 때 생선을 먹는 분들이 있다는 것을 알고 있었습니다. 한번은 후지산(富士山) 근처에 있는 선사의 절을 방문했을 때 선사께 일부 선사와 승려들이 고기나 생선을 먹는 것은 어찌된 까닭이냐고 여쭌 적

5. 남전 화상이 고양이를 쳐죽인 고사에 기초한 무문관에 나오는 공안 중 하나.

이 있습니다. 스승의 대답은 정중했습니다. "선을 공부하는 사람이라면 개의 똥을 먹고 석유를 마실 수 있어야 하느니라."

나의 스승은 엄격한 채식주의자셨는데 한번은 내게 이렇게 말씀하셨습니다. "내가 깨끗한 음식을 먹고 다른 승려들은 그렇지 않다고 해서 내가 그들보다 우위에 있는 것은 아니다. 그것은 내 나름의 수행방식일 뿐이요, 다른 사람들은 다른 방식을 가지고 있느니라. 각자 '제1계'를 하나의 심오한 과제로 받아들이고 평생 그것을 가지고 자신의 방법을 찾아야 한다."

타고난 호기심 때문인지 나는 우리의 먹거리가 어디에서 왔으며 그것이 전에는 누구였는지, 식물이었는지 동물이었는지를 알아내기를 좋아합니다. (오크라는 히비스쿠스(Hibiscus) 속(屬)의 식물이며 원산지는 아프리카입니다! 토마토, 잎담배, 감자, 흰꽃독말풀은 모두가 가짓과(科)에 속하며 꽃은 나팔 모양입니다. 나는 그런 사실들을 좋아합니다.) 우리 가족은 식사하기에 앞서 우리가 먹을 음식에 대해 감사의 염불을 하고 짧게 명상을 합니다. 접심(接心), 즉 '수행 주일'[6]이 되면 좀 큰 규모로 공양게(供養偈)를 올리듯이 말이지요.

'제1계'는 단지 유기적 생명에만 한정된 관심을 초월합니다. 하지만 먹거리에 관한 우리의 태도는 일상의 경제와 생태계에 대한 우리의 입장을 표명하는 것입니다. 먹거리는 우리가 세계에 가하는 '살상(殺傷)'의 의미를 날마다 탐구하는 들판입니다. 그렇다고는 해도 분명 우리가 이 지점에 그냥 멈춰서서 세계는 아픔이고 고통이며,

---

6. 12월 1~8일. 마음의 평정을 위해 선 수행자들이 집중하는 기간.

우리는 모두 미혹되어 있다고 선언할 수만은 없는 노릇입니다. 그 대신 우리는 수행을 요청받고 있습니다. 수행과정만으로 우리의 현실을 변화시킬 수는 없겠지만 우리 자신을 바꿀 수는 있을 것입니다. 죄책감과 자책감은 우리가 수행을 통해 얻을 수 있는 과실이 아닙니다. 그러나 우리는 '더 넓은 관점'이 있다는 희망은 가질 수 있겠지요. 더 넓은 관점이란 이 복잡하게 상호관련된 세계에 동시적으로 존재하는 고통과 아름다움을 인식할 수 있음을 뜻합니다. 이것이 바로 인드라망의 상이 웅변하는 것이지요. 그것은 이 세계의 초창기에 나타난 원시적 자급자족 문화, 특히 수렵채집인의 문화였습니다. 역설적이게도 그들은 대지와 대지의 피조물에게 감사하는 마음을 가장 아름답게 표현해왔습니다. 그 점과 관련해 우리는 불교도로서 아직도 배워야 할 바가 있습니다. 동식물은 상호의존적으로 살아가며, 자연 전체에는 끝없는 에너지의 교환, 즉 생명과 죽음의 순환이 있습니다. 여러 경전에서는 우리가 살고 있는 우주를 '코마'(koma)의 영역, 즉 모든 것을 추동하는 생물적 욕망과 생물적 필요의 영역이라고 설명합니다. 숨쉬는 것은 모두 배고파합니다. 그러나 그런 세계로부터 도피하지 말아야 합니다! 인드라망에 동참해야 합니다.

내가 지금까지 말한 것 중 그 어떤 것도 계(戒)를 '깨뜨리기' 위해 합리화하거나 정당화하는 뜻으로 읽어서는 안됩니다. 최근에 료 이마무라[7]가 쓴 것처럼, 불교에는 '올바른' 전쟁 같은 것은 없습니다. 정당한 어떤 비상상황에서, 가령 자기방어를 위해 어떤 사람을 살상

....
7. 일본계 미국인 학자이자 정토진종(淨土眞宗)의 승려. 현재 워싱턴 에버그린대학 교수.

하고 계를 어기더라도 우리는 그것을 정당화하려고 해서는 안됩니다. 우리가 말할 수 있는 것은, 이것은 나의 결정이었다, 그런 일이 일어나서 괴롭다, 그에 따른 결과가 무엇이든 나는 그것을 받아들인다, 그것뿐입니다.

계는 '계'입니다. 그것은 하나의 지침, 하나의 기준, 하나의 이상, 하나의 공안입니다. 그것은 '10계명' 중 하나처럼 문자로 말해지는 하나의 규칙일 수 없습니다. '생명을 빼앗지 말라' 또는 '해치지 말라'는 가르침을 완벽하게 실천하기는 불가능합니다. 인도의 자이나[8] 교도들은 '아힘사'를 논리적으로가 아니라 문자 그대로 받아들이고자 했습니다. 그들 가운데 가장 순수한 원리주의자들은 조직을 만들고 도덕적 행위의 하나로서 스스로 굶어죽기를 선택했습니다. 그러나 이는 자신의 육신에 대한 폭력입니다.

생명을 가진 것은 필연적으로 다른 생명과 충돌합니다. '통속적 진화론'은 적자생존을 강조하면서 자연을 서로 경쟁하며 피 흘리는 전쟁터라고 봅니다. 유럽인들이 즐겨 인용하는 "이빨과 발톱이 피로 붉게 물든 자연"이지요. 이런 견해는 은연중 인간이 자연의 다른 모든 생명체보다 우월하며 도덕적으로 우위에 선다고 봅니다. 최근 들어 생태학은 자연계 전체에 걸친 공동진화, 공생, 상호원조와 지원, 상호관련, 상호의존을 논증하면서 인간의 특별함과 관련해 우리에게 겸허하라고 가르쳐왔습니다. 또한 야성의 자연계에서 '유해한' 것과 그렇지 않은 것에 대한 우리의 이해가 아주 초보적이어서 잡아먹

---

8. 기원전 4세기 인도에서 일어난 종교. 일종의 무신론으로 영혼과 비영혼이 우주를 형성하고 있다고 생각했고 불살생(不殺生)과 고행을 중요하게 여겼다.

는 자와 잡아먹히는 자 사이, 녹색의 일차 생산자인 식물과 분해자로서의 균류(菌類)나 기생충 사이, 심지어 '생명'과 '죽음' 사이 중 굳이 어느 한쪽을 더 중시해서는 안된다는 것을 가르쳐왔습니다.

북부 캘리포니아의 선(禪)농업공동체 '그린 굴치'(Green Gulch)[9] 에서 진행된 '불교 평화 펠로우십' 지도자 모임에서 틱낫한 스님은 이 세상 어디에서든 '아힘사'를 발견하게 되면 아무리 작은 것이라도 그것이 출현한 데 감사하라고 말했습니다. 그 말씀은 전투에서 한 장교가 다른 장교보다 조금만 더 큰 '아힘사' 정신으로 군대를 이끈다면 이는 칭찬받아야 한다는 뜻이라고 나는 믿습니다.

우리는 각자 이 계를 실천할 수 있는 자기 나름의 방법을 자유롭게 찾아야 합니다. 완벽한 순수함은 존재하지 않는다는 걸 이해하고, 어떤 경우에도 독선에 빠져들지 않으면서 말이지요. 그것이 참다운 우리의 '실존적 공안'입니다. 바로 그런 이유 때문에 나는 그것을 대승불교 정신에 기초해서 '쓸데없이 생명을 해치지 않는다'라고 해석한 것입니다.

'아힘사'의 실천이 살쾡이에게는, 살쾡이불(佛)의 세계에서는, 도대체 무슨 의미가 있는가 하고 의문을 제기할 수 있겠지요. 도오겐(道元) 선사[10]께서 말씀하신 것처럼 '용들은 물을 궁전으로 봅'니다. 살쾡이에게 숲은 아마도 우아한 식당이어서 거기서 그들은 메추라기에게 조용히 감사의 게송(偈誦)을 읊으며 마음속으로는 악귀와 아귀들과도 함께 나누어먹을지 모릅니다. "불교를 공부하는 사람은

9. 마린 지구에 있는 '쌘프란시스코 선 쎈터'의 지소로 유기야채농업장을 가지고 있다.
10. 1200~53. 일본 조동종(曹洞宗)의 시조이며, 『정법안장(正法眼藏)』(전95권)의 저자.

물을 바라볼 때 인간의 시각에 갇혀 있어서는 안된다."(『산수경』)[11] 그러면 그것은 메추라기에게는 어떤 세상일까요? 내가 아는 것은 다만, 내가 죽을 때 나의 죽음과 고통은 나의 것이라는 사실입니다. 나는 내가 받는 고통을 나를 쓰러뜨린 호랑이나 암(癌), 또는 무엇이든간에 그 무언가의 탓으로 돌리지 않기를 바랍니다. 호랑이에게라면 바라건대, 나는 그저 "제발 내 육신을 허비하지 마시오"라고 부탁할 것입니다. 그리고 어쩌면 그와 함께 울부짖을지도 모르겠습니다.

오랜 선불교 이야기 중 하수구에 버려진 젓가락 한짝을 찾는 스승에 관한 것이 있습니다. 그는 후원(後苑) 행자를 꾸짖습니다. "너는 이 젓가락의 생명을 빼앗았느니라." 이 이야기는 '제1계'가 얼마나 깊은 심연에까지 이른 것인지를 보여주기 위해 인용되지요. 이렇듯 우리는 버려진 젓가락 한짝을 보고 그것이 어떻게 해침을 당했는지 이해할 수 있습니다. 그러나 또한 '그대는 어쩌면 열대우림을 파괴하고 있는 것일지도 모른다'는 말을 거기에 덧붙여야겠습니다. 가령 일본과 미국에서 어마어마한 분량의 일회용 나무젓가락이 사용되는 것을 보면 그 말을 이해할 수 있겠지요.

스승은 그 다음 단계를 알았을까요? 아마도 아닐 것입니다. 뭇생명에 대한 불교의 자비심은 새장에 갇힌 비둘기들과 잡힌 물고기들을 사서 의식에 따라 방생(放生)하는 것에 잘 드러납니다. 그 촛점은 생명 하나하나에 맞춰지지요. 개개의 생명은 이야기의 일부에 지나지 않습니다. 불교도가 채식주의를 실천하고 뭇생명에게 자비심을

---

11. 『정법안장(正法眼藏)』 제14권.

베풀 때도 중국의 야성의 자연은 5~15세기에 걸쳐 상당히 많은 종의 절멸을 겪었고, 산림은 대대적으로 파괴당했습니다. 인도 역시 근대가 시작되기 훨씬 이전부터 광대한 산림벌채가 있었습니다. 이제 우리는 생태학 관련 학문들의 통찰에 기대어 우리가 하나의 유역 전체, 하나의 자연계, 하나의 서식지 전체라는 규모에서 사고해야 한다는 것을 압니다. 한 마리의 앵무새나 원숭이의 생명을 구하는 일은 실로 칭찬할 만한 일입니다. 하지만 숲을 구하지 못하면 동물은 모두 죽을 것입니다.

고도로 조직화된 사회와 세계의 기업경제가 압도적으로 '아힘사'의 계를 무시하고 있으며, 그 밑에서 이 지구 전체가 신음하고 있습니다. 21세기에는 수천 종의 동물과 수만 종의 식물이 절멸할지 모릅니다. 생명 있는 존재들을 양육하기 위해서는 우리는 단지 고결한 먹거리 습관을 갖는 데 만족해서는 안됩니다. 모든 생명을 다 구하기 위해서 우리는 지칠 줄 모르고 일해야 합니다. 만다라 같은 서식지들, 사람들, 뭇생명들, 그리고 그들의 궁전 같은 공간에 거주하는 불성(佛性)들을 다 유지하기 위해서 말입니다.

모든 생명들의 마을회의

공동체, 장소, 그리고 자비심의 각성

1992년 9월 인도 북부 라다크(Ladakh) 지구의 수도 레(Leh) 시에서 라다크 생태적 발전그룹과 그 창립자 헬레나 노르베리-호지(Helena Norberg-Hodge)[1]가 '진보를 다시 생각하며'라는 주제로 회의를 개최했다. 유럽과 인도와 미국에서 강연자들이 초청되었는데, 그들 중 생태주의자 스테파니 밀스(Stephanie Mills)와 나도 있었다. 나는 생태와 영성(靈性)에 대해 말해달라는 요청을 받았다. 몇몇 저명한 승려들과 대단히 훌륭한 평신도 불교철학자 태시 랩제스(Tashi Rapges)도 참석했다. 산업사회의 무분별한 팽창주의에 포위된 불교사회를 생태적 통찰과 생물지역적 조직화가 어떻게 도울지에 대한 생각을 그런 기회에 확장할 수 있어서 영광이었다.

---

1. 스웨덴 출신의 언어학자로 티베트 서부의 라다크문화 보존에 종사하고 있으며, 그에 관한 저서 『오래된 미래』(김종철 옮김, 녹색평론 1996)를 펴냈다.

생태학(ecology)이란, 이미 그 단어에 보이는바, 자연계에 존재하는 관계들, 에너지의 이동, 상호의존, 상호관련, 그리고 인과(因果) 관계가 이루는 그물에 대한 과학적 연구입니다. 그 학문의 연구성과 덕분에 생태학은 생물계가 붕괴 위험에 처해 있음을 세계에 알리는 학문이 되었습니다. 어떤 점에서 생태학과 구미(歐美)의 전지구적인 경제개발의 관계는 과거 인류학과 식민정책의 관계와 유사하다고 하겠습니다. 다시 말하면 생태학은 선진국의 무절제한 개발문화가 만들어낸 일종의 대항과학인데, 그래서 개발문화에 봉사하는 부도덕한 과학의 용병(傭兵)으로 악용될 소지도 있지요. '생태적'이라는 단어는 또한 '환경의식이 있는'이라는 의미로도 사용되어왔습니다.

우리가 알기로 과학자는 객관적이고자 하는 사람입니다. 객관성이란 반(半)주관적인 것입니다. 우리가 일정한 거리를 유지하며 초연하고 순수한 관찰자의 눈으로 사물을 보려 해도 관찰자는 자연계를 바라보면서 그 체계에 영향을 줄 뿐만 아니라 필연적으로 그것의 일부가 됩니다. 생물계와 그것의 생태적 상호작용이야말로 바로 세계, 우리가 살고 있는 이 세계인 것입니다. 그리하여 어원이 '가정학'을 의미하는 생태학은 어원이 '가정관리'(household management)를 의미하는 '경제학'(economics)과 아주 가깝습니다. 생물학과 생태학은 인간이 완전히 자연의 영역 안에 있음을 말해줍니다. 사회조직·언어·문화적 관습 그밖에 우리가 인류만의 특성이라고 생각하는 것들 역시 좀더 큰 자연계 안에 있는 것입니다.

이렇게 인류를 완전히 '자연' 안에 두는 것은 오랜 서양사상의 전통에서 볼 때 불안한 발걸음을 내딛는 것입니다. 다윈은 인류와 다른 종(種)의 진화론적·발생학적 유사함을 주장했습니다. 그의 논리는 대부분의 사람들이 지적으로는 수용하지만 개인적으로나 감정적으로는 받아들이지 못한 생각입니다. 사회적 다윈주의(사회진화론)는 경쟁을 역설하고 찬미하면서 19세기의 제국주의와 자본주의를 정당화하는 대중적 이데올로기로 번성했습니다. 생태학은 그런 역설을 수정하고 한걸음 더 나아갑니다. 자연과정의 경쟁적 측면을 인정하기는 하지만 또한 생물계에는 상호작용하는 공생적 측면도 있음을 강조하니까요. 생태학은 우리에게 자연은 단지 생존을 위해 모두가 경쟁하는 독립적인 여러 종들의 집회일 뿐만 아니라——이것은 세계에 대한 도시적 해석일까요?——다양한 존재들의 수많은 공동체로 이루어진 유기적 세계이며, 그 안에서 모든 종은 각기 다른, 그러나 핵심적인 역할을 담당하고 있다고 말합니다. 그것은 세계 안의 마을의 모델로 볼 수 있겠습니다.

생태계는 일종의 만다라(曼陀羅)로서 그 안에는 아주 강력하고 교훈적인 수많은 관계가 얽혀 있습니다. 만다라 안의 각각의 모습들, 가령 작은 생쥐나 새 혹은 작은 신이나 악귀는 각자 중요한 자리를 점하며 하나의 역할을 담당합니다. 에너지의 흐름이라는 관점에서 생태계는 계층적이라고 할 수도 있겠지만 전체의 관점에서 보자면 구성원 전부가 사실 평등합니다.

그러나 우리는 생태계에 감상적으로 접근해서는 안됩니다. 자연계에서의 핵심적인 교류는 에너지의 교환이며, 그것은 먹이사슬과 먹이그물을 포함합니다. 이것은 살아 있는 많은 생명체들은 다른 생명체를 먹음으로써 산다는 의미지요. 우리의 몸 혹은 우리의 몸이 상징하는 에너지는 이렇듯 지속적으로 순환하고 있습니다. 우리는 모두 잔치에 초대받은 손님들이며, 동시에 우리는 밥인 것입니다! 생물적인 본성은 모두 '푸자'(puja), 즉 음식을 제공하고 나누어먹는 의식으로 볼 수 있습니다.

상호관련성, 연약함, 어쩔 수 없는 덧없음, 아픔, 그리고 장대한 자연과정의 지속성과 그 궁극적인 공(空)에 대한 깊은 인식은 자비심을 일깨우는 경험입니다. 그것은 샨티데바(Shantideva)[2]가 그토록 감동적인 글로 표현한바 '깨달은 마음'(bodhicitta)이 갖는 통찰입니다. 그것은 깨달음에 대한 개인적인 원망(願望)과 타자에 대한 깊은 관심을 동시적으로 일깨웁니다.

생태학은, 우리는 누구인가, 우리는 어떻게 존재하는가, 그리고 우리는 어디에 속하는가 하는 근원적인 문제들에 대해 의미심장한 빛을 던져줍니다. 그것은 우리로 하여금 인식의 도약을 통해 좀더 큰 틀에서 자아와 가족을 바라보라고 합니다. 우리 인간의 상호의존성이 갖는 중요성은 상호존중의 사회적 윤리이어야 하며, 가능한 한 평화롭게 갈등을 해결하려는 노력이어야 한다는 것은 아주 분명해 보입니다. 다들 알다시피 역사는 그것과 전혀 달랐지요. 그렇다 하더라도 우리는 그 다음 질문, 즉 어떻게 우리는 인간끼리의 의무를 초월하여 인간 이외의 자연을 포괄하는 윤리를 만들고 발전시켜갈 것인가 하는 질문으로 나아가야 합니다. 지난 2백년 동안 과학적·사회적 물질주의는, 몇번의 예외 말고는, 우리의 우주에는 영혼이 없

2. 650~750. 북인도의 철학자, 시인, 대승불교 학자로서 깨달음에 관한 그의 경서는 네팔·몽골·티베트에서 지금도 많이 읽히고 있다.

으며 인간의 활동이 부여하는 가치 말고는 아무 가치도 없다고 선언해왔습니다. 발전 이데올로기는 바로 이런 가설을 토대로 견고하게 구축되었지요. 양심적인 기독교도와 유대교도 중에는 자신들의 윤리의식을 확대하고 자연을 포함하려는 실험적인 노력을 보여준 사람들도 있고, 그동안 '생태 기독교'에 대한 학술회의도 몇차례 있었지만, 서양정신의 주류는 의심할 바 없이 인간중심적입니다.

아시아의 사상체계는, (이상적인 것은 아니더라도) 자연계를 더 잘 대접합니다. 중국의 도교, 인도의 사냐타나(Sanātana, 영원)의 불법, 그밖에 아시아 대부분의 불교 교리는 인간을 자연의 일부로 보지요. 모든 생물은 깨달음이라는 신성한 드라마에서 평등하게 배역을 맡고 있습니다. 태시 랍제스가 말한 것처럼 타자에 대한 자발적인 자비심의 각성은 우리로 하여금 바로 깨달음을 향한 길로 나서게 하고 생태적 윤리의 길로 나아가게 합니다. 그것은 둘이 아닙니다.

현대세계에서 인간이 아닌 존재에 대한 윤리적 관심은 한시라도 빨리 일어나야 합니다. 지구의 생물학적 건강은 지금 좋지 않습니다. 많은 대형동물들이 멸종위기에 처해 있으며, 엄청난 수의 작은 생물들이 살고 있는 생태계들이 절멸당하고 있는 형편입니다. 과학적 생태학은 이런 위험을 목격하고 보존생물학의 위기대책을 촉구하면서 생물의 다양성을 지키는 데 촛점을 두고 있습니다. 생물의 다양성 문제 때문에 지역민들과 산업계와 정부는 이전과는 전혀 다르게 어업, 해양 포유류, 대형 희귀종 척추동물, 실태 파악이 불분명한 올빼미류, 대규모 댐 건설 또는 도로체계와 그밖의 많은 문제들에 대해 직접적이고도 열렬한 대화를 하게 되었습니다.

'자비심'을 깨닫는 것은 보편적으로 알려진 인간의 체험이지 '불교'나 그밖의 특정한 전통의 창조물이 아닙니다. 그것은 엄청난 충격을 직접 체험하는 일입니다. 기독교도, 유대교도, 무슬림, 공산주의자 그리고 자본주의자들은 종종 곧장 자비심의 깨달음에 도달합니다——비록 그런 문제에 대해서 그들의 종교나 교의(敎義)는 침묵하지만 말이지요. 그런 체험은 종종 윤리적으로 분명하게 설명하기 어렵습니다. 그냥 바라보고 다른 존재와 일체화되면서 단단한 아집으로 뭉친 자아를 떠나는 순간인 것입니다.

인도와 극동 지방에서는 대체로 불살생(不殺生)이라는 기본적인 가르침에 적어도 이론상으로 동의합니다. 비폭력·불살생을 의미하는 '아힘사'(Ahimsa)는 '어떤 상황에서든 되도록 살생을 최소화한다'는 의미라고 설명하지요. 누구나 어떤 식으로든 살생을 하면서 살아가고 있다는 기본적 사실을 인정하더라도 우리는 불필요한 죄책감에 빠지지 않으면서 우리가 저지를 수 있는 현실적 침해를 줄이기 위해 의식적으로 행동을 조절할 수 있습니다.

이 복잡다단한 세계에서 자연과 문화를 건강하게 지키기 위해 우리는 일종의 정치적·사회적 활동에 참여할 것을 요청받고 있습니다. 우리는 공공정책에 영향을 줄 수 있는 방법을 공부해야 합니다. 서반구에는 대규모의 잘 조직된 국제환경단체들이 있습니다. 그 단체들은 필요한 일을 하고 있습니다만 어쩔 수 없이 정치가에게 로비를 하고 기업과 협상을 하면서 권력의 중심 가까이에 살고 있습니다. 그리하여 그들은 지역민들, 마을 경제, 부족의 영토, 또는 가난한 임금노동자의 처지를 항상 이해하고 공감하지는 못합니다. 많은 과학자들과 환경문제 종사자들이 자비심과 야성의 자연에 대한 기억을 잃어가고 있습니다.

　생태학이 가진 정신적·정치적 함의는 그것이 난순한 수사나 관념 이상의 것이 되게 하라는 것과 구체적인 장소에서 실현되어야 한다는 것입니다. 자연도 문화도, 어떤 구체적인 장소에서 발생합니다. 이처럼 장소에 토대를 두는 것이 생태지역주의 공동체의 정치적 기반입니다. 조애너 메이시(Joanna Macy)와 존 씨드(John Seed)는 '모든 생명들의 회의'라는 막연한 이미지를 그리며 작업을 해왔습니다. 그런데 '모든 생명들의 마을회의'라고 할 때 이는 우리가 분명하게 장소에 뿌리내린다는 것을 암시합니다. 그 땅에서 사는 나무와 새, 양, 염소, 소, 야크, 그리고 고지대 초원의 야생동물(야생 염소, 큰 뿔 양, 영양, 야생 야크)을 공동체의 구성원으로 포함하는 마을을 상상해보지요. 그 마을회의는 이 모든 생물들에게 발언권을 주고, 자리를 마련해줄 겁니다. 라다크와 티베트의 모든 마을은 (마을 영토로) 경작지와 집뿐만 아니라 멀리 떨어진 공동체 소유의 목초지(푸 p'u)와 그 아래 유역(流域)까지 포함해야 합니다. 라다크뿐만 아니라 실은 인도의 모든 마을이 정부나 기업 대표와 협상을 할 때면 "지역에서 사용되는 땅"은 그 지방의 유역 전체를 포함해야 한다고 주장해야 합니다. 그렇지 않으면 그동안 너무 자주 보아왔듯이, 정부기관과 기업의 이해는 그 지방의 오지(奧地)를 개인 소유 혹은 국유재산으로 접수하고 산업모델에 따라 무자비하게 개발해나갈 것입니다.

　우리는 또한 젊은이들을 교육해야 합니다. 교육이 비록 젊은이들에게 정보화사회로 진입하는 길을 가르쳐주고 세계시장의 복잡다단한 구조를 소개하겠지만, 그래도 교육을 통해 그들이 가진 문화와 그들이 사는 장소에 대한 자부심을 심어주어야 합니다. 혐오스럽지만 필수적인 미스테리들, 즉 정부와 금융과 경제학이 사회에서 어떻게 작용하는지에 대해 젊은이들은 충분한 지식을 가지고 있어야 합니다. 젊은이들이 확고하게 생물학의 범위 안에 있으면서 수천년에 걸쳐 축적된 인간의 문화유산과 성취에 대한 상(像)을 배울 수 있는 교육이 필요합니다. 어떤 부족문화와 마을문화에나 젊은이들이 자부심을 가질 만한 음악·연극·공예·이야기들이 있지요. 아이들이 생명의 전체적인 상호관련성을 제대로 이해하도록 도와주고, 생물학적 지식을 갖춘 불살생의 윤리를 북돋우는 정신교육을 더 진작해야 합니다.

우리는 모두 냇가의 버드나무처럼 땅에 자리잡고 뿌리를 내려야 살아갈 수 있습니다. 그리고 대략 2백만년마다 온갖 형태와 위치로 바뀌는 물의 순환처럼 전지구의 생명 안에서 자유로우며 유동적이 될 수 있습니다. 우리의 육신은 유한하고, 우리는 불가피하게 문화와 지역에 귀속된다는 것을 소중하고도 긍정적인 실존의 조건으로 받아들여야 합니다. 정신은 유동적이며 자연은 투과(透過)합니다. 생물학적·문화적으로 우리 인간은 언제나 충만한 전체의 한 부분입니다. 고대로부터 이 라다크에는 언제나 그런 사람들이 살아왔습니다. 이곳의 아름다운 젊은 남녀들 중 일부는 현대사회를 배우고 불법을 수호하며 계속 진실한 라다크 사람으로 남을 것입니다.

［인더스 강 상류 유역, 티베트 서부 고원, 레 시, 라다크 지구, 잠무 카슈미르 주, 인도］

3부

유역으로 와서

Watersheds

재거주(再居住)

내가 태평양의 산기슭으로 와서 살게 된 것은 내 선조가 150년에 걸쳐 대서양 연안에서 서부로 이동해왔기 때문입니다. 조부는 결국 준주(準州)였던 워싱턴에 정착했고, 키트샙 군에서 홈스테드법에 따라 그곳의 땅을 소유하고 정주하게 되었습니다. 외조부는 텍사스의 철도노동자였고, 그 전에는 리드빌의 은광(銀鑛)에서 일했습니다. 아버지는 워싱턴 주의 토박이여서 우리 가족은 미국 서부 역사에서 보자면 비교적 일찍이 북서부에 정착한 경우입니다. 그러나 우리 가족이 오기 훨씬 전부터 그곳에 사람들이 살고 있었다는 것을 나는 소년시절에 알았습니다. 나이 지긋한 살리시(Salish)족 인디언

* 이 글은 1976년 8월 캘리포니아 인문과학평의회의 후원으로 노스 싼 후안 스쿨에서 개최된 '재거주 학술회의'에서 행한 강연을 기초로 쓴 것이며, 『옛 방식들』에 수록되었다.

남자가 몇달에 한번씩 모델T 트럭을 타고 우리 농장을 지나가며 훈제연어를 팔았지요. "저 사람은 누구예요?" 내가 물으면 부모님은 "인디언이다"라고 대답했습니다.

내 유년기의 우주였던 2차림(대규모 벌채 후 인위적으로 조성한 숲―옮긴이)의 더글러스전나무 숲과 거기에 잇닿은 목초지에서 자라는 온갖 종류의 나무와 식물을 바라보면서 나는 내 부모님이 어떤 부문의 지식은 모자란다는 것을 알게 되었습니다. 두 분은 "저건 더글러스전나무고, 저것은 히말라야삼나무고, 저건 고사리다"라고 말할 수는 있었습니다. 하지만 나는 몇개의 나무 이름을 훨씬 뛰어넘는 그 숲의 미묘함과 복잡성을 감지했습니다.

어린시절 살리시족 노인이 찾아오던 몇년 동안 나는 그분과 이야기를 나눌 기회가 있었습니다. 언젠가부터 그 할아버지는 다시 오지 않았습니다. 나는 그 노인이 상징한 것이 무엇인지, 그분이 무엇을 알고 있었는지, 그리고 그것이 내게 무엇을 의미하는지 알았습니다. 그분은 '내가 사는 곳에서' 만난 그 누구보다도 세계를 더 잘 알고 있었습니다. 나는 당시 백인 미국인이나 백인 유럽인의 전통이 하나의 동질성을 부여한다는 것은 전혀 짐작하지 못한 상태였습니다. 나는 자신을 장소와 관련시켜 규정하고 있었습니다. 나중에는 '영어'가 하나의 동질성이라는 것도 이해했고, 더 나중에는 책을 읽고 풍문을 들으며 문화와 역사에 대한 총체적 시야를 갖게 되었지만, 최초의 근거지인 '우리는 어디에 사는 누구인가?'의 '어디'를 결코 망각한 적도 떠난 적도 없습니다.

지금 이 지구에는 '거주자'가 아닌 사람들이 많이 있습니다. 고향 마을에서 멀리 떠나 사는 경우가 대부분입니다. 조상이 살던 땅에서 다른 곳으로 이동해 살고 있고, 농촌에서 도시로 이주해 살고 있습니다. 캘리포니아 금광으로 사금을 캐러 갔고 정유회사에서 송유관 일을 하고 있습니다. 이란에 가서 미국의 벡텔사(社)를 위해 일하고 있습니다. 실제 거주자, 땅의 사람들인 소작농민은 도시에 기반을 둔 엘리뜨 지배계층에 의해 수백년 동안이나 땅에서 쫓겨났고 조롱 당했고 과도한 세금을 물었습니다. 지식인들은 '먹거리를 기르기' 위해서는 얼마나 복잡하고 세심하며 창조적인 지성이 필요한지 전혀 모릅니다. 사실 지금 정원에서 볼 수 있는 모든 식물과 과수원의 나무들, 목초지의 양과 젖소와 염소는 '문명' 이전인 신석기시대부터 사람들이 집에서 기르던 것입니다. 세계의 여러 지역들은 각기 그곳 만의 정확한 생활 유형을 가지고 있습니다. 그것은 수천년에 걸쳐 정착한 땅이 바로 그곳에서는 어떤 종류의 식물들을 '말하는'지 배웠던 사람들에 의해서 발전해온 것이지요.

인류 또한 분명 방랑자입니다. 4백만년 전에 소수의 원인(原人)들 은 아프리카의 숲과 초원의 경계를 드나들고 있었습니다. 그곳은 꽤 더웠고 한번 빙 돌며 달릴 수 있을 만큼 넓은 곳이었습니다. 어떤 시 기에 이르러 그들은 이동하기 시작했고, 불을 손에 넣었으며, 옷을 바느질했고, 북극을 멀리 돌았으며, 놀라운 바다 항해를 시작했습니 다. 홍적세(洪績世) 중기와 말기는 큰 짐승의 사냥시대였습니다. 그 무렵 이동성이 높아지면서 북부 유라시아를 가로지르는 상당히 유 목적인 초지-동토대(凍土帶)의 사냥생활이 확립되었습니다. 빙하 기가 끝나면서, 바로 그때가 우리 시대가 시작되는 시기인데, 대부분의 큰짐승 사냥꾼들은 일자리를 잃었습니다. 옛날 기술이 더이상 유효하지 않았기 때문에 유라시아와 아메리카 대륙에서는 아마도 인구가 급격히 감소했을 것입니다.

지역의 생태계에 따라 무수히 많은 거주양식이 출현했습니다. 사람들은 각각의 특정한 삶의 영역에서 '존재하기' 위해 식물에 관한 지식, 선박, 개, 덫, 망, 어업에 관한 기술 등 그들만의 특정 방법을 개발했습니다. 수렵 대상인 동물이 더 작아지면서 그 도구도 소형화되었지요. 중국 남서부에 있는 정글의 험한 비탈에서 산호섬과 불모의 북극 사막에 이르기까지 '그곳에 있던 것은 무엇인가(What it was to be there)에 대한 정신'이 생겨났는데, 그것은 '땅'과의 관계서 오는 직접적 감각을 가리키는 것이었습니다. 그것이 진정으로 의미하는 것은 새털구름에서 부엽토(腐葉土)에 이르는 그 지역 생태계로서의 총체성입니다.

거주하고 있는 사람들은 간혹 '이곳은 신성하다' 또는 '모든 땅은 신성하다'라고 말합니다. 이런 태도는 삶과 죽음의, 그리고 살기 위해 생명을 취하는 일과 우리의 자손에게만이 아니라 땅 전체의 생명에게 생명을 되돌려주는 일의 비의(秘義)를 깨닫게 해줍니다.

남프랑스의 동굴을 대상으로 광범위한 연구를 수행한 프랑스의 선사(先史)학자 아베 브뢰유(Abbé Breuil)는 2만년 전의 동물 벽화들이 수렵과 함께 생식력(生殖力)을, 즉 들소 새끼와 송아지의 탄생을 묘사한 것을 지적한 바 있습니다. 그 벽화에는 여러 동물의 특징과 개성에 대한 예민하고 정확한 관찰이 드러나 있는데 먹이사슬 속에 있는 삶과 죽음의 상호성에 대한 이해, 그리고 그 관계의 신성성에 대한 이해가 숨어 있습니다.

거주가 '여행하지 않음'을 의미하는 것은 아닙니다. 거주라는 말이 저절로 한 영토의 크기를 규정하는 것도 아닙니다. 영토의 크기는 생태지역의 유형에 의해서 결정됩니다. 대평원의 들소 사냥꾼은 북 캘리포니아의 인디언만큼이나 확실히 '영토' 안에 있습니다. 후자의 경우 그들이 태어난 곳으로부터 30마일 밖으로도 나가는 법이 거의 없지만 말입니다. 광대한 초원이든 잡목이 우거진 산이든 원주민들은 그들이 사는 곳의 지리를 잘 알고 있습니다. 수렵사회의 일원이라면 누구든 주변의 자연풍경 속에 있는 어떤 지점도 상기할 수 있고, 생생하게 마음에 그릴 수 있으며, 그곳에 무엇이 있는지, 그곳에 어떻게 가는지를 말할 수 있을 것입니다. "그곳에 가면 부들을 구할 수 있지." 칼라하리 사막의 부시먼은 사막의 황무지 한가운데서 비상용 물을 채워 묻어둔 타조알을 찾아낼 수 있습니다. 그들은 곧장 그곳으로 걸어가 알을 파내며 "3년 전에 이곳에 두었지, 만약의 사태를 위해서"라고 말합니다.

언제나 그렇듯이 레이 대스먼의 용어는 '생태계 문화'와 '생물권 문화'를 구분하는 데 유용합니다. 대스먼이 의미하는 것은 생활과 경제가 자연 지역과 유역을 중심으로 이루어지는 사회입니다. 그것은 7, 8천년 전 이 지구의 몇군데에서, 다른 배수로로, 다른 유역으로, 다른 사람들의 영토로 들어가 자연이든 인간이든 그곳의 자원을 훔치는 것이 '유리하다'는 걸 발견한 그런 사회와는 대비됩니다. 로마제국은 수도의 이익을 위하여 모든 지방을 탈취했고, 대저택을 소유한 로마의 귀족들은 남부에 노예로 운영되는 대농장을 가지고 거대한 차륜이 달린 쟁기를 사용했습니다. 남부 이탈리아는 그 착취로부터 결코 회복되지 못했습니다. 우리는 '제국주의'라는 말을 압니다. 대스먼의 '생물권 문화'의 개념은 생물종이 절멸되고 숲이 벌채되는 생물계의 착취 또한 제국주의의 중요한 측면이라는 것을 깨닫게 합니다.

몇개의 중심지로 집중되는 그 모든 부와 권력은 기이한 결과를 낳았습니다. 철학과 종교는 사회, 계급제도, 권력조직, 그리고 '절대적인 것'에 매혹되면서 이루어졌습니다. '국가'라는 거대한 구조물과 중앙집권적 권력의 상징들. 중국에서는 그것을 '진짜 용'(황제)이라고 불렀습니다. 서양에서는 아마도 루이스 멈포드(Lewis Mumford)[1]가 말한 것처럼 '펜타곤'이라 불리는 청동기시대의 요새가 그것을 상징하겠지요. 레비 스트로스(Lévi-Strauss)가 문명은 신석기시대 이래 오랫동안 쇠락해왔다고 지적한 것은 당연합니다.

그래서 여기 20세기 서양인과 동양인이 서로의 지혜를 공부하고 있습니다. 양쪽에서 소수의 사람들이 그 두 문명이 있기 전에 존재한 것, 둘이 갈라지기 이전의 문명을 공부합니다. 『검은 엘크가 말하다』(Black Elk Speaks) 같은 책은 1900년 같으면 아마도 독자가 거의 없었을 겁니다. 유대-기독교 전통에서는 완전히 무시하고 있고, 힌두교-불교 전통에서는 아주 조금 다루고 있는 무엇인가를 그 책은 말하고 있다는 것이 이제는 알려지고 있습니다. 세계의 모든 종교는 첫째로 인간중심주의입니다. 인간 다음의 단계는 배제되거나 망각

---

1. 1895~1990. 미국의 역사학자. 저서로 『역사 속의 도시』(City in History, 1968)가 있다.

됩니다——"근데, 너는 까치에게 뭘 말하니? 방울뱀을 만나면 넌 무슨 말을 하지?" 굴뚝새와 벌새와 소나무 화분(花粉)에게서 우리는 뭘 배우지요? 어떻게? 무엇을 배우나요? 구체적인 경우를 들면 가령 어떻게 물의 흐름을 바라보면서 인생을 보낼 것인가, 또는 요절(夭折)이란 무엇인가, 또는 어떻게 몸집은 거대한데 조용하면서 아무거나 잘 먹을 수 있을까(예를 들면 곰처럼) 같은 것을 배우겠지요. 그리고 우리는 하나의 눈을 통해 서로를 바라보는 수많은 자아라는 것도 배우겠지요.

많은 사람들이 이 단계로 들어가고 싶어하는 이유는 단순합니다. 그것은 4만년 전으로 돌아가는 시간의 고리에 우리가 관련되어 있는 것 같다는 말로 설명됩니다. 지난 20년 사이에 서양에서 가장 우수한 두뇌를 가신 사람들은 그들 스스로 놀라면서 우리가 '환경' 속에서 살고 있음을 발견했습니다. 우리가 어떤 한계에 접근하고 있다는 걸 깨달았기에 이런 발견을 하지 않을 수 없었던 것이지요. 스튜어트 브랜드(Stewart Brand)는, 소용돌이 나선형의 구름과 함께 그 전체가 청색의 구체(球體)임을 보여준 지구의 위성사진이 인간의 의식에서 획기적인 사건이었다고 말했습니다. 우리는 지구가 형태를 가지고 있으며 또 한계가 있음을 알게 되었습니다. 우리는 지금 다시 중석기(中石器)시대에 살던 우리의 조상의 입장으로 돌아가 있으며, 영국 남부의 해안이나 아프리카의 차드호(湖) 기슭, 또는 남중국의 습지에서 어떻게 그곳의 태양과 녹색을 사용하며 살아갈 것인가를 배우고 있습니다. 우리는 우리가 어떤 방식으로 둘러싸인 체계 속에서 살고 있다는 것을, 그 체계에는 자체의 한계가 있다는 것을,

그리고 우리는 그 체계와 상호의존의 관계를 맺고 있다는 것을 다시 한번 인식하게 되었습니다.

이런 사고에 내포된 윤리나 도덕은 그것이 단지 다람쥐에게 좋다는 것 이상으로 훨씬 더 미묘한 것입니다. 생물학과 생태학은 암묵적으로, 정신의 범위를 배치해왔습니다. 우리는 광물의 순환, 물의 순환, 공기의 순환, 양분의 순환을 신성한 것으로 보는 방법을 찾아내야 합니다. 그리하여 찾아낸 통찰을 우리 자신의 개인적인 정신의 탐구와 결합하는 동시에 좀더 가까운 과거로부터 우리가 얻은 모든 지혜의 가르침과 융합해야 합니다. 그것을 표현하는 것은 사실 간단한 일입니다. 모든 것에 고마움을 느끼기, 우리 자신의 행동을 책임지기, 우리 자신의 생명으로 흘러들어오는 흙·물·육신과 같은 에너지원과 접촉하기가 그런 것들입니다.

또 하나의 문제가 야기되는데, 이 모든 생활과 공부의 목적은 자기인식과 자기실현의 성취가 아닌가라는 물음, 그리고 장소에 대한 지식이 어떻게 우리가 '자아'를 알아가는 데 도움이 되는가 하는 문제입니다. 그 대답은, 간단히 말하면, 우리는 모두 육체적으로뿐 아니라 지적으로도 복합적인 존재이며, 우리의 개체적 동질성을 이루는 유일한 특징은 시간 속에서 끊임없이 변화하는 특정한 형태나 구조라는 것입니다. 그 안에서 발견될 수 있는 '자아'란 없습니다. 하지만 기묘하게도, '자아'는 있습니다. 우리의 일부는 밖에서 우리에게 오기를 기다리고 있으며, 우리의 또다른 부분은 우리 뒤에 있습니다. 영원한 현재 순간의 '단지 이것'이 모든 덧없는 작은 자아들을 그 거울에 반영하고 있는 것이지요. 화엄(華嚴)세계의, 구슬로 이루어진-망(網)-상호침투-생태학적-체계들-공(空)-의식(意識)은 '전체적 자아' 없는 자아실현은 없다고, 그리고 전체적 자아란 삼라만상이라고 우리에게 말합니다.

그리하여 우리가 누구인지 아는 것과 우리가 어디에 있는지 아는 것은 긴밀하게 관련됩니다. 우리가 '한계 너머로' 가기를 원한다면 '누구'와 '어디'에 대한 공부의 가능성에는 한계가 없습니다. 그러므로 생물학적 한계를 가진 세계에서조차 우리가 들어갈 열려 있는 마음-공간은 넉넉합니다.

요약

에쎄이 「미국의 동요(動搖)」(The Unsettling of America)에서 웬델 베리(Wendell Berry)[2]는 경제제도가 지금처럼 작동하는 상황에서는 만약 누군가 한곳에 머물러 살면서 무엇인가를 잘해보려고 한다면 불리한 처지에 놓인다는 걸 지적합니다. 아메리카 원주민의 땅이나 국유림과 국립공원의 본래 모습만이 위협받는 것은 아닙니다. 총칼 아래 놓여 있는 것은 '모든' 땅입니다. 그런 땅에서 "나는 정말로 이 장소를 사랑하며 잘 안다"라고 말할 수 있을 정도로 아주 오래 살면서 어떤 한가지 일을 잘하려고 하는 개인이나 집단은 불리한 입장에 처하게 됩니다. 땅의 경제학은 누구든 단기이익을 얻을 기회가

2. 미국 켄터키 태생의 시인으로 켄터키대학에서 시를 가르쳤으며 '장소의 시인'으로 알려져 있다. 「미국의 동요」는 1977년에 쓴 것이다.

있을 때 뛰어드는 사람이 보상을 받게 움직입니다. 올바른 농사란 가장 큰 이익을 얻을 기회에 뛰어들지 않는 것을 의미합니다. 올바른 산림관리 혹은 사냥감 관리는 마음속에 먼 미래를 내다보며 일하는 것을 의미합니다. 그런데 그 미래는 지금 당장 우리에게 댓가를 지불할 수 없습니다. 일을 올바로 한다는 것은 우리의 후손들 역시 이 땅에서 살며 우리가 지금 하고 있는 일을 한층 더 깊은 기쁨을 가지고 이어나갈 것이라고 생각하며 사는 것을 의미합니다.

나는 지난봄 켄터키에서 다른 세기에 속해 있는 늙은 농부들을 보았습니다. 그들은 거주자들입니다. 그들은 지금 "당신들이 알고 있고 하고 있는 모든 것, 그것을 하는 방식, 그런 것은 우리에게는 아무 의미가 없다"고 선언하는 다른 논리 앞에서 자신들이 알고 있는 세계가 눈앞에서 붕괴되고 증발하는 것을 목격하고 있습니다. 비백인계인 제4세계의 원시문화의 그 우미한 문화기술이 얼마나 더 많은 고통과 손실을 겪어야 할까요. 그들은 어떤 식물의 특성 또는 돌고래와 소통하는 방법을 알고 있을 텐데 그런 기술을 산업사회는 다시는 회복할 수 없을지 모릅니다. 진짜 중요한 것은 그런 특별하고 호기심을 일으키는 지식이 아닙니다. 우리가 잃어버리는 것은 마법을 가진 체계에 대한 이해, '바로 그 장소에서' 대지의 여신의 노래를 듣는 능력입니다.

재거주자란 8천년간 계속된 문명의 결실을 집적(集積)했거나 또는 헛되이 낭비한 산업사회에서 떠나서 땅으로, 장소로 회귀하기 시작한 몇 안되는 사람들을 가리킵니다. 이런 일이 존재들의 상호의존성과 지구의 한계에 대해 합리적이고 과학적으로 인식하는 그다지 많지 않은 사람들에게서 일어나고 있습니다. 하지만 장소에 헌신하는 삶이 가지는 현실적 요구, 그리고 어느정도는 그 장소에 집중되고 있는 햇빛과 녹색식물 에너지에 의지하는 삶이란 육체적으로나 지적으로 대단히 치열한 것이기에 또한 도덕적이며 영적인 선택이기도 합니다.

인류는 우주공간에서 운명과 만날 약속을 가지고 있다고 사람들은 예언해왔습니다. 그렇지요. 우리는 이미 우주공간을 여행하고 있습니다. 바로 여기가 은하계인 것입니다. 수천년에 걸쳐 자신들의 내면과 외부에서 직접적 지식과 경험을 가지고 우주를 직접 연구해온 사람들의 지혜와 기술을 우리는 '옛 방식들'이라 부릅니다. 그런 공부를 계속하며 녹색과 태양에 의지해 살게 되는 미래의 지구를 마음속에 그리는 사람들은 자신들이 가진 모든 과학, 상상력, 힘 그리고 정치적 기교를 거주하는 사람들인 세계의 원주민과 농민을 지지하는 일에 사용하는 것 말고는 다른 선택이 없습니다. 그들과 공동의 대의를 나누면서 우리는 '재거주자'가 됩니다. 그리고 우리는 '옛 방식들'을 조금 배우기 시작하지요. 옛 방식들은 역사의 바깥에 있으며, 영원히 새로운 것입니다.

투과(透過)하는 세계

기어가기

　다 자란 짙은 붉은색의 단단한 맨자니타 나무들 속에서 길을 찾으면서 나는 능선을 따라 조금씩 앞으로 가고 있었습니다. 길을 고르며 활기차게 나아가고 있었지요. 땅 위를 기고 있었습니다.

　하이킹도, 한가로운 산책도, 어슬렁거리며 돌아다니는 것도 아니었습니다. 확고하게 결의에 차서 숲속을 '기어가고' 있었던 겁니다. 야생지로 소풍을 나간다 하면 우리는 보통 몸을 똑바로 세우고 걷는 운동을 마음속에 그리기 십상입니다. 광활한 고산지대를, 혹은 장대

* 「열린 공간에서 살기」(1991)와 「기어가기」(1992)는 각기 유바 유역 관리소의 소식지 『세 고리들』(Three Rings) 2, 3호에 실렸다.

한 쑥밭지대를, 혹은 고색창연한 소나무 숲 아래 어둑한 곳에 사는 식물군을 지나 성큼성큼 걸어가고 있다고 상상하게 마련이지요.

그러나 20세기 후반 씨에라네바다의 중고도(中高度)지대 숲속을 몸을 똑바로 세우고 걷는다는 것은 말처럼 쉬운 일이 아닙니다. 그곳은 늘 많은 구역이 화재나 벌목으로부터 회복해가는 상태에 있지요. 씨에라네바다의 화재 역사를 보면 그곳에는 언제나 맨자니타 지대가 여기저기 있었음을 말해줍니다. 그래서 사람들은 오래전 벌목한 나무를 나르기 위해 닦아놓은 도로나, 혹은 좁은 산길 정도에서 머무는 경향이 있지요. 그것이 바로 사람들이 숲을 경험하는 방식입니다. 그래서 드넓은 맨자니타 숲과 털갈매나무 숲, 혹은 땅 위를 솔처럼 덮고 있는 지표층 식물과 숲의 지하층 식물은 야성의 평온 속에 잠겨 있습니다.

내가 숲속을 기어간 때는 12월 하순이었습니다. 하늘은 맑고 태양은 빛났지만 기온은 영하 언저리였습니다. 여기저기 녹지 않은 눈이 남아 있었습니다. 우리들 몇 사람이 산길을 나선 것은 '이니밈 지역 사회 산림'의 '곰나무 구획'(6번 구획)의 네 모퉁이와 경계선을 찾기 위해서였습니다. 퇴직한 토지관리국의 임정관(林政官)이 함께 갔습니다. 그 사람은 전에 여러 해를 그곳에서 일했기 때문에 그 땅을 측량 조사했던 일을 기억하고 있었습니다. 숲길에서 이탈할 도리는 없었으니 그저 뛰어드는 수밖에 없었습니다. 버석거리는 맨자니타 잎으로 뒤덮인 땅 위에 엎드려 두 손과 두 발로 나무들 사이를 이리저리 기어가야 했습니다. 작업용 가죽장갑, 꽉 끼는 모자, 소매가 긴 데님 작업복 윗도리, 유서 깊은 필슨사(社) 제품인 두꺼운 산림벌채용 바지는 숲에서 기는 사람의 외출복으로는 제격이지요. 능선을 따라 얼마쯤 가다가 관목이 솔처럼 덮여 있는 가파른 비탈길 바닥에 배를 대고 눈과 나뭇잎 위를 수달처럼 미끄러져 내려갔습니다. 그러다 보면 우리 몸은 그런 일에 아주 유연하게 대처하지요. 벌채된 후 밑동만 남은 나무 그루터기가 울창한 맨자니타에 둘러싸여 있는 것이 보였습니다. 또 오래된 이리나무의 진이 흐르는 아직도 단단한 굵은 가지들, 단단한 원뿔형의 나뭇가지들, 잡풀이 무성하게 자란 벌채 반출용 도로, 밑동이 4피트나 되는 버려진 통나무, 거미집처럼 얼기설기 그물을 이루고 있는 오래된 크고 작은 나뭇가지들, 그리고 주기적으로 상품인 양 나타나는 곰의 배설물이 보였습니다. 눈 속에 얼굴을 박고 있던 나는 곰이 남긴 많은 흔적 가운데 최초의 것을 우연히 만나게 된 것입니다.

나중에 우리 대원 중 한 사람이 "곰나무다!" 하고 뒤를 돌아다보며 우리에게 소리쳤습니다. 거대한 늙은 소나무에 구멍이 나 있었습니다. 그것은 소나무가 불로 상처를 입은 후 벌어진 것이었지요. 나무 껍질에 곰이 할퀸 자국이 나 있으니 분명 갈색곰의 집이었습니다. 우리의 이웃인 곰, 사슴, 너구리, 여우가 가는 곳에 가려면 우리는 기쁜 마음으로 기어야 합니다.

그래서 우리는 사람과(科) 동물로서의 긍지를 털어버리고 길에서 벗어나 곧장 숲으로 들어가 숲속의 지형과 동물들을 발견하는 기쁨을 배우기 시작했습니다. 사실 길이 없는 것은 아니지요. 왜냐하면 그곳에는 자신들만의 논리를 가진 동물들의 작은 흔적들로 이루어진 하나의 세계가 있기 때문입니다. 몸을 엎드려, 재빨리 기어가고, 나무가 없는 공간을 발견하면 몸을 일으켜 몇 미터쯤 걷고, 그런 다음 다시 몸을 엎드립니다. 그런 재주를 부릴 수 있는 비결은 서 있음에 집착하지 않는 것이지요. 땅 위에서 몸을 편히 하고, 네발짐승이 되며, 혹은 필요하다면 뱀이 되어보시지요. 어린 자작나무에 맺힌 찬 이슬을 당신의 얼굴로 털어내보시고요. 손 밑에서 부서지는 부식토에서는 썩은 잎사귀 곰팡이와 균사(菌絲)의 미묘한 향이 올라옵니다. 또 반쯤 묻힌 어린 나무줄기가 모습을 드러내고 있습니다. 기어갈 때 우리는 가을 버섯의 냄새를 맡을 수 있습니다.

기어가는 행위를 좀더 확대할 수 있지 않을까 하고 공상하기 시작했습니다. 우리는 '파워 포복 워크숍'을 열어볼 수도 있겠죠! 자부심에서 차서 하는 말이에요—농담이 아닙니다. 아내 캐럴은 "중요한 교훈을 배웠어요. 우리가 기쁜 마음으로 기어간다면 목표에 도달할 수 있다는 걸요!"라고 말했습니다.

그게 노상 쉬운 일은 아니죠. 또 숲에서는 길을 잃어버릴 수도 있습니다. 작년 겨울 우리는 유바 조지 계곡 바로 위의 한 지점에서 긴 오르막 크로스컨트리를 했습니다. 그때 우리는 얼마 지나지 않아 만만찮은 기어가기를 하지 않으면 안되었지요. 우리는 갈수록 울창해지는 고목의 맨자니타 숲으로 들어가게 되었고, 아주 낮게 늘어진 나뭇가지 밑을 지나가기 위해 게릴라 부대 스타일의 도마뱀 기어가기를 해야 했습니다. 그러자 나타난 곳은 이상하고 낯선 능선이었고, 도대체 우리가 어디에 있는지 알 수가 없었습니다. 우리는 수백 미터를 허둥대며 달려갔습니다. 그러다 아주 크고 전체가 싱싱하고 벌레먹은 흔적이 전혀 없는 '망사버섯'을 발견했는데 그것은 정말 모든 망사버섯 중 으뜸이었습니다. 우리는 그것을 작은 배낭에 넣었습니다. 좀 떨어진 곳에 맨자니타가 없는 빈터가 나타났고, 우리는 바로 그곳으로 갔습니다! 우리는 힌두교 요가 캠프의 끝머리에 있는 토지관리국 땅에 반쯤 짓다 만 오래된 오두막 아래의 골짜기에 있었습니다. 우리는 곧 길을 발견했고, 그 길을 따라 집으로 갈 수 있었습니다. 그동안 관목 속을 헤치고 가는 의기양양한 탐험이 한차례 더 있었지요.

우리 주위에서 광활하게 펼쳐진 공간이 줄어들면 우리는 관목림 지역과 그곳에 사는 작은 거미, 뱀, 진드기, 작은 갈색의 새, 도마뱀, 숲 쥐, 버섯, 옻나무 덩굴의 매력을 클로즈업해서 발견해야 합니다. 짐승의 작은 배설물과 아주 조그만 자취가 있는 이 세계, 누구나 만나고 누릴 수 있는 것이 아닙니다. 하지만 모험을 사랑하는 담대한 사람들에게 나는 장갑을 끼고 재킷을 입고 모자를 쓰고 밖으로 나가 '캘리포니아를 탐구하라'고 말하겠습니다.

열린 공간에서 살기

사람은 한 장소에서 일종의 방문자로 살기로 마음먹을 수도, 혹은 주민이 되고자 할 수도 있습니다. 우리 가족은 일찍이 이곳에 살기로 결정했습니다. 씨에라네바다의 중고도 숲지대인 이곳에 될 수 있는 한 완전하게 머물기로 한 것이지요. 이런 용감한 시도를 뒷받침해준 것은 넉넉지 않은 재산과 약간의 대책없는 허세였습니다. 우리는 질박함이야말로 아름다움이라고 생각했습니다. 또 우리에게는 나름의 터무니없는 생태윤리의식도 있었습니다. 그러나 필요가 선생님이 되어 마침내 우리에게 어떻게 자연공동체의 일부로 살 것인가를 가르쳐주었습니다.

그것은 방충망, 담장, 혹은 개를 어떻게 생각하는가 하는 문제까지 관련됩니다. 보통 우리는 방충망이나 담장이나 개들을 이용해 자연을 접근하지 못하게 하지요. '자연을 접근하지 못하게 하다'라는 말은 독수리와 곰을 가까이 오지 못하게 한다는 말로 들리지만, 그보다는 목수개미와 흰발생쥐를 오지 못하게 하는 경우가 더 빈번하지요. 우리는 참나무와 소나무 지대에 마련한 집에서 침투하는 삶, 투과하는 삶을 살았습니다. 우리 집 건물들은 기나긴 씨에라네바다의 여름 동안 완전히 열려 있습니다. 나나니벌들은 집에서 연못 가장자리까지 지칠 줄 모르는 작은 시멘트 트럭처럼 들락날락하면서 서까래 위에다, 틈새에다, 그리고 만약 조심하지 않으면 라이플총의 총구멍에다, 그리고 등짐에 달고 다니는 소화용(消火用) 펌프 대통에다 자신들의 먹이를 쏟아붓습니다. 그 녀석들은 그렇게 하면서 작은 흙덩이를 질질 흘리고 다닙니다. 전혀 큰 골칫거리가 아닌 모기들에게 집은 그냥 어스름을 즐길 수 있는 또 하나의 장소일 뿐입니다. 밤이면 박쥐들이 방 안으로 돌진해들어와 천장에 달린 창으로 들락날락하다가 바로 우리의 뺨을 지나 단숨에 내려와서는 열려 있는 미닫이문으로 나갑니다. 캄캄한 밤이면 사슴들이 사과나무 잎사귀를 뜯어먹는 소리를 들을 수 있습니다. 새벽에는 야생 칠면조들이 우리가 잠들어 있는 침대에서 불과 몇 미터 떨어진 곳을 어슬렁거리며 배회하기도 하지요.

그걸 위해 우리가 별도로 해야 하는 일이란 식료품실에 있는 음식을 모두 항아리나 쥐가 들어갈 수 없는 그릇에 집어넣는 것뿐입니다. 겨울 침구는 쥐가 쏠지 못하는 큰 궤짝에 집어넣습니다. 그러면 땅다람쥐들은 식탁 위에 놓인 방금 따온 과일을 먹으려고 곧장 집 안으로 들어옵니다. 사슴은 별채로 들어와 우리가 잊어버리고 먹지 않은 샐러드를 조금씩 먹습니다. 벌이 달려드는 상황에서 닭고기 한 점을 들어올려 입에 넣으려면 우리가 낙관적이고 안정된 상태여야 합니다. 늦여름에는 종종 말벌들이 우리의 일거수일투족을 지켜보는 가운데 음식을 만들고 음식을 먹어야 합니다. 이런 일 때문에 우리는 화가 날 때도 있습니다. 하지만 우리가 장수말벌과 벌들을 마구 후려치거나 하지만 않는다면 우리와 그들 사이에는 일종의 휴전협정이 이루어지지요.

사실 집밖의 별채에서 생활하고 음식을 만들고 하다보면 이따금 벌레에 물립니다. 그것은 투과하는 세계에 살면서 지불하는 하나의 댓가입니다. 그러나 그런 일이 일어나는 것은 최악의 경우입니다. 작은 샛길을 걸어갈 때면 방울뱀에 물리거나 옻나무로부터 쌀쌀맞은 대접을 받는 일은 자주는 아니지만 언제나 가능하지요. 하지만 절반쯤 열어놓고 사는 생활에 익숙해지면 숲 생활의 대단한 즐거움을 누릴 수 있습니다.

그것은 또한 자연보호의 한 형식이기도 합니다. 숲 가장자리나 국유림 내부의 사유지에 점점 더 많은 사람들이 거주하러 오는데 그들은 자신들이 이 새로우면서 동시에 오래된 거주환경을 어떻게 바꾸게 될 것인지에 대해 깊이 생각할 필요가 있습니다. 땅 위에 거주할 인구가 얼마나 되어야 적정한가는 한 가정에 몇 에이커의 땅이 필요한가를 말하는 것처럼 산단히 결정할 수 있는 문제가 아닙니다. 그러한 계획은 지금 당장 반드시 세워야 합니다. 그리고 나는 전적으로 찬성합니다. 우리는 가정의 문화적 실천 하나하나가 커다란 차이를 만들 수 있음을 기억해야 합니다.

꼭 필요한 도로는 깊이 생각해서 온당한 폭으로 이따금 소방차가 진입할 수 있게 만들어야 합니다. 화재예방을 위한답시고 차도를 지나치게 넓게 만들기보다는 숲 안쪽 나무들을 솎아내 갓길을 잘 정비해야 합니다. 도로가 좀 울퉁불퉁하면 자동차 속도를 늦추게 될 것이고, 그건 그렇게 나쁘지 않은 일이지요. 만약 울타리가 아예 없거나 거의 없다시피 하면, 만약 사람들이 목초지나 과수원에 물을 대기 위해 우물에서 너무 심하게 물을 퍼 올리지만 않는다면, 만약 개의 숫자를 적정선에서 억제한다면, 집의 단열설비가 잘되어 겨울에도 실내 온도를 화씨 60도 정도로 유지할 수 있다면, 야생으로 돌아간 고양이를 집에서 받아들이지 않는다면, 소나 말 같은 가축이 이따금 잘못을 저질러도 너그럽게 대할 수 있다면, 그럴 수만 있다면 우리는 숲의 생태계를 교란할 만한 영향을 주지 않을 것입니다. 하지만 만약 벌레나 코요테를 미워하는 사람이 너무 많고, 사슴의 출몰에 끝없이 짜증을 내고, 곰과 퓨마가 나타나는 것에 대해 신경과민이 되는 사람들이 많으면, 우리의 이웃은 가버립니다.

장작을 소량으로 가져가고, 판재용으로 일부러 고른 원목을 켜고, 사이다를 만들기 위해 맨자니타 열매를 따고, 바구니 만들 재료를 얻으려 박태기나뭇과 식물을 찾아다니고, 그밖에 숲이 품고 있는 섬세한 경제적 효용성을 조금 추구하는 것은 얼마든지 가능하고 또 바람직합니다. 어린 묘목들을 솎아내고, 큰 나무 아래에서 자라는 관목을 제거하고, 이따금 처방화입(處方火入, 숲을 정비하기 위한 계획적 방화—옮긴이)을 할 때 우리는 숲이 올바른 길로 나아가는 걸 돕는 것입니다. 우리는 앞으로 야생적인 것과 문화적인 것의 이분법을 넘어서는 방법을 찾아내야 합니다. 코요테와 스크리치 부엉이 때문에 밤은 마법의 세계가 됩니다. 목재를 운반하는 트럭이 내는 경적은 이른 아침에 우리의 잠을 깨우는 소리이지요.

침투성, 투과성은 쌍방향으로 작용합니다. 우리가 조그만 짜증과 불안을 버린다면 우리는 새로운 눈과 귀를 가지고 숲을 지나갈 수 있습니다. 어쩌면 이것이 '사물이 서로 부딪치지 않고 서로의 사이로 움직인다'고 말하는 불교의 위대한 상호의존성의 철학이 의미하는 바일 것입니다.

도서관 안의 숲

헌정식이 갖는 오랜 전통과 본래의 정신에 입각해서, 그리고 빌딩의 생명에 경의를 표하기 위해서, 나는 이곳에 있는, 아예 보이지 않는 것은 아니고 그저 드물게만 보이는 많은 영적 존재들을 환기하고자 합니다. 우리가 이 건물을 지은 것에 대해 그들이 선의를 가지기를 바랍니다.

지금 우리는 정확히 파트윈(Patwin)족[1]의 푸타-토이 마을의 영토 위에 있습니다. 넓고 안정된 풍요로운 공동체였던 파트윈족의 기억은 수천년 전으로 거슬러 올라갑니다. 캘리포니아 원주민의 보호정

<hr />

* 이 글은 1990년 10월 데이비스 소재 캘리포니아대학교의 실즈 라이브러리(Shields Library)에 잇대어 새로 지은 서관(西館) 개관 기념식을 위해 준비한 인삿말이다.
1. 캘리포니아 북부 쌔크라멘토 강 유역에 사는 아메리카 원주민.

신, 민간전승과 그것을 보존하는 전통의식에 대한 그들의 사랑은 이 건물을 환영하며 이 건물이 장구하고 유용한 생명을 누리기를 바랄 것이라고 믿습니다. 앞서 말한 그들보다 더 오래된 존재들——계곡의 떡갈나무들과, 특히 최근의 변화로 곤혹스러워할 도서관 안뜰의 우람한 떡갈나무, 스프라울 홀(Sproul Hall) 꼭대기 위로 비상하는 스윈슨매들, 굴을 파는 올빼미, 우선 지금의 상태로 축소된 푸타 개울(Putah Creek)[2]——까지도 대학교와 도서관을 세우려는 인간의 노력에 도움의 손길을 내밀어주기를 바랄 뿐입니다. 도서관 확장에 따라 희생된 나무들은 앞으로 우리 인간이 훌륭한 일을 함으로써 자신들이 결국 좋은 일을 했다는 것이 입증되기를 바랄 것입니다. 우리는 이 대규모 사업이 유역과, 올빼미와, 나무와, 그리고 인간의 행복에도 이바지하기를 경건히 기대하는 바입니다.

새로 지은 이 서관(西館) 자체로 말할 것 같으면 그것은 현장타설 방식의 우아한 콘크리트의 구조물입니다. 말하자면 이 건축물은 물에 씻긴 자갈들의 변형이며, 강바닥을 직립으로 세운 것이라고 할 수 있겠습니다. 건축가들은 내게 이 건물은 사실상 스타니슬라우스 강 유역의 옛날 강바닥으로 만든 것이나 다름없다고 말했습니다. 강은 이렇게 해서 이곳을 방문한 것입니다. 우리는 이 건물에 모인 다양한 요소들을 서로에게 소개시켜 서로를 축복하도록 하고 있는 것입니다.

---

2. 데이비스 소재 캘리포니아대학교의 서쪽에 있으며 베리에사 호수를 원류로 캠퍼스 남쪽으로 흐르는 개울.

이 일은 또한 세기말이자 천년을 마감하는 캘리포니아에서 우리가 그 시간보다 훨씬 더 기다란 연계망 속에 있음을 확인하는 자리이기도 합니다. 동쪽으로는 유럽과 아프리카에 역사적 연결고리를 갖고 있고, 서쪽으로는 생태학적이며 또한 경제적인 시각에서 폴리네시아와 아시아를 바라봅니다. 남쪽으로는 라틴아메리카와 역사적·문화적 관계를 맺고 있습니다. 태평양 연안을 따라 형성된 철새 이동 경로는 캐나다 기러기와 고방오리를 먼 북쪽 지방에 있는 그들의 보금자리로부터 바로 이 대학교 캠퍼스 너머에 있는 늪지로 데려옵니다. 이 거대한 연관의 총체는 우리의 일상생활 곳곳에 존재하며, 학생들의 코스모폴리턴적 구성과 대학에서 연구하는 학문의 다양성에도 그대로 반영됩니다. 우리가 마음속으로 소중히 여기는 캘리포니아 풍경의 본래 특성인 고대성과 활력을 동시에 경축할 때도 이 모든 것은 환영받아야 합니다.

우리는 수많은 힘들의 교차 속에서 살아가는데, 특히 도서관의 경우 불러내야 할 또 하나의 힘이 있습니다. 그것은 서구의 인본주의적이며 과학적인 지적 전통입니다. 긴 세월 속에서 스스로를 지속해 탁월한 능력을 입증해온 그 전통 말입니다. 그 지속성의 핵심에 있는 것이 도서관이라는 공공기관입니다. 기원전 그리스의 지리학자 스트라보(Strabo)는 "최초로 장서(藏書)를 보유한 사람은 아리스토텔레스다"라고 말했지만, 사실 헬레니즘 시대의 그리스에는 수백개의 우수한 개인 도서관이 있었습니다. 아리스토텔레스의 개인 장서의 일부가 공공단체 도서관의 기초 서적이 되었으며, 도서관은 곧 고전문명의 특징이 되었습니다. 물론 그보다 훨씬 더 오래된 도서관도 있었습니다. 좀더 넓은 의미에서 보면 전세계에 걸쳐 존재하는 모든 문화는 문자가 있건 없건 문학과 민간전승을 보존하는 기록보관소를 가지고 있었습니다.

불가에 둘러앉아 노인들이 젊은이들에게 이야기를 들려주던 것이 최초로 가르침이 이루어지던 상황이었을 겁니다. 우리가 텔레비전에 매혹되는 것은 깜박거리던 불빛에 대한 향수일지도 모릅니다. 나의 조부모님은 우리가 잠들기 전에 모닥불 둘레에 앉아 이야기를 해주지 않았습니다. 그분들의 집에는 대신 석유로 불을 지피는 화덕이 있었고 조그만 장서가 있었습니다. 나는 그분들의 작은 도서관으로 들어가 마음껏 책을 읽었습니다. 거대하고 오랜 역사를 지닌 서양문화에서 우리를 가르치는 어른은 바로 책입니다. 책은 우리의 조부모님입니다! 도서관에는 우리가 가면 언제나 만날 수 있고 유용한, 그리고 요구가 많고 친절한 어른들이 있습니다. 나는 뉴스페인[3]의 인디언들을 옹호한 바르똘로메 데 라스 까싸스(Bartolomé de las Casas)[4]나 암스테르담의 전통에 도전해 철학자가 된 스피노자(B. Spinoza)[5] 같은 인물을 생각하는 걸 좋아합니다. 산림노동자로 돌아다니며 일하던 시절 나는 도서관을 특히 잘 활용했지요. 그곳은 따뜻했고 밤늦은 시각에도 문을 열어놓고 있었습니다.

저장과 축적, 민간전승과 정보의 보존은 아주 자연스러운 일입니다. 어떤 동물고고학자가 모하베 사막에서 산더미처럼 쌓인 숲쥐의

---

3. 멕시코, 파나마 이북의 중미 및 미국 남서부 등 16~19세기까지 스페인령이던 지역을 가리킨다.
4. 1474~1566. 스페인의 선교사이자 역사가. 아메리카 인디언의 노예화를 반대했다.
5. 1632~77. 네덜란드의 철학자. 범신론의 대표적 사상가.

보금자리를 발굴했습니다. 그곳에는 숲쥐들이 모아놓은 작은 보물들이 빼곡하게 쌓여 있었는데 1만2천년이나 된 것이었습니다. 그에 비하면 우리 인간은 정말이지 그저 초보자일 뿐입니다.

그런 생각을 하다가 나와 내 친구인 영문학과의 잭 힉스(Jack Hicks) 교수는 대학을 하나의 자연계로 볼 수도 있지 않을까, 그렇다면 그 정보의 유통은 어떤 모습일까에 대해 이야기를 나눈 적이 있습니다. 올해가 숲에 대한 의식(意識)의 해였기에[6] 우리는 대학과 숲 사이의 유서깊은 연관을 떠올렸습니다. 중국에서도 한림원(翰林院) 같은 학회를 '숲〔林〕'으로 부르지요.

우리는 현대 교육기관의 정보망이 빌딩의 주거환경까지도 포함하는 일련의 에너지 흐름을 가지며, 정보사슬의 일차 노동자인 대학원생과 학부생 들이 축적한 데이터에 의해 연료를 공급받는다는 생각을 했습니다. 어떤 이들은 기초적인 광합성자인 풀밭처럼 푸르며 아무도 손대지 않은 새로운 자료를 뜯어먹습니다. 어떤 이들은 퇴적물의 순환 속으로 들어가 과거가 지상에 남긴 과학과 철학과 문학이라는 거대한 목재더미 속에 구멍을 파며, 나아가 해체 능력을 가진 균류(菌類)의 그물로 그것을 부숴버리고, 그런 다음 그것을 다시 먹을 수 있는 형태로 전환합니다. 정보의 숲의 밑바닥에 있는 이 사람들이야말로 가장 힘든 일을 하는 일꾼들입니다. 그들은 머리 위를 흘러가는 매 같은 형상의 그림자에도 이따금 깜짝깜짝 놀라지요.

수집된 양분은 '파피루스의 장소'인 '비블리오테크'(bibliotek), 또

---

6. 많은 활동가들이 1990년 여름을 '미국삼나무의 여름'이라고 칭하고 캘리포니아와 오레곤에서 미국삼나무 벌채 반대운동을 폈다.

는 '나무껍질의 장소'인 '라이브러리'에 저장됩니다. 이렇게 부르는 것은 라틴어로 나무껍질(bark)과 책(book)이 같은 말이기 때문인데, 이는 지중해 지방에서 글을 쓸 때 사용한 최초의 식물섬유에 대한 기억이 반영된 것입니다.

장난스러운 생태학적 유추(類推)를 조금만 더 해보겠습니다. 일차 노동자들의 학위논문과 실험보고서와 학생논문들은 어떤 의미에서는 상위 연구자들의 먹잇감이 되지요. 상위 연구자들은 그것들을 먹어치우고 결론과 이론으로 응축한다고 말할 수 있겠습니다. 새로운 연구가 차례차례 정보사슬을 통해 정상에 있는 사상가들에게 전해 올려지면 그들은 그것들을 소화해 통합이론이나 새로운 패러다임을 만들어 내놓게 되겠지요. 정보사슬의 하위수준에서 응집된 정보를 바탕으로 구축된 최종 텍스트들을 사람들은 대학-숲의 고귀한 군주로 우러러볼 것입니다. 그런 거물들 또한 때가 되면 무릎을 꿇고 숲의 바닥으로 돌아가야 합니다.

"모든 정보사슬의 정점에는 무엇이 있는가?"라는 질문을 받을 때 우리는 그것은 예술가와 작가 들이라고 대답할 수 있겠습니다. 그들이야말로 가장 무자비하고 유능한 정보약탈자들이기 때문이지요. 그들은 경쾌하고 여기저기 넘나듭니다. 또 모는 문야의 성상을 난슴에 탈취해 그들이 최고라고 생각하는 것을 소설, 신화, 농밀하고 심오한 에쎄이, 시각예술 및 기타 예술, 또는 시로 전환해냅니다. 그렇다면 예술가와 작가 들을 먹는 사람은? 궁극적으로 그들은 초보자인 학생들입니다. 학생들이야말로 예술가와 작가 들을 재생시킨다는 것이 대답이겠습니다. 결국 예술가와 작가 들이 가는 곳은 그곳이고, 거기서 그들은 학생들 사이에서 기쁘게 여기저기 돌려지며 조금씩 물어뜯기지요.

도서관 지체는 이 고대의 숲의 심장입니다. 그러나 캘리포니아대학교의 전 총장 로버트 고든 스프라울(Robert Godon Sproul)이 1930년 그 유명한 연설에서 말한 것처럼 도서관은 그저 도서나 정보의 단순 수집만으로는 유용성이 없을 것입니다. 도서관을 유용한 것으로 만드는 것은 축적된 정보 중 아주 작은 것 하나라도 신속하게 찾아내어 한 사람에게 제공할 수 있는 조직이며 지적 체계입니다.

그 모든 것 배후에 있는 것이 언어입니다. 전에 다른 곳에서도 쓴바 있지만 언어는 우리 삶의 필요성 및 신경과 공진화(共進化)해온 심신(心身) 체계입니다. 상상력과 육신처럼 언어도 자발적으로 생성됩니다. 언어는 우리의 이성적이고 지적인 능력을 교묘히 빠져나가는 복잡성이 있습니다. 그렇지만 어린아이는 일찍 모국어를 배우고 여섯살이 되면 실질적으로 모국어에 능숙해집니다. 의식적인 방책을 만들지 않아도 우리는 끊임없이 야생이라는 무의식의 심연 속에서 광대한 언어의 보고에 도달합니다. 우리는 개체로서나 심지어는 하나의 종(種)으로서도 그런 능력을 자신의 공로로 삼을 수 없습니다. 그것은 어떤 다른 데에서, 말하자면 구름이 나뉘고 섞이는 것에서, 국화 한송이가 수많은 작은 꽃으로 나뉘고 다시 나뉘는 것에서 오는 것입니다.

하지만 내부로부터 오는 모든 새로움과 질서, 우리의 생래적인 지적 기초구조를 인정할수록 우리에게 고등교육기관들을 만들어준 그 경이로운 '계획성'에 대해 더 큰 존경을 보내야 할 것입니다. 고등교육기관에서 도서관은 비교적 제대로 평가받지 못한 구조이며 그런 점에서 언어와 다르지 않습니다. 조직의 세련화가 도서관을 가동시킵니다. 자연언어가 가진 풍부한 구문(構文)처럼 그것은 거의 우리의 이해를 초월합니다. 많은 사람들에게 그것은 신비로움에 가까우며, 공물이 없다면 적어도 감사의 마음이라도 바칠 것을 요구합니다. 그래서 나는 오늘 이 훌륭한 도서관과 더불어 우리를 이 자리에 모이게 한 행운에 대해 모두가 느끼는 감사를 표현하는 바입니다. 세계의 위대한 지적 문화활동에 공헌하게 될 새로 확장된 훌륭한 건물을 경하합니다. 인간의 자기인식을 위한 오래되고 새로운, 기획의 새로운 시작, 새로운 한걸음을 축복합니다.

호랑이 새끼들에게 주는 간곡한 말

냉전의 종말과 '자연의 종말'

지금 우리는 북쪽으로 흐르는 윌라메트 강의 동쪽으로 조금 높은 언덕 위, 샘물에서 발원한 작고 무척 차가운 시냇물이 내려다보이는 곳에 있습니다. 사람들은 윌라메트 강가를 따라 수천년 동안 살아왔습니다. 리드대학의 건물들이 들어서는 것을 처음부터 목격한 더글러스전나무 중 일부가 지금 이곳을 지켜보고 있습니다. 그 전나무들은 한때 동태평양 연안, 즉 이 대륙의 서쪽 기슭을 뒤덮은 울창한 침엽수림의 직계 후손입니다. 그 나무들이 수백만년에 걸쳐 여기에서 경험한 것은 일종의 '정보의 정화(淨化)'에 이르렀을 거라고 생각합니다. 어쩌면 그 나무들은 모두 한곳에 붙박이로 머무는 전문가로서 '영구 서식지학(學) 박사들'일지도 모릅니다. 그에 비하면 우리는 일

---

* 1991년 5월 나는 리드대학교 졸업식장에 초청받아 강연을 했다. 그 학교를 졸업한 지 꼭 40년 만이었다.

시적으로 그들을 밀어낸 보잘것없는 방목자요 떠돌이입니다. 그러나 우리 또한 이 대륙의 사람들이 되어가고 있습니다. 이 대륙이 받아들이는 한은요. 그러므로 이 훌륭한 대학을 지지하고 있는 토지와 나무와 물에게, 그리고 윌라메트 계곡 아래에서 수백 세대를 산 세련되고 자족적이었던 아메리카 원주민을 기억하며 경의를 표하고자 합니다.

이 세대, 여러분의 세대, 여러분의 5년지기 동료들은 역사적으로 정말 중요한 시기에 '개막' —— 진출의 시작을 맞이하고 있습니다. 최근의 역사를 통해 우리는 두 가지 난제에 직면하게 됐습니다. 하나는 냉전의 종언이고 다른 하나는 자연의 종말입니다. 전자는 용기와 관대함을 가지고 접근해야 할 것이며, 후자는 내가 '이종간(異種間) 성애론(性愛論)'이라고 부르는 것을 가지고 접근해야 합니다.

냉전의 종식. 인류는 1백년에 걸쳐 여러 형태의 혁명적 사회주의와 자유시장 자본주의 간의 이데올로기적 갈등에 휘말려 왔습니다. 정치적으로도 격렬하고 적의에 찬 대치상태를 지속했지요. 그렇지만 양 진영의 열광적 주창자들의 가슴속에서 그 적대관계는 완전히 흑백으로 귀결되지는 않았습니다. 양심적인 경제계의 선도자들은 언제나 자본주의 체제의 결함과 모순을 인식해왔고, 수많은 사회주의자들은 그들 자신의 '현실사회주의' 안에 내재하는 과도한 중앙집권과 관료주의, 그리고 전체주의를 보고 우려했습니다. 이 둘은 언제나 불완전했고, 상대방을 배경에 둘 때만 희망이 보였지요. 그러나 그 대결에서 '자본주의'가 승리한 듯 보입니다. 그리하여 지금 이 지상에는 단 하나의 초강대국인 미국이 있습니다.

미국의 일부 지도자들은 솔깃해서 이런 상황을 '하나의 세계 강국이 지배하는 하나의 세계', 완전한 헤게모니를 가진 21세기의 완벽한 로마제국을 구축할 기회로 보고 싶어합니다. 그것은 '팍스 아메리카나'의 필요성을 합리화하면서 세상에 등장할 것입니다. 이 무슨 악몽이란 말입니까. 미국이 특별히 사악해서가 아니라 하나의 세계 강국이란 '절대로 있어서는 안되기' 때문입니다. 사회에 다양한 인간이 필요하고, 숲에 생물학적 다양성이 필요한 만큼 이 지구에도 다양한 국가가 필요합니다. 그러므로 첫번째 난제는 누가, 무엇이 세계를 일종의 자원탈취의 경쟁과 생태적 파괴로 끌고갈 지금의 경제성장과 소비주의, 그리고 하찮은 경쟁적 민족주의의 확대를 비판할 것이냐 하는 문제입니다. 그러한 상황으로의 돌진은 어떤 재담가가 말했듯이 '단명한 미국을 위한 에너지'와 '고갈을 통해 얻은 힘'과 같은 결과를 초래할 것입니다.

수십년 동안 사회주의자들은 이론상의 경제적 정의를 강조하면서 자본주의의 일견 무자비하고 무분별한 역동성을 비판했습니다. 이제 그런 비판은 '자유세계' 내부에서 나와야 합니다. 혹은 이전의 소련권을 재편성하는 과정에서 후기 맑스주의가 창조적으로 재구축하는 사회주의적 실천에서 나와야 할 것입니다. 자본주의 세계는 이제 그 적대자가 없어졌으므로 자신의 양식을 다시 발견해야 합니다. 미국에 사는 미국인, 일본인, 서유럽인은 비즈니스와 시장과 이윤을 뛰어넘어 사회적이고 생태적인 입장을 추구해야 합니다. 그렇지 않다면 불교에서 말하는 영원한 아귀(餓鬼), 그러니까 엄청나게 큰 배와 만족할 줄 모르는 식욕을 가지고 있는데, 입은 너무나 작아서 언제나 배고파하는 귀신이 될 위험을 무릅써야 합니다.

　이제 여러분은 시장과 직업의 세계로 들어갈 것입니다. 그리고 여러분은 여기 미국에서 새로운 철학과 권력을 추구하고 실천하도록 요청받을 것입니다. 여러분의 새로운 견해와 실천이 궁극적으로 어떤 가치 위에 서 있을지는 추측하기 어렵습니다. 합리적이고 장기적 관점에서 이루어지는 사리 추구는 막 출발하는 자에게 그다지 나쁘지는 않을 것입니다. 장기적 관점에서 이루어지는 사리의 추구는 가령 오늘 숲을 벌채하면 미래에 일자리를 창출하지 못한다는 점을 깨달게 해줄 것입니다.

　유대 기독교 전통에 뿌리박은 인권의 강조, 불교에서 말하는 모든 생명에 대한 관심, 그리고 근대 일본의 성공이 크게 빚지고 있는 유교의 깊은 연민의 정치적 지혜는 새로운 철학과 실천에 이바지할 것입니다. 거의 3백년의 역사를 가진 유럽 사회주의와 공동체 사상과 사색도 여전히 교훈과 가능성을 제공할 것입니다. 나 자신은 아직도 생태지역의 관점에서 지워져 있는 일종의 무정부주의적 조합주의 노동집단에 공감하고 있습니다. '용기'와 '관대함'은 국가가 아니라 사회에 이바지하고자 하는 사회적 가치의 실천에서 가장 중요한 말입니다. 용기가 중요한 말인 것은 쌔뮤얼 존슨(Samuel Johnson)이 말했듯이 다른 가치는 그 어느 것도 용기 없이는 실천될 수 없기 때문이지요. 관대함은 세계가 무엇을 착취하거나 지배하지 않고 자신의 길을 가도록 해주기 때문에 중요한 것입니다. 선(禪)의 한 경구는 이에 대한 접근으로, 일종의 우아하고 무장하지 않은 대담함을 제안합니다.

어둠 속을 걸어라
가장 좋은 옷을 입고.

두번째 문제이며 앞의 문제와 연관된 것이 '자연의 종말'인데, 이
말은 빌 매키븐(Bill McKibben)이 지구온난화에 대해 쓴 책 제목에
서 빌려왔습니다. '자연의 종말'은 문자 그대로 물리적 자연의 종말을
의미하는 것은 아닙니다. 그것은 우리가 그동안 자연을 바라본 방식
의 종말, 봉건제든 중상주의든 사회주의든 자본주의든 지난 5백년 동
안의 서양문화를 위한 자연을 이용한 '건설'의 종말을 의미합니다.

나에게 이것은 자연계를 당연한 것으로 받아들이는 태도의 종말
을, 자연계를 일종의 철물점과 저목장(貯木場)처럼 최대한 사용되고
착취될 것으로, 말하자면 그 자체의 본질적 가치를 갖지 않은 영역
으로 취급하는 것의 종말을 의미합니다. 생명의 상호관련성과 에너
지가 이 지구의 생명체계 사이를 흐르는 놀라운 방식을 이해하는 과
정에서, 우리는 어쩌면 종(種)의 우월성에 대한 검증되지 않은 인간
의 가설과 그에 동반하는 모든 파괴행위를 그만둘 때가 왔음을 인식
하게 될지도 모릅니다. 우리는 우리가 인간을 초월하는 자연계의 일
원이라는 걸 배울지도 모릅니다. 이것은 인간 아닌 존재의 세계가
가지는 내재적 '가치' —— 원한다면 영혼이라 불러도 되는—를 용납
한다는 의미지요. 서양 전통의 어디에도 우리로 하여금 그런 태도를
갖게 하는 것이 전혀 없습니다. 하지만 그것은 본질적인 것입니다.

근래 나는 인문학 학술지 『미국의 전망』(*The American Prospect*)

1991년 겨울호에 실린 앨런 울프(Alan Wolf)의 에쎄이를 읽었습니다. 제목은 「인본주의에서 위로」(Up from Humanism)인데 동물의 권리와 심층생태학을 다룬 최근의 문학에 대한 호의적인 서평이었습니다. 저자는 우리 '인간의 특별함'은 "우리를 에워싸고 있는 세계에 의미를 부여할 수 있는 능력"에 있다고 말합니다. 나는 그가 거꾸로 말하고 있다고 주장하는 바입니다. 인간은 그리고 모든 생명체는 그들만의 특수성을 가지고 있습니다. 그러나 우리 낱낱에게 의미를 부여하는 것은 '세계'입니다. 날마다 우리를 휩쓸고 지나가는 이 세계의 수많은 다양한 현상은 우리가 누구인가를 가르쳐줍니다. 중국의 알 듯 말 듯한 어떤 시는 그것을 이렇게 표현합니다.

숲의 능선, 꽃피는 배나무, 떠가는 구름—
이 모든 것은 누구를 위함인가?

아름다운 자연계는 놀랍고 민감한 감수성을 가진 인간을 위한 것이라는 말이 그 대답의 일부분입니다만, 그 세계는 처마 밑에 매달려 졸고 있는 아기 박쥐나 구애를 하며 쏜살같이 급강하하는 벌새를 위한 것이기도 합니다. 인간이 어떤 윤리적 책임의식과 관심을 갖더라도 이제는 인간중심적 의식에서 벗어나 자연계 전체를 조망하는 가치의 전환이 필요합니다. 그 이유는 첫째, 그러한 관대한 세계인식만이 옳기 때문이지요. 그래야만 이 지상의 대부분의 생명을 지탱하고 있는 바로 그 과정마저 파괴해버릴 가능성을 피할 수 있기 때문입니다. 매키븐의 논문이 설명한 것처럼 지구온난화와 같은 돌이

킬 수 없는 폐해를 유발하는 인간활동의 가능성은 다분히 현실적인 상황입니다.

그렇게 인간의 지성과 공감을 인간 아닌 존재의 영역에까지 확대하는 것은 매혹적이고도 정신에 충격을 주는 일입니다. 또한 그 일은 우리가 살 만한 가치가 있는 미래를 맞이하고자 한다면 절대적으로 필요한 단계이기도 합니다. 그것은 태곳적부터 이미 암시된 것으로서, 만약 달성된다면 인간의 도덕적·심미적 성취의 정점이 될 것입니다. 나는 이런 가능성을 일종의 '이종간 연애론'으로 상상합니다. 동물과 인간의 결혼이나 초자연적인 것과 인간의 결혼에 관한 신화가 전세계에 존재한 것은 생물의 성애적(性愛的) 우주에 인간도 구성원으로 참여할 수 있다는 가능성에 우리의 조상이 매혹되었다는 증거입니다. 인간공동체의 많은 문제들, 두가지만 예를 들면 인종차별과 성차별은, 자연과의 관계에서 우리 인간이 보이는 혼란을 반영하는 것입니다. 야생의 자연에 대한 무지와 적대감은 인간이 인간을 대상화하고 착취하는 것으로 이어집니다.

1951년에 내가 리드대학을 졸업할 때 졸업식장에서 강연을 한 분은 예민하고 냉소적인 딕 존즈(Dick Jones) 교수님이었습니다. 그 강연은 서구의 몰락과 관계된 것이었고, 당시 훌륭한 사상으로 이해했다고 기억합니다. 1950년대 이후 전개된 상황은 특정한 문화의 쇠락보다 훨씬 더 복잡한 것이었습니다. 예를 들자면 미국은 상당히 과민하고 성마른 늙은 나라가 되어 자신의 방식대로 나가기 시작했고, 다른 나라의 경멸에 민감하게 반응하고 반대의견을 넉넉하게 품으려 하지 않았습니다. 반면 일본과 대만은 군사적 수사(修辭)에는 관심을 두지 않고 열렬하게 젊음을 구가하며 창업정신이 충만한 사회가 되었습니다. 소련과 동구권 국가의 시민은 관제 이데올로기에 대한 믿음을 모두 잃었습니다. 많은 사람들이 환경운동과 좀더 작은 공동체 사상에 희망을 걸고 있습니다. 우리는 그런 희망이 예전과 같은 경쟁의 부활에 우선하기를 열렬하게 소망해야 합니다. 아프리카와 유럽의 문제는 대부분의 유럽 열강이 대단히 무책임하게 국경선을 긋고 다시 고쳐 그은 문제에서 생겨난 것입니다.

내가 젊었을 때도 토양침식에 대해 말이 많았고 원생림(原生林)에 대한 우려도 컸지만 별로 보이지 않는 올빼미에 대해서는 아무 말도 없었습니다. 원생림이든 무엇이든 그 운명은 이제 세계적 논의의 일부가 되었습니다. 아직 희망이 있다고 믿는 것은 나 자신의 까다로운 성품 때문이겠습니다. 나는 테크놀로지 사회 또한, 지금처럼 다양하고 똑똑하고 복잡한 대로, '자연문학'을 가질 수 있으며 안팎의 야생세계와 충분히 어울릴 수 있다고 생각하고 싶습니다.

그래서 이제 인생의 출발점에 선 여러분들이 보편적인 것뿐 아니라 지역적인 것에도 주목하고, 국가에 기울이는 관심만큼 지역공동체에도 관심을 기울이며, 답이 아니라 질문을 지속적으로 제기하고, 더 많이 걷고 자동차 운전을 줄이며, 어떤 주류(主流) 이미지가 아니라 훌륭하고 생산적인 삶에 대한 우리 자신의 통합적인 개념에 따를 것을 제안합니다. 로빈슨 제퍼스(Robinson Jeffers)는 "부패는/ 한번도 강제적이지 않았네"라고 썼지요.

이런저런 대학을 우수하게 졸업한 사람들 가운데 이름을 떨치지 못한 사람들이 있습니다. 내가 알고 있는 이들 중에도 그런 사람들이 있습니다. 그들은 동창회와는 몇십년 동안이나 연락이 두절된 상태지만 일상세계에서 모범적인 삶을 살며, 해야 할 그리고 혁신적인 일을 해나가고 있습니다. 그들은 어느 도교학자의 말처럼 "참외를 재배하는 농부로 위장한 산속의 현자(賢者)들"입니다.

우리는 중앙집권화되어가는 정치권력으로 우리를 이끌어가는 환상에 의심을 품어야 합니다. 진정 우리는 지구라는 별의 유역에 존재하는 상호작용하고 활기 넘치는 다양성을 잘 길러낼 필요가 있습니다. 이 점에 딱 들어맞는 중국 불교도의 말이 있습니다.

열반에 도달하기는 쉽고
다름으로 들어가기는 어렵네

비버와 더글러스전나무 열강들께서 우리에게 축복을 내리시기를. 이 둘은 정말로 서해안과 리드의 토템인 듯합니다. 오토바이를 즐기는 내 친구들이 말하듯이 "격렬하게 타고 자유롭게 죽읍시다", 우리. 우리 함께 21세기로 들어갑시다. 가뿐하고, 평범하고, 싱그럽게. 경기장으로 첫걸음을 내딛는 여러분께 중국 격언을 하나 더 말씀드리겠습니다.

땅 위에 방금 태어난 호랑이 새끼
황소 잡아먹는 정신 있네.

월트 휘트먼의 오래된 '신세계'

나는 월트 휘트먼(W. Whitman)[1]의 경이롭고 풍부한 '신세계'의 비전에, 특히 그의 시와 에쎄이 「민주주의의 전망」(Democratic Vistas)에서 드러난 비전에 경의를 표합니다. 어떤 시대와 장소에서 든 신세계, 즉 지상에서 가장 훌륭한 사회는, 머지않아 올 세계의 사람들에게 떨림과 분발을 고취하는 희망입니다.

신세계는 그 자체가 일종의 허구(虛構)임을 드러냅니다. 나는 20세기에 대한 실망에 대비되는 것으로 이상화된 민주주의의 허구를 말

---

* 이 글은 1992년 12월 1일 스페인 마드리드에 있는 '미국의 집'에서 열린 '월트 휘트먼 서거 백주년 기념식'을 위한 강연을 위해 썼다.

1. 1819~91. 뉴욕 주 롱아일랜드 태생의 시인. 1855년에 시집 『풀잎』(Leaves of Grass)을 출간하면서 당시 문단의 대표적 존재이던 R. W. 에머슨의 인정을 받았다. 19세기 미국의 일상적인 체험을 구어로 묘사한 이 시집은 이후 미국시의 전범이 되었고 미국의 많은 현대시인에게 영향을 주었다.

하는 것이 아닙니다. 지금은 훨씬 더 근본적인 것이 문제가 되고 있습니다. 왜냐하면 미국의 '신세계'가 가리키는 실제의 장소는 새로운 땅이 아니라 수억년의 역사를 가진 고대의 대륙이기 때문입니다. 콜럼버스가 항해하던 시기의 서반구에는 이미 약 6천만 명의 주민이 살고 있었는데, 그들은 활발하고 유능했으며, 잘 정착해 살고 있던 거주자들이었습니다.

휘트먼이 촛점을 맞춘 부분은 19세기 미국사회의 활기 넘치는 일상입니다. 휘트먼에게 '합중국'은 잠재적 가능성을 가진 세계였습니다. 당시의 물질주의와 부패한 정치를 맹렬하게 비판할 때도 그는 아주 분명하게 미국은 앞으로 수억의 인구로 세계를 이끌어갈 것이라고 예언했습니다. 그는 전기 덕분에 가까운 미래에 전지구적 소통 체계가 출현할 것을 내다보았습니다. 월트 휘트먼이 예견한 미국은 몇가지 뛰어난 특징을 가지고 있습니다. 그는 '강하고 부드러운 여성'은 정당한 존엄성을 부여받아 남성과 완전히 평등해질 것──그리고 (그가 가장 중요하게 여긴 것으로) 미래인들은 진정으로 정신적이고 종교적인 동시에 대중적인 문학을 가질 것이며, 그것을 요구하리라는 것입니다. 그러나 20세기 후반이라는 상황에서 볼 때 휘트먼의 전망은 매력적이기는 해도 몇가지 중요한 요소를 누락하고 있음을 알 수 있습니다. 「민주주의의 전망」에서는 유색인종, 아메리카 원주민, 야생지, 심지어 평범한 자연풍경조차 찾을 수 없습니다.

이 에쎄이의 첫머리에서 휘트먼은 자연의 위대한 가르침을 말하는데, 그 가르침이란 그에 따르면 '다양성'과 '자유'입니다. 다양성을 예로 들어보지요. 오늘날 식물종과 동물종의 자연적 다양성을 가리키는 일반적 용어는 '생물다양성'입니다. 대학에서 새로운 학문분야로 떠오르고 있고, 공공정책 문제에서도 의미있는 역할을 담당하고 있는 학문이 보존생물학인데, 보존생물학에서는 북미의 자연적 다양성을 유지하려면 인간 아닌 생물종이 필요로 하는 습지대, 초지, 혹은 숲 같은 공간을 공급하기 위해 수만 에이커의 땅을 야생이나 반야생의 상태로 두어야 한다고 말합니다. 아주 기이하게도 휘트먼의 화려한 글에는 야생의 자연에 관한 이해가 거의 보이지 않습니다. 그가 찬양하는 것은 산업, 노동자, 인간의 행동, 그리고 미국인들의 무자비한 에너지이고, 그 미국인들은 거의 언제나 백인입니다. 「민주주의의 전망」에서 휘트먼은 자연을 '건강하거나 즐거운 것', 혹은 '그 자체는 아무것도 아닌 것' '사용할 수 있는 것'으로 생각합니다. 휘트먼은 보통의 백인 남녀에게 일종의 신성을 부여하는 점에서는 타의 추종을 불허합니다. 그가 인간에게 부여한 경의와 진정성은 인간 아닌 생물에까지 확장되지는 않았습니다. 그렇더라도 북미는 놀라운 자연공동체의 고향이었고 지금도 그러합니다. 5천만 마리의 들소와 대략 2천만 마리의 가지뿔영양(羚羊)이 19세기 말까지 대평원(Great Plains, 로키 산맥 동부의 캐나다와 미국에 걸쳐 있는 건조지대)에 서식하고 있었습니다. 이곳은 지구상에서 가장 넓은 대형 포유동물의 서식지였습니다.

　다음으로 인간의 다양성과 자유를 생각해보지요. 휘트먼은 개인적 태도와 가치관에서는 분명 편견으로부터 해방되어 있었습니다. 그러나 그는 다른 인종과 소수민족 들이 결국 그의 비전 이면에 숨어 있는 자유주의 개신교의 형이상학과 하나가 되는 일종의 인종 도

가니의 미래를 가정했습니다. 지금의 우리는 일이 그가 희망한 대로 돌아가지 않을 것임을 압니다. 휘트먼이 투사한 미래의 실제적 이데 올로기는 진실로 다양성을 존중하지도 않았으며, 상이한 문화들은 고집스럽게 '상이한 것으로' 남아 있으리라는 것도 알 수 없었습니다. 월트 휘트먼은 자신은 "모든 것을 껴안고, 어느 것도 거부하지 않을" 수 있다고 말합니다. 그러나 인간들 사이에서나 인간과 인간 아닌 존재의 영역 사이에서나 상호존중의 예의에는 이 낙관적인 수사(修辭)가 제시하는 것보다 더 많은 속임수가 들어 있습니다. 나는 지방공동체에 기반을 두고 있는 생태주의자로서 우리가 상상력을 가지고 민주주의를 단지 인간세계의 정치적 관행이 아닌 종을 초월하는 실행으로 전환해야 한다고 제안하는 바입니다.

휘트먼은 동화 속에 나오는 '막내아들' 같아서 가고 싶은 곳은 마음대로 가고, 명랑하고, 남을 잘 믿고, '집착이 많고', 막연하게 때로는 열정적으로 영적일 때가 있었지만 어떤 의미에서는 언제나 땅에 붙어 있지 않았고, 언제나 '철없는 사람'이었습니다. 나는 그의 삶을, 그의 성격을, 그의 시를 사랑합니다. 그러나 휘트먼이 「민주주의의 전망」을 쓴 시기인 1868~70년이 아메리카 원주민에게는 패배와 고통의 시기였으며, 상업적 목적으로 북미의 들소떼 학살이 전면적으로 진행되던 바로 그 시기라는 사실이 나를 괴롭힙니다. 당시 1만5천~2만명의 아메리카 들소 사냥꾼들이 계절에 상관없이 문자 그대로 수백만 마리의 들소를 죽였습니다. 아메리카 원주민에게나 자연에게나 다양성과 자유의 시대는 아니었습니다.

오늘날 북미에는 더 큰 비전이 뿌리내리기 시작했습니다. 그것은 휘트먼에게도 얼마간 빚지고 있지만, 시간적으로는 그때보다 앞서거니 뒤서거니 합니다. 우선 1992년의 아메리카 원주민들은 가장 자유주의적인 유럽계 미국인들에게조차 여전히 남아 있는 그 어리석음에 그냥 '포함되기'를 받아들이려 하지 않습니다. 그 피할 길 없는 힘과 비애를 지닌 북미 원주민의 상황이 미합중국에서는 아직 진정으로 인지되지 못하고 있습니다. 내 생각에 오늘날 아메리카 원주민의 가장 유력한 사유는 미국 또는 캐나다 정부와 아메리카 원주민 간의 협정과 관련된 권리 등에 대한 케케묵은 정치적 논의——비록 그것은 앞으로도 계속 제출되어야겠지만——를 초월해 있습니다. 새로운 사유는 미래의 자연국가(natural nations)[2]의 출현을 기대하고 있습니다. 예를 들면 지금 북부 캐나다를 가로질러 알래스카·캐나다·그린랜드·시베리아의 이누이트(Inuit)족을 하나로 묶으면서 '이누이트국(國)'이 형성되고 있는 중입니다. 생물지역주의운동은 또한 '거북섬'(북미주)에 '자연국가들'을 세워야 한다고 요구하고 있습니다. 이런 생태주의적이고 시적인 실행은 미국의 주(州)들의 정치적 경계——미국과 캐나다, 미국과 멕시코 사이의 국경선——가 어떻게 자연풍경의 생물학적·문화적 현실을 은폐하고 있는가를 분석함으로써 시작됩니다.

북미대륙과 그곳에 사는 인간 및 인간 아닌 주민들, 그리고 그 생태계와 유역을 배우고 사랑하고 존중하려는 사람이라면 누구나 문

---

2. 게리 스나이더가 창안한 개념으로, 현재 세계에 존재하는 정치적으로 결정된 국경이 아니라 자연과 생태학적 지식 등을 기초로 형성된 나라를 상정한다. 심층생태학과 생태지역주의가 그 사상을 공유하고 있다.

화적·인종적 배경에 상관없이 북미의 명예주민이 될 수 있습니다. 우리들 중에는 새로운 세계를 건설하려고 노력하는 대신 '거북섬'이라는 고대세계의 일원이 될 수 있는 가능성을 찬양하는 사람들이 있습니다. 오늘날 월트 휘트먼이 우리와 함께 있다면 그는 지구의 지도국가이자 가장 부유하고 힘있는 국가가 된 미국의 영적·문화적 빈곤을 보고 침통함을 느꼈으리라는 걸 우리는 압니다. 그는 새로운 원주민과 생물지역주의운동을 진보에 대한 19세기적 환상에 자신만의 독자적인 해석을 부여한, 그런 대책없는 낙관론으로 지지해줄지도 모릅니다.

유역(流域)으로 와서

조용한 씨에라 산맥의 소나무숲에 들어와 산 지 너무나 오래되어 나는 파도소리와 바다갈매기의 울음소리가 듣고 싶었습니다. 그래서 아들 겐(Gen)과 함께 2월의 어느날 하루 북부 해안에 살고 있는 친구들을 방문하러 갔습니다. 자동차로 유바 강 계곡을 빠져나가 메리스빌에서 북쪽으로 갔습니다. 습지의 진줏빛 안개가 서려 있는 그 숭고한 겨울의 심원함으로 들어가 페더 강을 따라 달리다가 레드블러프에서 쌔크라멘토 강을 건넜습니다. 레드블러프 북부에서부터

* 이 글은 원래 1992년 2월 6일 쌔크라멘토 주립대학의 캘리포니아연구소에서 개최한 '가장자리에서 춤추기'라는 제목의 학술대회에서 강연하기 위해 쓴 것이다. 이 원고는 1992년 3월 1~2일에 『쌘프란시스코 이그재미너』(*San Francisco Examiner*)에 실렸고, 이어 미국과 영국의 여러 잡지와 선집에도 게재되었다.

274

안개가 갈가리 흩어지기 시작하더니 레딩에 이르렀을 때 우리는 이미 안개를 뒤로하고 있었습니다. 레딩에서 서쪽으로 산을 가로질러 299번 고속도로로 들어갔습니다. 거기서 우리는 자연풍경과 나무의 변화에 특별히 주목하면서 생물지리적 구역은 어디에서 바뀌며 자연의 경계는 대충 어디에서 정해지는지를 살펴보았습니다. 습지대와 풀밭, 계곡참나무와 푸른참나무가 있는 그레이트밸리에서 우리는 폰데로싸소나무, 흑참나무, 맨자니타가 각기 구역을 이루며 자라고 있는 험하고 단애가 많은 클래머스 산맥을 한달음에 올라갔습니다. 번트랜치를 지나자 미국삼나무와 더글러스전나무 숲이 나왔고 이어 해안산맥이 나왔습니다. 거기서 우리는 블루레이크를 지나 산을 내려와 아카타로 나왔습니다.

우리는 계속 북쪽으로 달렸습니다. 아카타에서 겨우 10마일인가 15마일쯤에 있는 트리니다드헤드 부근에서 풍경의 느낌이 다시 미묘하게 바뀌었습니다. 나무는 거의 같은 종류였지만 드넓은 초지가 사라졌고 햇빛도 달랐습니다. 크레슨트 씨티에서 우리는 친구들에게 아카타와 크레슨트 씨티의 다른 점이 무엇이냐고 물었습니다. 두 사람은, 긴 이야기를 요약하자면, 똑같이 이렇게 말했습니다. "자네는 '캘리포니아'를 떠난 거라네. 바로 트리니다드헤드 언저리에서 자네는 길을 가로질러 북서태평양 해안으로 들어온 걸세." 하지만 오레곤의 주(州) 경계에 이르려면 아직도 수마일을 더 가야 합니다. 우리는 그곳에서부터 '북서부'가 시작한다고 생각하지요.

그래서 우리는 그날 오후에 지중해성 기후 때문에 많은 식물이 남부 멕시코의 식물과 유사한 쎄크라멘토 밸리에서 드라이브를 시작해 건조한 소나무숲 언덕이 늘어선 내륙의 산맥을 넘어 독특하게 캘리포니아적인 미국삼나무 숲으로 들어갔다가 계속해서 북서태평양 해안으로 내려간 것입니다. 네개의 큰 지역의 가장자리를 다 간 셈입니다. 하지만 이들 지역의 경계들은 엄격하거나 명확한 것이 아닙니다. 그 경계들은 서로 스며들고, 침투할 수 있으며, 비확정적입니다. 경계란 기후와 식물군과 토양의 종류와 생활양식의 경계입니다. 경계는 수천년을 두고 변화를 겪으면서 이쪽 혹은 저쪽으로 몇백 마일을 움직입니다. 지도 위에 그려진 가는 선은 제 역할을 하지 못합니다. 하지만 이 경계들은 우리 지구별에 있는 자연적인 나라들의 이정표입니다. 이 경계들은 우리의 경제와 옷이 거기에 적응해야 하는 실제적인 차이를 가진 진정한 영토를 확립합니다.

돌아오는 길에 우리는 트리니다드헤드에서 잠시 멈추었습니다. 산에도 오르고 들새도 관찰하기 위해서였는데 실은 4월이 되어야 들새가 그곳에 와 있으리라는 걸 알고 있었지요. 우리는 꼭대기에서 절벽을 바라보려고 걸어갔습니다. 산꼭대기에는 술 달린 섬새들이 살고 있습니다. 술 달린 섬새들에게 이곳은 사실상 그들의 분포지역 중 최남단입니다. 그 새들의 실제 보금자리는 알래스카의 남동쪽에서부터 베링해를 거쳐 그 아래 일본의 북부지방에 걸쳐 있습니다. 겨울이면 섬새들은 멀리 북태평양의 광활한 바다까지 나아갑니다. 이곳 트리니다드에서 우리는 북태평양과 알래스카 전체의 생명영역에 닿아 있다는 느낌을 갖지 않을 수 없었습니다. 우리는 주말을 전부 대륙의 가장자리에서 춤추며, '경계지역'을 즐기며 보냈습니다.

나는 서부를 여행하는 동안 식물과 기후의 미묘한 변화를 관찰했습니다. 우리는 누구나 이런저런 고속도로를 질주하면서 목격한 식물과 기후의 급격한 변화에 대해 이야기할 수 있다는 걸 나는 압니다. 그런데 '캘리포니아'라는 광대한 지역은 너무 넓어서 한 사람이 혼자 여행하고, 그 모든 것을 상상력 속에 받아들이고, 그 전체적인 그림을 볼 수 있을 만큼 분명하게 그곳을 마음속에 담아내는 능력을 (시간은 물론이고) 넘어섭니다. 식물학자이며 『캘리포니아의 변화하는 풍경』(*California's Changing Landscapes*)의 저자인 마이클 바부어(Michael Barbour)는 캘리포니아의 복잡성에 대해 이렇게 썼습니다. "세계에 분포되어 있는 열 종류의 중요한 토양 가운데 캘리포니아에는 그 열개가 모두 있다. (…) 이 주에서 인정하고 있는 서로 다른 자연 공동체는 375개나 된다. (…) 캘리포니아에는 5천종 이상의 토종 양치류, 침엽수, 현화식물(顯花植物)이 있다. 일본의 경우 비슷한 면적인데도 생물종의 수는 이보다 훨씬 적다. 캘리포니아의 네배나 되는 면적을 가진 알래스카도 캘리포니아의 식물의 다양성에는 필적할 수 없으며, 미국의 중서부와 동북부 그리고 인접한 캐나다를 다 합해도 그 식물의 수는 캘리포니아와는 비교할 수 없다. 더욱이 캘리포니아의 토종식물 중 약 30%는 이 세상 어디에서도 발견할 수 없는 것들이다."

그러나 캘리포니아의 다양성에 대한 이 모든 이야기는 약간 잘못된 것입니다. 우리는 지금 어느 장소를 말하고 있는 건가요? '캘리포니아'란 무엇입니까? 캘리포니아는 결국 서둘러 직선으로 그어진 경계들을 가진 인간의 최근의 발명품입니다. 그 경계는 지도 위에서 자로 그어져 워싱턴 D.C.의 한 사무실에 황급히 보내진 것이지요.

이것은 로버트 프로스트(Robert Frost)의 "우리가 땅의 것이 되기 전에 땅은 우리의 것이었네"라는 시 구절을 다른 면으로 예증하고 있습니다. 미 서부의 여러 주를 나누는 정치적 경계는 졸속과 무지 속에서 확정되었습니다. 자연의 풍경은 그 자체의 형상과 구조, 중심과 주변을 가지며, 그것은 존중되어야 합니다. 장소와의 관계를 결혼에 비유한다면 양키가 캘리포니아라는 행정구역을 제정한 것은 여섯 자매를 임신시켜 놓고 아내로 취하는 억지결혼과 같았습니다.

캘리포니아는 내가 보기에 약 여섯 지역으로 이루어져 있습니다. 이 여섯 지역은 상당히 큰 면적과 토착지의 아름다움을 가지고 있으며, 각기 자체의 자연적 구성과 특유의 혼합된 새 울음소리와 식물 냄새로 넘쳐납니다. 각 지역은 그곳에서 사는 인간에게 조금씩 서로 다른 생활양식을 제안합니다. 지역마다 농업경제의 종류가 다른데 그 이유는 지역적 차이 때문에 건포도 재배, 벼농사, 임업, 방목업 등으로 주요 농업경제가 바뀌기 때문이지요.

작은 강 계곡, 해변의 사구(砂丘)와 습지, 그리고 참나무-풀-소나무가 분포한 산이 있는 중부 해안지대가 첫번째 지역입니다. 거대한 쎈트럴 밸리가 두번째 지역인데 한때는 늪지대와 넓고 얕은 호수들과 강의 흐름을 따라 굽이굽이 늘어선 계곡참나무가 그곳을 압도했습니다. 길게 이어지는 씨에라네바다 산맥이 세번째 지역입니다. 그 산맥은 고도가 올라감에 따라 저지대의 키 작은 떡갈나무 덤불에서 극지(極地)의 툰드라〔凍土帶〕로 변합니다. 중고도 지대에는 세상에서 가장 질이 우수한 혼합 침엽수삼림의 일부가 분포해 있습니다.

모독(Modoc) 고원과 쑥과 노간주나무가 있는 화산지대가 네번째 지역입니다. 쌔크라멘토 강의 일부가 여기에서 시작하지요. 다섯번째 지역은 북부해안지대로서 클래머스지역이라고도 하는데 내륙의 깊은 산맥이 해안을 따라 멀리 북쪽의 트리니다드헤드까지 뻗쳐 있습니다. 여섯 자매 중 마지막은 테하차피스 남쪽의 해안 계곡과 산맥으로 이루어져 있으며, 그 지역은 자연히 태평양과 캘리포니아만 사이에 있는 멕시코령 반도인 바하깔리포르니아와 연결됩니다. 오늘날 이 지역은 콜로라도 강과 오웬스 밸리와 쎈트럴 밸리에서 끌어온 물로 거대한 인구를 지탱하고 있지만 원래 그곳은 사막이나 다름없었습니다.

그렇다면 나머지 다른 지역은? 하고 물을 수 있겠지요. 화이트마운틴과 모하베 사막, 워너레인지는 어디에 있는 거지? 하고 말입니다. 그곳들 모두 다 훌륭하지요. 하지만 캘리포니아에는 속하지 않습니다. 그곳에 있는 유역과 생물공동체는 미국 서부의 대분지인 그레이트베이슨 아니면 콜로라도 강 하류 유역에 속합니다. 우리는 그 지역이 그들의 가족에게 돌아가도록 해야 합니다. 캘리포니아의 핵심지역은 대부분 여름에는 건조한 지중해성 기후이고, 겨울에는 비가 꽤 많이 옵니다. 무엇보다도 이 지역의 독특한 기후 때문에 우리가 사는 곳에는 기름진 허브 향기가 있고, 가뭄에 견디는 황록색 관목이 있으며, 그리고 굽이치는 풀밭과 검은 숲이 반복되고 있는 것입니다.

나는 지금 우리가 당장 캘리포니아라는 사회적 구축물의 경계를 다시 그려야 한다고 주장하는 것이 아닙니다. 그런 일은 먼훗날에 일어날 수도 있겠지요. 하지만 우리는 어떤 장기적 전망의 현실을 인식하게 되었습니다. 그리고 이런 생각은 북미대륙에서 발전해온 인간의 시민정신을 그 다음 단계로 이끌고 갑니다. 대부분의 미국인들에게 관심의 촛점은 보통 여러가지 문제와 성공, 우상과 상징을 가진 인간사회 그 자체입니다. 대부분의 아메리카 원주민 그리고 장소를 깊이 생각하는 소수의 비원주민을 제외하면 대체로는 우리가 살고 있는 땅을 그냥 당연한 것으로 받아들입니다. 그리고 땅과의 올바른 관계를 '시민정신'의 일부로 간주하지 않지요. 그러나 이 나라의 역사가 2백년이 지나자 사람들은 깨어나면서 미국이 하나의 자연풍경 위에 자리잡고 있음을 주목하기 시작했습니다. 그 자연풍경에는 우리가 알아야 할 가혹하고, 장대하며, 기묘하고, 거칠고, 또 황홀한 이야기가 있다는 것을 인식하기 시작한 것입니다. 미국의 자연공동체는 제각기 독특합니다. 그리고 우리는 우리가 좋아하든 아니든 도시에서든 시골에서든 누구나 그 공동체 가운데 하나에서 살고 있습니다.

자원관리 분야에서 일하는 사람들은 자연풍경을 여러 개의 서로 다른 지도를 통해 바라보는 일에 익숙합니다. 각각의 지도는 그 자체의 고정된 의미를 말해줍니다. 토지소유권의 범주에서 지도를 바라본다면 사유지 외에도 토지관리국, 국유림, 국립공원, 주립공원, 군사용지, 그리고 수많은 공유지가 보입니다. 이것은 공공의 영역인데, 유럽의 '공유지(共有地)'라는 역사적 제도에서 내려온 관례이지요. 이들 토지에는, 특히 건조한 서부에는, 물과 숲과 미국에 아직 남아 있는 야생생물이 있습니다. 사람들의 보살핌을 받고 있기는 하지만 그 땅들은 너무나 자주 광업이나 목재업의 이익과 단기 이윤의 측면에서 관리되어왔습니다.

　자연보호론자들은 1930년대부터 지속가능한 산림 경영과 가장 중요한 공유지(公有地)를 야생지로 보전하기 위해 노력해왔습니다. 이런 노력을 기울이는 동안 몇차례 눈부신 성공을 거두기도 했습니다. 우리는 단 하나의 목적에 헌신하며, 모든 야생지의 배후에서 일한 그 사람들에게 많은 빚을 지고 있습니다. 그들 덕분에 오늘날 우리는 아이들과 함께 그곳으로 걸어들어갈 수 있지요. 자연계가 움직이는 방식에 대한 이해가 깊어지면서 우리가 깨닫게 된 것은 우리가 본질적으로 서로 공통점이 없는 토지 구획들만 강조해온 동안 야생 생물들의 무사태평한 자유로움을 무시했다는 사실입니다. 개별적으로 고립된 채 생물의 피난처가 되는 야생지는 무척 귀중한 것이지만 자연의 다양성을 보증해줄 수는 없습니다. 생물학자, 공유지 관리자, 자연 문제에 관여하는 일반대중이 한결같이 동의하고 있듯이 우리는 대규모의 자연계가 어떻게 움직이는지에 대해 더 많이 알아야 하며, 야생지역들을 연결해줄 가능한 모든 '지표면' 통로를 찾아내야 합니다. 우리는 생물회랑(biological corridor) 혹은 생물연결통로(biological connectors)[1]의 개념을 발전시켜왔습니다. '옐로우스톤 대생태계'(The Greater Yellowstone Ecosystem) 개념[2]은 그러한 인식에서 나온 것이지요. 자연에 대한 우리의 이해가 근본적인 변화를 겪은 것은 생태학, 특히 섬〔島〕생물지리학론과 자연풍경생태학

---

1. 야생동식물이 자연 속을 가능한 한 자유롭게 이동할 수 있도록 만들어진 회랑 또는 통로.
2. 옐로우스톤 국립공원은 미국에서 가장 오래되고 가장 큰 국립공원인데, 이를 중심으로 주변의 생태계를 다 포함하는 광범위한 생태계 개념.

이라고 부르는 아주 설득력있는 학문분야의 하위구분에 적용된 씨스템 이론에 의해서였습니다.

어떤 단체나 기관이 단독으로 회색곰을 추적할 수는 없을 것입니다. 회색곰은 공원이나 대농장의 경계선 따위는 개의치 않으며 늦여름 고산지대의 월귤나무밭에서 저고도지역의 풀밭까지 그들만의 오래된 영토를 가지고 있습니다. 서식지란 사유지나 공유지를 망라하고 거침없이 가로지르며 지나가는 법입니다. 우리는 야생의 생태계와 더불어 일하면서 토지 주인의 권리와 곰의 권리를 둘 다 존중하는 방법을 모색해야 합니다. 지금 토지관리 관계자들 사이에서 노상 거론되는 생태계 관리에 대한 생각은 올바른 방향으로 가는 듯이 보입니다. 생태계를 성공적으로 관리하기 위해서는 광산업자, 목장주, 모텔 주인을 대할 때에도 야생동물이나 느릅나무좀과의 곤충을 대할 때와 똑같은 섬세한 기술이 요구됩니다.

'대생태계'는 그 자체의 기능적이고 구조적인 일관성을 가지고 있습니다. 그것은 종종 유역체계를 포함하거나 또는 유역 안에 포함될 수도 있습니다. 그것은 보통 하나의 군보다는 크겠지만 미국 서부의 한 주보다는 더 작습니다. 그런 공간의 이름 중 하나가 '생태지역'입니다.

캘리포니아에 기지를 두고 생물다양성 문제에 함께 대처하려고 노력중인 연방 및 주 토지관리관들은 최근 그들이 자연지역의 틀 안에서 작업했다면 더 나은 성취를 이룰 수 있었을 것이라는 점을 깨달았습니다. 그들 부처간의 '양해각서'를 보면 우리가 "개별적인 지역, 생물종, 그리고 자원의 보전에 촛점을 맞춘 현재의 운동을 뛰어넘으면서 (…) 또한 생태계, 생물공동체 그리고 자연풍경을 보호하고 관리하는 데까지 나아갈" 것을 요구합니다. 그 문서는 계속해서 "공공기관과 민간단체는 지역의 현안과 필요사항들을 지역에서 해결하도록 강조하면서 자원관리와 환경보호활동을 조정해야 한다"고 말합니다.

그들은 캘리포니아에 그렇게 일하는 지역이 11개쯤 되는 것을 확인했습니다. 거기서는 쌘프란시스코 베이 지역과 델타 지대를 하나로 묶고 씨에라네바다 산맥과 그레이트 밸리를 합해서 북부와 남부 지역으로 나누었습니다. 분류학이 그렇듯이 자연풍경에도 병합파(倂合派)와 세분파(細分派)가 있습니다. 캘리포니아는 거의 50%가 공유지이기 때문에 토지관리국, 산림관리국, 캘리포니아 어류 및 동물국, 캘리포니아 주 산림관리국, 주립공원, 연방 어류 및 야생동물국 등등의 책임자가 이런 문제를 떠맡는 것은 논리적으로 맞는 일입니다. 그들이 아주 적절한 때에 함께 그런 원대한 계획에 서명을 한 것은 아주 잘한 일입니다.

이런 합의가 이루어졌다는 것을 듣자 일부 군청 관계자들과 선출직 공무원들, 산지(山地)에 있는 군의 임업 및 기업 관계자들은——그들의 말에 따르면——새로운 규제와 더 강력한 중앙집권적 정부를 걱정하면서 격렬하고 과대망상적인 발작을 일으켰습니다. 그래서 나중에 가을이 되었을 때 "생물다양성인가 아니면 새로운 이단신봉인가?"라는 제목을 단 익명의 광고전단이 북부 캘리포니아의 작은 마을과 대학 캠퍼스 주위에 뿌려졌습니다. 그 전단에는 "캘리포니아 자원국장 덕 휠러와 그가 임명한 생태지역 병사들은 인간보다 바위와 나무, 물고기, 식물, 야생생물이 더 중요하다고 강조함으로써 인간의 삶의 가치를 감소시키고 있다"라고 적혀 있습니다. 그 전단은 내가 쓴 글 "현재 생태지역에 대한 의식을 고양시키려고 노력하고 있는 사람들은, 궁극적이며 장기적인 목표로서, 이 대륙의 경계선이 좀더 주의를 기울여 다시 확정되는 것을, 그리고 우리가 일하고 있는 거북섬 북미대륙의 자연지역들이 서서히 정치적 실체를 형성하는 것을 보고 싶어한다. 그것은 초강대국인 미국을 7, 8개의 자연국가로 해체하기 위한 작은 걸음이 될 것이며, 그 자연국가들 중 어느 국가도 미사일을 생산할 만큼 많은 예산을 가지지 않게 될 것이다"를 인용하기도 했습니다. 나는 내가 그 글을 썼다는 것을 기쁘게 인정합니다. 나의 글은 분명 좀더 강력한 중앙집권적 정부를 선동하고 있지는 않다고 생각하는데, 바로 그런 정부가 그들에게는 가장 두려운 대상인 듯합니다. 하지만 이 신사분들은 그들이 사는 작은 마을의 자치권과 군산복합국가를 동시에 원하고 있습니다. 자칭 서부인이라고 하는 많은 사람들은 말로만 엄격한 개인주의자들이지 정부의 젖꼭지에서 너무 멀리 떼어놓으면 소리치고 난리를 피울 사람들입니다. 마크 라이스너(Mark Reisner)[3]가 『캐딜락 사막』(*The Cadillac Desert*)에서 분명히 말한 것처럼 서부의 농업과 목장은 복잡하고 비용이 아주 많이 드는 정부의 복지사업인 거대한 댐들과 수리사업 덕분에 존재합니다. 사람들로 하여금 주지사에게 편지를 쓰도록 부추기고 있는 그 광고전단의 진정한 속셈은 장기적인 지속가능

---

3. 1949~2000. 『캐딜락 사막: 미국 서부와 사라지는 물』(*The Cadillac Desert: The American West and its Disappearing Water*, 1986)은 무분별한 수자원 개발을 고발한 그의 대표작이다.

성과 생물다양성에 우호적인 정책에 저항해 지금 당장 최대한의 자원을 뽑아낼 것을 막무가내로 주장하자는 것 같습니다.

내가 아는 한 이성적이기는 하지만 아직까지는 결정적인 구속력이 없는 캘리포니아의 '생태지역 계획'은 우리로 하여금 그 문제에 대해 좀더 많은 생각을 하게 하며, 관계 기관 사이에 어느정도 협조가 이루어지도록 하는 기초문서일 뿐입니다. 그 계획의 가장 독창적인 부분은 정책결정에 관여할 '생태지역 회의'를 창설해야 한다는 요구입니다. 누가 '생태지역 회의'에 참가할 것인가는 명확히 설명되어 있지 않습니다. 이 모든 소동의 근원이 된 각서가 제시한 것은 '유역회의'가 결성될 것이라는 것, 유역회의는 유역마다 있는 공동체에 토대를 둠으로써 자연의 다양성을 보전하기 위한 협정의 입안을 도와줄 진정한 지역단체가 될 것이라는 점입니다. 유역회의는 가령, 놀랍게도 유바 강 하류의 자갈밭 황무지로 귀환하는 야생연어의 산란장소를 보존하는 데 도움이 된다는 것이지요. 이런 것은 많은 단체와 관련 기관이 참여해 노력해야 할 일입니다. 거기에는 일반적으로 개발에 더 치중하는 유바 군 수리(水利)사무소로부터 승인을 얻어내는 일까지 포함되겠지요.

'생태지역'이란 용어는 「생물다양성에 관한 각서」에 서명한 사람들이 생물지리학에서 차용한 학술용어입니다. 거기에 서명한 사람들이 미국과 캐나다에는 이미 생태지역 지향 사회의 입장에서 말하는 단체가 있다는 것을 알았을 것 같지는 않습니다. 제1회 '북미 생태지역회의'가 1980년대 말 캔자스에서 개최된 사실도 그들은 들어보지 못했을 겁니다. 지난 20년 동안 지역공동체에서 살며 생태학에 관심을 가져온 땅의 거주자들이 그들이 '이시'(퓨젯싸운드와 브리티시컬럼비아 하류지역) 또는 '컬럼비아나'(컬럼비아 강 상류지역) 또는 '메쎄차베'(미시시피 강 하류지역) 또는 '샤스타'(북캘리포니아 지역)라고 부르는 장소에서 살았으며, 다들 소식지를 발행하고, 야외조사를 하며, 집회를 개최하고, 또한 지역정책에도 참여해왔다는 사실도 그들은 전혀 알지 못하고 있었습니다.

'생태지역'이 이미 사람들 사이에 널리 퍼진 생각이라는 사실은 그것을 어떤 관점에서 보느냐에 따라 생물다양성에 관한 협정을 주도한 사람들에게는 악운이거나 행운이었습니다. 우연이지만 생태지역주의를 제창한 사람들은 '유역회의'가 사회적·환경적 지속가능성을 유지하기 위한 장기적인 전략의 기초요소가 되리라는 것을 발견했습니다.

유역이란 잘 생각해보면 놀라운 것입니다. 비가 오고 강물이 흐르고 바다가 증발하는 이 과정 때문에 지상의 물분자 하나하나는 2백만년마다 완전히 한 바퀴 순환하게 됩니다. 지표면이 깎여 유역들이 되지요. 그것은 일종의 가족의 분가(分家)이며, 관계를 보여주는 도표이며, 장소에 대한 정의(定義)입니다. 유역은 최초이며 최후의 나라로서 그 경계는 비록 섬세한 변화를 겪기는 해도 논쟁의 여지가 없습니다. 새의 종류, 나무의 아종(亞種), 모자나 우비의 종류는 흔히 유역에 따라 정해집니다. 유역과 비교해볼 때 도시와 댐은 덧없는 것이며 강에 떨어지는 큰 돌이나 수로를 일시적으로 바꾸는 산사태 정도에나 해당할 뿐입니다. 물은 언제나 그곳에 있을 것이며 언제나 제 길을 찾아 아래로 내려갈 것입니다.

로스앤젤레스 강이 지금은 속박받고 오염되어 있지만 좀더 큰 시야에서 보면 그 강은 살아 있고 도시의 거리 밑에서 건재하며 거대한 지하수로로 흐르고 있다고도 할 수 있습니다. 그 강은 그렇게 우회하여 흐르는 것을 즐거워할지도 모릅니다. 그러나 백만년 단위가 아니라 백년 단위로 살고 있는 우리 인간은 유역과 유역의 지역사회를 함께 지켜야 합니다. 우리의 아이들이 우리가 선택한 이 자연풍경 속의 맑은 물과 신선한 삶을 누릴 수 있도록 말이지요. 산마루의 꼭대기에서 흐르는 아주 가느다란 냇물에서 저지대로 흘러가는 강의 주류에 이르기까지 강은 하나의 장소이며 하나의 땅입니다.

　물의 순환 속에는 우리의 샘과 우물, 씨에라 산맥의 설괴빙원(雪塊氷原), 관개용 수로, 세차장, 봄철에 달려오는 연어가 포함되어 있습니다. 봄이 되면 못에서 우는 개구리와 부러진 나뭇가시 위에서 재잘대는 도토리딱따구리가 포함되어 있습니다. 유역은 질서와 무질서라는 이분법을 초월합니다. 물의 형태는 자유롭지만 어쨌든 필연적이기 때문입니다. 그 안에서 융성하는 생명은 최초의 공동체를 구성합니다.

　유역회의의 의제는 소박하게 시작합니다. 가령 "야생연어가 다시 우리의 강에 와서 성공적으로 산란할 수 있을 정도가 되기까지 강을 복구하도록 노력하자"라고 말하는 식이지요. 이 지역적인 의제를 추구하는 과정에서 지역공동체는 상류에서 벌어지는 벌목목재 매각, 하류에서 벌어지는 물 판매의 횡령, 북태평양에서 벌어지는 대만 어선의 유망(流網)어업 관행, 그리고 연어의 건강을 협박하는 그밖의 수많은 국내외의 위협에 맞서 투쟁해야 할지도 모릅니다.

만약 임업과 관광업에 종사하는 사람들, 정착 목장주와 농부, 제물낚시를 즐기는 퇴직자, 기업, 숲의 새로운 이주자 등 광범위한 분야의 사람들이 이러한 노력에 힘을 결집한다면 거기서 무엇인가 중요한 일이 이루어질 것입니다. 하지만 만약 이러한 공동협정이 상의하달 방식으로 이행된다면 아무 성과도 얻지 못할 것입니다. 장기적인 토지문제에 대한 풀뿌리 정신의 참여만이 캘리포니아 지역의 생물적 풍부함을 원래대로 지켜줄 정치적·사회적 안정성을 제공할 수 있습니다.

모든 공유지의 소유권은 궁극적으로 모래 위에 씌어집니다. 땅의 경계와 관리 부문은 국회가 만들었고, 국회는 그것을 무효화할 수 있습니다. 자연계에서 영속할 유일한 '재판관할권'은 유역에 있는데 그것도 시간이 지나면서 조금씩 변하지요. 만약 21세기에 공유지 개발과 사용이 점점 더 큰 압력을 받아 개방된다면, 지역주민인 유역인이 스스로 최후의 그리고 아마도 가장 효과적인 방어선임을 입증하게 될 것입니다. 그런 일까지는 일어나지 않기를 빕니다.

공유지 관리자들과 어류 및 야생동물 관리자들은 위임받은 권한때문에 어쩔 수 없이 자원문제에 관심을 갖게 됩니다. 그들이 제안하는 것은 이른바 '생태적 생태지역주의'라는 것입니다. 지역의 공동체에서 생겨난 다른 운동은 '문화적 생태지역주의'라 부를 수 있겠지요. 나는 지금 문화적 생태지역주의에, 그리고 그런 생각이 천년을 마감하는 미국에서 어떤 실제적인 가능성을 담보하는가에, 관심을 돌리고자 합니다.

한 장소에서 살기, 이런 생각은 수십년 동안 우리 주변에 있었고 보통은 시골티 나고, 퇴보적이고, 따분하고, 때로는 반동적인 것으로 무시되곤 했습니다. 그러나 지금 새로운 역학이 나타나고 있습니다. 미국인들 생활의 특징인 이동성이 종지부를 찍고 있는 것입니다. 미국인들이 한 장소에 붙박여 살기 시작했는데 그것이 지난 백년의 역사에서 처음으로 참여민주주의를 다시 한번 실험할 기회를 줄지도 모르겠습니다.

몬태나 주 미줄라 시의 대니얼 케미스(Daniel Kemmis) 시장은 『공동체와 장소의 정치학』(*Community and Politics of Place*, 1990)이라는 훌륭한 소책자를 썼습니다. 그 책에서 케미스 시장은 18세기에는 '공화주의'라는 말이 공동체 참여의 정치를 의미했다고 지적합니다. 초기의 공화주의 사상은 연방주의론과 대치되었습니다. 연방주의론이란 서로 맞서는 이해관계에 균형을 맞추면서 통치하고, 일련의 법적 절차를 고안해내고, 적대적인 당파간에 직접토론 대신 억제와 균형을 유지하여 그것이 전문가로 추정되는 사람들 앞에서 열리는 공청회로 이어지는 그런 것이었습니다.

케미스 시장은 "시민을 분열시키는 것이 근대정치의 제1의 좌우명이 되었다"라고 한 루쏘의 말을 인용합니다. 그렇다면 어떤 조직원리가 분열된 시민을 다시 단결하게 만들까요? 그런 원리는 많이 있으며 그 하나하나는 나름의 효과가 있습니다. 사람들은 민족적 배경, 종교, 인종, 계급, 직업, 성, 언어, 나이에 따라 스스로를 조직해왔습니다. 한곳에 꼼짝 않고 정착해 사는 사람들이 거의 없는 고도의 이동사회에서 이런저런 주제에 따라 만들어지는 조직화는 충분히 이해할 만합니다. 그러나 '장소'는 혈연관계 다음으로 가장 오래된 조직원리로서 미국에서는 낯선 발전입니다.

"시민으로서 자신의 힘을 발견하게 할 만큼 사람들을 오래 결속해주는 것은 그들이 하나의 장소에 공통적으로 거주하고 있다는 사실이다"라고 케미스는 주장합니다. 그렇게 한 장소에 정착해 있을 때 사람들은 지역공동체 사업에 자발적으로 참여하고, 학교 교육위원회에 참가하며, 지명이나 임명을 수락하는 것입니다. 회사나 관청의 정책상 종종 강제적으로 계속 이동해야 하는 우수한 두뇌들이 만약 한곳에 정착할 수 있다면 그들은 그 지역을 위해 크게 공헌할 것입니다. 지방선거는 당면한 현안을 다루기 때문에 지금보다 훨씬 더 많은 사람들이 투표하게 될 것입니다. 시민생활이 돌아올 것입니다.

장소에 대한 의식은 국가 개념과 완전히 혼동되지 않는 한 위험천만한 '내셔널리즘'이 되지는 않을 것입니다. 생태지역주의에 대한 관심은 일시적이고 종종 야만적이며 위험하기 짝이 없는 정치적으로 규정된 공간에 대한 관심사를 뛰어넘습니다. 생태지역주의에 대한 관심은 우리에게 가령 '쎈트럴 밸리'라고 부르는 한 장소의 '시민'으로서의 상상력을 가져다줍니다. 인간만이 아니라 계곡참나무와 철 따라 이동하는 물새도 그곳의 구성원이지요. 그곳만의 기후가 있고 벌레도 있는 하나의 장소는, 케미스 시장의 말처럼, "관습을 만들어가고 문화를 창조"합니다.

자연생태학과 생태지역주의는 우리에게 보다 확장된 자연의식을 주었습니다. 거기서 얻게 되는 또 하나의 성과는 도시와 교외가 모두 한 체계의 일부라는 깨달음입니다. 생태학적 생태지역주의자들과는 달리 문화적 생태지역주의자들은 그들의 사고 속에 도시를 절대적으로 포함해야 합니다. '녹색도시'를 표방하는 도시적 생태지역주의[4]운동은 쌘프란시스코에서 멋지게 출발했습니다. 도시에서 대단지 사탕수수 농장에 이르기까지, 어떤 이웃에게서도 우리는 야생계에 관해서 배우고, 야생계에 깊은 관심을 가지고 살아갈 수 있습니다. 새들은 이동하고, 야생식물은 비집고 들어오려고 궁리하고, 곤충은 어떤 경우라도 구속받지 않은 삶을 살고, 너구리는 새벽 2시에 횡단보도를 유유히 건너가며, 보호수(保護樹)는 길을 건너가고 있는 게 누구일까 생각하고 있습니다. 이런 지식은 우리의 호기심을 북돋우며, 즐거운 것이며, 뭐랄까 조금은 근본적인 것이지요.

유역·생태지역·도시국가 모델에서 우리는 '규모의 경제학'[5]을 볼 수 있습니다. 태평양에 면해 있으며 생태지역적 후배지(後背地)가 그곳의 만(灣)으로 흘러드는 모든 강의 원류에까지 뻗어 있는 르네쌍스 스타일의 도시국가를 상상해보시지요. 쌘프란시스코/계곡의 강들/샤스타원류의 생태-도시-지역! 나의 이런 개념들은 제인 제이콥스(Jane Jacobs)의 흥미로운 책 『도시와 국가의 부』(*Cities and the Wealth of Nations*)로부터 차용한 것입니다. 이 책에서 저자는 국민국가가 아니라 도시가 적절한 경제의 중심지라고 말하며 도시는 언제나 배후지와 하나로 이해되어야 한다고 주장합니다.

이러한 비국가주의적 공동체 개념은 민족적이거나 인종적일 수

---

4. 생태지역주의는 행정적으로 분할된 지역이 아니라 생태계에 기초해 분할된, 생태지역을 생활의 중심으로 삼을 것을 제안한다. 이런 의미에서는 도시도 생태지역으로도 볼 수 있다.
5. 생산규모가 커짐에 따라 단위당 생산비용이 체감한다는 이론.

없습니다. 그 공동체에서는 장소에 대한 순수한 헌신이 가장 중요합니다. 바로 여기에 장소의 입장에서 정치를 생각할 때 발생하는 가장 멋진 선회(旋回)가 있을지 모릅니다. 즉 땅 위에서 잘 살기만 한다면 인종, 언어, 종교, 또는 기원에 상관없이 누구나 환영받는다는 것이지요. 쎈트럴 밸리 지역은 영어를 스페인어나 일본어 혹은 흐몽(Hmong)족[6]의 부족어보다 더 좋아하지 않습니다. 굳이 무엇을 더 선호한다면 마이두(Maidu)족이나 미워크(Miwok)족의 부족어처럼 수천년 동안 들어온 말을 좋아할지 모르겠지만 그것도 단지 그런 언어에 익숙해 있기 때문이지요. 신화적으로 말하자면 그곳에서는 예의를 지키고, 감사함을 표하며, 연장을 잘 다룰 줄 알고, 그 땅에서 살아가며 부르는 노래를 배우고자 하는 사람이면 누구나 환영받을 것입니다.

이런 미래 문화는 배경에 상관없이 누구든 선택할 수 있습니다. 그것은 사람들에게 불교, 유대교, 기독교, 정령신앙, 무신론, 무슬림의 신앙을 버리라고 요구하지 않습니다. 그저 각자 가지고 있는 신앙이나 철학에다 자연계가 가진 심오한 가치와 인간 아닌 존재들의 주체성에 대한 진지한 긍정을 추가하기만 하면 됩니다. 그러할 때 '미국'을 포함하고, 그것을 넘어 북미대륙, 땅 그 자체, 거북섬을 긍정하는 장소의 문화는 창조될 것입니다. 우리는 동남아시아와 남미에서 이곳에 새로 도착한 사람들에게 강의 모습과 먼 산을 보여주며 이렇게 말할 수 있겠습니다. "당신은 지금 미국에 살고 있는 것만이

---

6. 중국 윈난성(雲南省)의 마오쭈(苗族)와 동류인 베트남 소수민족의 별칭. 이들은 베트남전쟁 때 미국에 협조했고, 전후 대다수가 미국으로 이주해서 캘리포니아의 쎈트럴 밸리 지역에 살고 있다.

아니에요. 당신은 이 위대한 자연풍경 속에서 살고 있는 것이랍니다. 이들 강과 산에 대해서 잘 알도록 하세요. 이곳에서 환영받도록 하세요." 유럽계 미국인, 아시아계 미국인, 아프리카계 미국인은 그들이 원한다면 거북섬에서 '다시 태어난' 원주민이 될 수 있습니다. 그렇게 할 때 우리는 아직도 이곳에 있고 여전히 우리가 어디에 있는지를 가르치고자 하는 우리의 아메리카 원주민 선조로부터 마침내 얼마간의 존경심조차 얻을지 모릅니다.

　유역의식과 생태지역주의는 단순히 환경주의가 아닙니다. 단지 사회적·경제적 문제를 해결할 하나의 수단이 아니라 자연세계와 인간세계 양쪽에서 심오한 시민정신을 실천하면서 자연과 사회를 함께 변화시키는 운동입니다. 땅이 우리의 공통기반일 수 있다면 인간과 인간 아닌 존재는 다시 한번 서로에게 말할 수 있을 것입니다.

　　캘리포니아는 황갈색 풀밭, 은회색 습지대 안개,
　　올리브색 미국삼나무, 청회색 떡갈나무 덤불,
　　뱀처럼 꾸불꾸불한 은색 언덕,
　　눈부신 백색 화강암,
　　청흑색 바위의 바다 절벽,
　　──푸른색의 여름 하늘, 밤색의 구덩이 물,
　　자색의 가파른 도심 거리들──뜨거운 크림색의 작은 마을들,
　　수많은 색깔의 땅, 수많은 피부색.

거북섬의 재발견

유역의 예언자 존 웨슬리 파월과 윌리스 스티그너에게[1]

1

선진사회에 살고 있는 우리 인간은 한번 더 정원에서 추방되었습
니다. 구미(歐美)의 인본주의와 인간의 우월성, 우선권, 유일성, 지
배권을 믿는, 인본주의의 통념으로 이루어진 정통의 낙원에서 추방

* 캘리포니아대학 인문학연구소는 1992~93년에 '자연의 재창조'라는 주제의 연구과제를 지원했다. 네
개의 대학 캠퍼스에서 네차례 회의가 개최되었다. 그것은 기묘한 연구지원이었다. 왜냐하면 그 숨겨
진 의도는 포스트모던 인문학자와 비평가 들에게 순진하고 감상적인 환경보존주의에 대한 비판을 수
행하도록 요구하는 것처럼 보였기 때문이다. 선의의 인문학자들은 사실 환경보호론자들을 반대할 이
유가 전혀 없었고, 나 같은 보존생물학과 생태주의의 열광자들은 자신들이 가장 잘 아는 이야기를 했
다. 그러니까 우리가 배낭을 지고 다니며 경험한 것, 좌선(坐禪), 도교의 우화, 코요테에 관한 민담들,
절반밖에 이해할 수 없는 최첨단과학, 대승불교 경전, 야외 생물학 안내서 등에 바탕을 둔 얼빠지고 일
탈적인 자연수정론 등을 말이다. 이 글은 1993년 데이비스 소재 캘리포니아대학교에서 개최된 마지
막 회의 '자연의 재고/야생의 회복'에서 강연한 발제문을 기초로 한 것이다.

된 것입니다. 우리는 다른 모든 동물과 균류(菌類)와 벌레가 있는 다른 정원으로 다시 내던져진 것인데, 그곳에서 우리는 스스로가 대단히 특권적인 존재라는 것을 더이상 확신할 수 없습니다. '자연'과 '문화' 사이의 벽은 우리가 탈(脫)인간의 시대로 들어가는 순간 허물어지기 시작했습니다. 다윈의 통찰 때문에 서구인은 종종 마지못해서 자신들이 가축과 문자 그대로 친족관계임을 인정하지 않을 수 없습니다.

생태학은 유기체의 상호작용 및 유기체가 에너지와 물질과 가지는 지속적인 관계를 연구합니다. 인간사회는 자연계의 다른 모든 존재들과 더불어 이 세상에 존재해왔습니다. 인문학의 학제에서는 아직 '인간 아닌'(nonhuman) 존재를 아우르는 명칭이 없습니다. 이단적 말장난의 기분으로 나는 그것을 '범(汎)인류주의'이라고 부를 것을 제안합니다.

환경운동가, 생태학자, 범인류주의자는 자연을 어떻게 생각할 것이며 자연정책을 어떻게 창안할 것인가를 두고 아직 논의중입니다. 산림관리국과 토지관리국의 전문적 자원관리자들은 자신들이 책임지고 있는 광대한 땅에 대한 케케묵은 공리주의적 견해를 재검토하지 않을 수 없게 되었습니다. 그렇게 된 데에는 그들 내부의 양심적

---

1. 존 웨슬리 파월(John Wesley Powell, 1834~1902)은 미국의 지질학자로 그린, 콜로라도 강 지방을 탐험했고 연방지질조사에 참가했다. 아메리카 인디언 언어에 대한 최초의 언어분류를 발표했고 미국의 민족학국 초대국장을 역임했다. 월리스 스티그너(Wallace Stegner, 1909~93)는 미국 아이오와 출신의 소설가이자 에쎄이스트로 스탠포드대학에서 창작교육을 했고 웬델 베리(Wendell Berry) 같은 사람을 길러냈다. 대표작으로는 『큰 얼음사탕 산』(The Big Rock Candy Mountain) 이 있으며, 환경문제에 대해 적극적으로 발언했다.

인 사람들의 설득도 일부 작용했습니다. 지금은 여러 의견들이 활기차게 합류하는 시대입니다. 과학자, 지역사회 출신 가운데 생태계 전문가가 된 사람, 토지관리기관의 전문직, 아직은 소수지만 그 수가 증가하고 있는 생태적 인식을 갖게 된 신세대 벌목꾼과 목장노동자들이 뜻을 같이하기 시작했기 때문입니다.

좀더 심원한 생태학이론과 사회이론을 다루는 분야에서 의견이 합류되려면 아직 더 기다려야 할 것 같습니다. 자연의 글쓰기, 환경사(史), 그리고 생태철학은 인문학의 주제가 되었습니다. 하지만 아직도 자연계는 근본적으로 인간의 사업을 위해 건축재를 쌓아두는 장소라고 막무가내로 우기는 소수의 역사학자와 철학자 들이 있습니다. 그렇지만 않다면 그들도 교양있는 사람들일 텐데요. 그것이 바로 서양세계가 지난 2천년 동안 말하고 생각해온 것입니다.

지금 두 종류의 인식이 서로의 주위를 맴돌고 있습니다. 그 하나를 '구제론자(救濟論者)'라고 부를 수 있을 텐데, 그들은 광대한 면적의 야생지 보호를 귀중하게 여기며 자연의 최초의 상태가 중요하다고 주장합니다. 이런 견해는 생태계의 성숙한 상태란 전문적으로는 '극상(極相, climax)'[2]이라고 부르는 안정적이고 다양한 상태라고 보는 생각과 연결되어 있지요. 또 하나의 입장은 자연은 끊임없이 변화하며, 인간의 행위가 사물을 어떤 '자연상태'도 남지 않은 지경까지 바꾸었고, 극상 혹은 '최적성'을 천이(遷移)의 어떤 다른 단

---

2. 생태계의 변천이 최종단계에 도달한 상태를 가리킨다. 이 단계에서 생물군락은 주위의 환경조건과 평형상태를 유지함으로써 안정기를 누린다.

계보다 더 높은 것으로 평가할 이유가 없으며, 인간은 자연의 일부일 뿐만 아니라 자연을 지배하고 계속해서 사용하고 변화시켜야 한다고 주장합니다. 그들을 '사용론자'라고 부를 수 있겠습니다. '구제론자'의 견해가 만들어진 것은 '씨에라 클럽' 및 전국 규모의 조직, 다채로운 '근본 환경론자들', 그리고 수많은 환경사상가와 작가들 덕분입니다. 생물학 분야에서 소수의 지지자를 가지고 있는 '사용론자'의 견해는 '세계은행'과 개발론자들의 총애를 받고 있습니다. 그들은 시간과 공간을 잃어가고 있는 멸종위기에 처한 생물의 보호를 명하는 입법과 관련된 문제들 때문에 짜증을 냅니다. 이런 견해를 재빨리 낚아챈 것이 산업계의 후원을 받는 의사(擬似) 대중주의자들이 선호하는 '현명한 사용'운동입니다.

서로 생각은 다르지만 이 두 견해는 다 오랫동안 서구사상의 중심을 이루어온 도구주의 자연관을 반영합니다. 자연의 일부를 동결하여 '원시적, 인적미답의 야생지'의 상징적 장소로 만들자는 '구제론자'의 생각 또한 자연을 황금우리에 가두어둔 상품으로 취급하는 것입니다. 일부 자연보호론자들은 그동안 고향이 보호받는 야생동물 보호지구나 공원으로 바뀔 때 원주민들이 당하는 곤경이라든지 벌목정책과 방목정책이 바뀌면서 일자리를 잃게 되는 지역 노동자와 농부의 곤경에는 어떤 반응도 보이지 않았습니다.

반면에 '사용론자'는 의사(擬似) 대중주의자인 동시에 다국적주의자입니다. 지역적 차원에서 아주 현실적인 딜레마를 안고 있는 지역 공동체와 노동자를 대변한다고 주장하지만, 조금만 조사해보면 산업계로부터 자금을 받은 사실이 드러납니다. 지구적 차원에서 보면 그들의 지원자는 정부와 기업의 거대한 권력, 그리고 나프타 (NAFTA, 북미자유무역협정)나 가트(GATT, 관세와 무역에 관한 일반협정) 와 한패가 되어 있고 지역사회의 더 많은 파괴라는 망령을 불러일으 킵니다. 그들 조직에는 웬델 베리가 '고용된 떠돌이 파괴자'라고 부르는 그런 전문가집단이 근무하고 있습니다.

포스트모던 이론가와 비평가 들은 최근 과감하게도 자연정치학 (nature politics)에 대해 발언하기 시작했습니다. 그들 중 많은 사람들이 '사용자론'측에 가담했습니다. 그들은 자연은 역사의 한 부분이며, 이미 자연계에는 인간의 행위에 의해 변경되지 않은 것이 거의 없으며, 어떤 경우든 '자연'에 대해 우리가 가지고 있는 개념은 우리의 사회적 조건의 투영이며, 이론상으로 야생을 보호하려고 노력하는 것은 아무 의미도 없다고 주장합니다. 하지만, 자연계가 지속적인 변화를 겪지 않을 수 없다는 것, 자연이 역사에 의해 형성된다는 것, 혹은 우리의 현실관념이 스스로 부여하는 환상이라고 말하는 것은 새로운 바가 아닙니다. 이런 입장들은 고통받고 있는 인간이나 다를 바 없는 현실적인 존재인 동식물의 아픔과 고통을 어떻게 다룰 것인가, 자연의 다양성을 어떻게 보전할 것인가 하는 문제를 다루는 데 여전히 실패하고 있습니다. 전세계에 존재하는 생물종의 다양성을 보호해야 할 필요성은 경제적으로 어렵고 사회적으로 논란의 여지가 있을 수 있습니다. 하지만 그것을 뒷받침하는 강력한 과학적이고 실제적인 논의들이 있습니다. 그것은 대부분의 우리들에게 하나의 심오한 윤리적 문제로 다가옵니다.

사람과(科)의 동물은 분명 50만년 혹은 그 이상의 시간에 걸쳐 자연계에 일정한 영향을 미쳤습니다. 그래서 우리는 "인간의 행위에 의해 건드려지지 않은" 것을 의미할 때의 자연에 '태초의'라는 말의 사용을 완전히 중지할 수 있습니다. '태초의'는 이제 '사실상의' 원시 상태를 의미하는 것으로 이해되어야 합니다. 외견상 인간의 손이 닿지 않은 듯이 보이는 자연환경의 대부분은 사실 아주 작은 정도라도 인간의 영향을 경험해왔습니다. 역사적으로는 농경 이전의 거대한 환경들이 있었고, 그곳에서 인간의 영향이란 사슴이나 퓨마의 활동만큼이나 사냥꾼의 시선 말고는 보통 그 어떤 것의 눈에도 거의 띄지 않은 것이었습니다.

농경사회 이전의 자연계에 인간이 끼친 단 하나의 가장 큰 영향은 의도적인 불의 사용이었으나 아직은 그 사용법을 완전히 파악하지 못하고 있었습니다. 어떤 경우 인간이 빌미가 되어 일어난 불은 캘리포니아의 원주민들이 일부러 불을 사용한 것처럼, 자연의 과정을 모방했던 듯합니다. 알바르 누녜스 까베사 데 바까(Alvar Núñez Cabeza de Vaca)[3]는 16세기 초 지금의 텍사스와 미국 남서부를 도보로 횡단하면서 사방에 사람들이 오랫동안 밟고 다닌 오솔길이 있는 것을 발견했습니다. 그러나 사실 산업사회 이전의 세계에서는 수많은 생물종, 광대한 풀밭, 비옥한 습지, 그리고 광대한 숲이 모두 변함없이 서로 다른 성장단계에서 모자이크를 이루고 있었습니다. 배리 코머너(Barry Commoner)는 지금까지의 세계환경의 가장 큰 파괴는 1950년 이후에 일어났다고 말합니다.

---

3. 1490?~1557. 스페인 탐험가로 북미대륙을 거쳐 남미로 갔다. 나중에 파라과이의 식민지 행정가가 되었으나 1554년에 그 직위를 빼앗기고 추방당했다.

더욱이 일단 변경되면 결코 회복될 수 없는 '본래의 상태'란 없습니다. 본래의 자연은 '아르테미스의 웅덩이' 신화로 이해할 수 있겠습니다. 야생의 여신 아르테미스가 자신의 처녀성을 회복하기 위해 찾아가는 숲속의 웅덩이 말입니다. 야생은 새로 회복될 수 있는 처녀성인 일종의 엉덩이를 가지고 있습니다. 아니 엉덩이 '그 자체입니다'.

우리는 아직도 '자연의 문화'를 위한 기초를 놓고 있는 중입니다. 유대-기독교-데까르뜨적 자연관에 대한 비판이 상당히 진행되고 있습니다. 바로 종래의 복잡한 자연관에 근거해 모든 선진국은 자연 풍경에 대해 근본적인 파괴를 행하고 있습니다. 우리 가운데 일부는 현상세계 전체를 우리 자신의 존재로 보는 옛 자연관을 회복하고 재평가하고 재창조해, 복잡한 과학과 결합하기를 바랍니다. 현상세계는 다수의 중심을 가지고 있으며, 그 나름의 방식으로 '살아 있고', 힘들이지 않고도 그 자체의 혼란스러운 방식으로 스스로를 조직하고 있습니다. 이런 자연관을 이루는 여러 요소들은 광범위한 고대의 토착철학에서 찾아볼 수 있으며, 현대사상에서는 좀더 현학적이지만 여전히 실험적인 다양한 형식으로 나타나고 있습니다. 그것은 정신과 육체, 영혼과 물질, 혹은 문화와 자연이라는 이원론에 붙잡혀 있지 않은 제3의 길을 제시하고 있습니다. 본질적 가치를 인간 아닌 자연의 세계까지 확대하는 비도구주의적 자연관입니다.

정찰단이 지금 엉클어진 실타래 같은 옛 자취들을 따라가면서 서양의(그리고 포스트모던의) 분할을 가로지르고, 그 너머로 탐구해 나가고자 합니다. 나는 이런 탐사 중 하나의 사례사(事例史)를 펼쳐

보이려 합니다. 그것은 다분히 북미대륙의 동질성을 위한 새로운 이야기일 것입니다. 그 일을 해온 지 이미 30년이 넘었습니다. 나는 그것을 '거북섬의 재발견'이라고 부릅니다.

2

1969년 1월 나는 남캘리포니아에서 열린 아메리카 원주민 운동가들의 집회에 참석했습니다. 서부 전역에서 수백명이 참가했습니다. 해가 진 뒤 우리는 사막의 산에서 흘러내려온 자갈로 이루어진 냇가로 나갔습니다. 북을 설치하고 화톳불을 놓았습니다. 그날 거의 밤새도록 우리는 '49'라는 범부족적인 노래들을 불렀습니다. 그날 밤 우리의 대화의 중심을 이룬 것은 아메리카 원주민의 영감을 받은 북미 전지역의 문화와 생태학의 르네쌍스에 대한 것이었습니다. 거기서 나는 이 대륙을 '거북섬'이라고 부르는 것을 처음 들었습니다. 그 말을 한 사람은 어떤 남자였는데 그는 자신의 일은 전령(傳令)이 되는 것이라고 말했습니다. 그는 흑갈색 머리를 나바호(Navajo)족 남자들처럼 묶었고 먼지투성이의 카키색 옷을 입고 있었습니다. 그는 '거북섬'은 아메리카 원주민들이 사용하기 시작한 용어이며, 우리가 북미의 미래를 건설하는 걸 도와줄 새로운 이름이라고 말했습니다. 나는 그 말이 누구에 의해서 또는 어디에서 시작되었는지를 물었습니다. 그는 "동부해안과 서부해안에는 거북이와 관련된 창세신화가 많이 있어요. 하지만 그냥 아무 데서나 들을 수 있는 말이기도 해요"라고 말했습니다.

그때 나는 10년 동안 일본에 체류한 후 막 미국 서부해안으로 돌아온 터였습니다. 이 대륙을 '거북섬'이라고 새롭게 부르는 말을 들은 건 계시적이었습니다. 우리의 대화가 제시한 이야기를 재편성해보면 그것은 풍요롭고 복합적인 것이었습니다. 나는 이곳의 토착민들이 오랜 역사에 걸쳐 그들의 고향 땅에서 정교하고 효과적인 방식으로 삶을 영위해왔다는 사실을 상기했습니다. 그들은 풍부하도록 다채로운 문화와 경제제도, 그리고 공동주택과 같은 몇가지 특징적인 사회양식을 유지해왔습니다. 그것은 서반구 전체에서 광범위하게 발견된 것입니다. 아메리카 원주민들은 간혹 서로 싸웠지만 보통은 깊은 상호존중의 의식을 가지고 있었습니다. 그들의 다채로운 종교생활에는 인간과 자연의 관계라는 문제에 대한 강력한 영적 가르침이 들어 있습니다. 어떤 이는 인간 아닌 존재의 눈을 통해 세계를 보고자 노력하는 과정에서 자기각성에 이르기도 했습니다. 그들은 자연의 면면을 아주 상세하게 잘 알고 있었습니다. 공동체와 친족관계에 대한 그들의 개념은 수많은 야생생물을 포용하고 포함했습니다. 아메리카 원주민의 역사와 문화에 대한 많은 진실은 대부분 정복자인 현재의 지배사회가 자신에게만 유리한 역사를 썼기 때문에 은폐되었습니다.

이 모임은 최초의 '지구의 날'이 있기 1년 전에 열렸습니다. 1969년 봄, 내가 미국생활을 다시 시작했을 때 나는 '거북섬'이라는 말이 아메리카 원주민이 그때그때 일시적으로 발행하는 소식지와 그밖의 다른 문서에서 광범위하게 사용되고 있는 것을 목격했습니다. 나는 상당히 많은 수의 백인들 역시 서반구에서 시작한 그들의 삶을 새롭게 바라보고 있다는 것도 알게 되었습니다. 많은 백인들은 거북섬을 대신해서 그들이 할 수 있는 최선의 일이란 환경을 위해 일하고, 도시나 시골의 변두리로 가서 다시 거주하며, 자연풍경을 배우고, 요청이 있을 때 아메리카 원주민을 지지하는 것이라고 생각했습니다. 1970년까지 나는 가족과 함께 씨에라네바다로 이주를 끝냈고 사우스유바 강의 북쪽 숲속에 농장 달린 농가를 건설했습니다. 많은 사람들이 사실상 나와 같은 뜻을 가지고 쌘디에이고의 오지에서 북쪽의 브리티시컬럼비아에 이르는 태평양 구릉지의 산과 언덕으로 이주해 들어왔습니다. 재거주를 위한 이동을 시작한 것입니다.

1970년대 초 나는 내가 사는 지역의 숲 공동체와 함께 일했습니다. 하지만 나는 정기적으로 도시로 여행했고, 시낭송을 하거나 워크숍을 지도하면서 장기간 전국을—주로 도시지역을 돌아다니기도 했습니다. 서반구에 대한 우리의 새로운 인식은 우리가 하는 모든 일에 침투했습니다. 그래서 나는 그 시기에 쓴 나의 시집에 『거북섬』(*Turtle Island*)이라는 제목을 붙였습니다.[4] 그 책의 서문은 다음과 같습니다.

거북섬—이것은 이 대륙의 옛 이름이자 새 이름으로서, 이곳에서 수만년을 살아온 사람들의 수많은 창세신화에 토대를 둔 이름이며, 근래에는 그들 중 일부가 '북미'에 붙여 다시 사용하기 시작

---

4. 이 시집은 1975년에 퓰리처상을 수상했다.

한 이름이다. 이것은 또한 전세계적으로 발견되는 큰 거북 또는 영원의 뱀이 지탱하고 있는 지구, 나아가 우주에 대한 개념이기도 하다.

하나의 이름. 그 이름을 우리는 많은 강의 유역과 자연의 경계를 따라 분포하는 식물 지역, 자연지리학적 지역, 문화권 같은 생명공동체를 가진 이 대륙에서 좀더 정확하게 바라볼 수 있을 것이다. '미합중국'과 그 모든 주와 군은 실제로 이곳에 존재하고 있는 것 위에 자의적으로 그리고 부정확하게 강요된 것들이다.

시는 장소에 대해, 그리고 생명을 유지하는 에너지 통로에 대해 말한다. 하나하나의 생명체는 모두 흐름 가운데 만들어지는 소용돌이, 외형적인 난류(亂流), 하나의 '노래'이다. 땅, 이 지구 자체, 그 또한 다른 걸음을 걷고 있는 한 생명체이다. 이 대륙의 해안에 도달했던 백인, 흑인, 멕시코인 및 다른 많은 인종은 모두 그들의 오랜 아프리카, 아시아, 유럽의 문화전통의 가장 깊은 차원에서 그런 견해를 공유한다. 그 뿌리에 다시금 귀를 기울이자. 우리가 고대와 맺고 있는 연대(連帶)를 이해하고, 그런 다음 '거북섬'에서 함께 살아가기 위해서.

이 시집이 출판된 후 나는 북미에서의 삶을 새롭게 변화시키고자 하는 많은 사람들의 반응을 들었습니다. 캐나다에도 많은 사람들이 있었습니다. 다른 많은 작가들도 각자 독자적인 방식으로 이런 종류의 일을 하기 시작했지요. 뛰어난 재능에 까다로웠던 그 일단의 작가들 중에는 아메리카 원주민의 노래와 이야기를 강렬한 작은 시편으로 번역한 제리 로센버그, 현대의 문맥 속으로 코요테를 불러낸 피터 블루 클라우드(Peter Blue Cloud), 주니(Zuni)족의 구전 서사의 이야기꾼을 영어로 재현한 데니스 테들록, 야성의 세계에 열정적으로 헌신할 것을 주장했던 에드 애비(Ed Abbey), 전율적인 소설 『의식(儀式)』(Ceremony)의 레슬리 씰코(Leslie Silko), 초기 시와 단편의 싸이먼 오르티즈(Simon Ortiz)가 포함되어 있고, 그외에도 많습니다.

이런 움직임은 대부분 1970년대 초의 자연회귀운동, 대학원을 중퇴한 장발족들의 농촌 이주를 뒤따라 일어났습니다. 그후 수천명이 지금도 여전히 하나의 문화를 만들어내고 있습니다. 교원, 배관공, 의자와 가구 제작자, 공사 청부인, 목수, 교사 시인, 자동차 수리공, 지리정보 컴퓨터 컨설턴트, 등록된 임정관, 직업적 이야기꾼, 야생생물 지킴이, 강 안내자, 산 안내자, 건축가, 또는 유기농산물 재배자. 많은 사람들이 풀뿌리정치와 얽히고설킨 공유지 정책을 훤히 익혔습니다. 그런 사람들은 눈에는 띄지 않지만 도시에서도 찾아낼 수 있습니다.

위에서 언급한 작가들이 일으킨 첫번째 파도는 몇가지 강력한 유산을 남겼습니다. 로센버그, 테들록, 델 하임스(Dell Hymes)는 우리에게 민족시학의 분야를 소개했습니다. 그것은 다문화주의 문학을 제대로 인식하는 토대가 되었습니다. 레슬리 씰코와 싸이먼 오르티즈는 탁월하고 다양한, 일단의 새로운 아메리카 인디언의 문학작품들이 발표되는 길을 터주었습니다. 에드 애비의 환경전사 정신은 급진적 환경단체 '지구 먼저!'(Earth First)의 탄생을 이끌었으며, 그 단체는 나중에 분열되면서 '야생지 프로젝트'(Wild Lands Project)를 만들어냈습니다. 내가 쓴 글의 일부는 불교윤리와 임업생활을 혼합하는 데 기여했고, 웨스 잭슨(Wes Jackson)과 웬델 베리, 게리 폴 나반(Gary Paul Nabhan)처럼 성격이 서로 다른 작가들은 장소, 장소의 자연, 공동체 문제를 진지하게 토론하는 길을 열어주었습니다. 아메리카 원주민운동은 전국적 논의에서 중요한 역할을 담당했으며, 환경운동은 어떤 경우 커다란 논쟁을 유발하는 정치가 되기도 했습니다. 비록 대항문화(counterculture)[5]는 쇠퇴하고 다른 문화운동과 융합되었지만 그 근본적인 관심사는 여전히 사람들의 대화 속에 중요한 부분으로 남아 있습니다.

가장 중요한 문제는 인간 아닌 존재들의 세계에 대한 우리의 윤리적 의무입니다. 바로 이 개념 자체가 서양사상의 토대를 뒤흔듭니다. 아메리카 원주민의 신앙은 그들이 살던 해안마다 다 똑같지는 않더라도 자연의 주체성, 자연의 본질적 가치를 전폭적으로 그리고 민감하게 인정하는 태도를 너무 자연스럽게 받아들입니다. 이것은 모든 생명은 산 채로 남의 먹이가 된다는 야생계의 고통스러운 측면을 단호하게 인정하는 것에서 결코 물러나는 것이 아닙니다.

'거북섬 사상'은 불교와 도교, 그리고 전세계에 광범위하게 퍼져 있는 정령신앙과 이교신앙의 생생한 진실에서 개념을 수집합니다. 자연계에 진보나 질서의 개념을 억지로 부과하는 일은 없습니다. 불교는 무상(無常), 고통, 자비, 지혜를 가르칩니다. 불교의 가르침은

---

5. 1960년대 미국의 젊은 세대를 중심으로 전개된 문화운동으로 반체제, 반물질문명, 반전(反戰), 반근대산업문명을 기치로 내세우며 새로운 문화와 생활방식을 모색했다.

자비와 윤리적 행동의 참다운 원천이 역설적이게도 공(空)하고 덧없는 만물의 본성에 대한 자신만의 깨달음이라고 말합니다. 많은 정령신앙과 이교신앙은 불가피한 고통과 죽음이 있는 현실을 축복하고, 그 과정의 아름다움을 긍정합니다. 현대의 생태이론과 환경사(史)를 여기에 덧붙여보십시오. 그러면 우리는 무엇이 지금 움직이고 있는지 알게 됩니다.

보존생물학, 심층생태학, 그밖의 새로운 학문분야는 생태지역운동에 의해서 공동체 지지자와 현실의 기반을 얻게 됩니다. 생태지역주의는 생물지리학적 지역과 유역의 입장에서 '장소에 따라' 이 대륙에 관여할 것을 요청합니다. 생태지역주의는 우리나라를 지형, 식물, 기후 유형, 계절 변화에 따라, 다시 말하면 정치적 행정구분의 망을 씌우기 이전의 자연사 전체의 관점에서 보기를 요구합니다. 사람들은 '재거주자'가 되라는 요청을 받습니다. 말하자면 '마치' 앞으로도 오랫동안 자신들의 장소에 온전하게 관련을 맺고 살고 생각하는 것을 배우는 사람처럼 되라고 요구하는 것입니다. 그렇다고 해서 그것이 어떤 원시적인 생활양식이나 유토피아적인 지방주의로 회귀하는 것을 의미하는 것은 아닙니다. 단지 공동체에의 참여와 지속가능하며 세련된 경제적 실천의 혼합의 추구를 의미합니다. 그럴 때 사람들은 지역적으로 살면서도 지구사회에서 배우고, 또 지구사회에 이바지할 수 있을 겁니다. 가장 우수한 생태지역운동의 일부는 도시에서 이루어지는데 그것은 사람들이 인간적이면서 생태적인 이웃환경을 회복하려고 노력하기 때문이지요. 그런 사람들은 국적이나 민족적 배경과 상관없이 '미국, 혹은 멕시코, 혹은 캐나다 시민'보다 한층 더 깊은 어떤 존재가 되어가는 과정에 있습니다. 그들은 '거북섬'의 원주민이 되어가고 있는 것입니다.

1990년대인 지금 '거북섬'이란 용어는 조촐하게 그 길을 지속적으로 확장하고 있습니다. 자체적으로 발행하는 소식지와 함께 '거북섬 사무실'이 전국을 돌고 있습니다. 그것은 많은 생태지역운동 단체들에게 전국적인 정보센터의 기능을 하며 격년마다 '거북섬 회의'를 개최합니다. 미국만이 아니라 캐나다와 멕시코에서도 참가자들이 옵니다. '거북섬'이란 용어의 사용은 이제 수많은 아메리카 원주민의 정기간행물과 집회에서는 표준이 되었습니다. 쌘프란시스코를 중심으로 활동하는 '거북섬 현악사중주단'까지 있는 형편이지요.

1992년 겨울 나는 마드리드의 알깔라(Alcalá) 대학 소속의 북미학 연구소 소장을 만나 그 학과의 이름을 '거북섬 학과'(Estudios de la Isla de Tortuga)로 바꾸도록 설득한 일도 있습니다. 그는 그렇게 명칭을 변경한다는 생각에 아주 즐거워했습니다. 우리는 다음과 같은 의견의 일치를 보았습니다——첫째, 미국이라고 하면 그것은 기본적으로 2백년에 걸친 영어문화를 말하는 것이다. 둘째, '미국'이라고 하면 그것은 서반구에서 5백년에 걸친 유럽계 미국의 활동을 떠올리게 한다. 셋째, '거북섬'이라고 하면 광대한 과거, 열려 있는 미래, 그리고 식물과 인간과 동물이 어우러진 모든 생명공동체에 촛점이 모이게 된다.

3

쌔크라멘토 계곡 동쪽과 씨에라 산맥의 북부 기슭에 사는 아메리카 원주민 니세난족과 마이두족에게는 다음과 같은 창세신화가 있습니다.

코요테와 지구 창조신은 만물이 소용돌이치는 가운데 여기저기 돌아다니며 바람을 일으키고 있었다. 코요테가 마침내 아무 목적도 없는 행동을 충분히 하고 나자 말했다. "창조신님, 우리에게 세상을 하나 만들어주세요."

창조신은 그런 일을 피하고자 하지 않을 구실을 찾으려 했다. 세상이란 그저 골칫거리일 수 있다는 걸 알았기 때문이다. 그러나 코요테는 그에게 한번 해보라고 졸랐다. 그래서 창조신은 드넓은 물 위로 몸을 구부리고 거북이를 불러냈다. 시간이 한참 지나서야 거북이가 수면 위로 나왔다. 창조신이 말했다. "거북아, 내게 진흙을 조금만 갖다줄 수 있니? 코요테가 세계를 가지고 싶어하는구나."

"세계라고요?" 거북이가 말했다. "문제없어요. 좋아요." 거북이는 물속으로 들어갔다. 거북이는 아래로 계속 내려가 바다 밑바닥에 닿았다. 거북이는 진흙 한덩어리를 크게 뜬 후 물 위를 향해 헤엄치기 시작했다. 거북이가 소용돌이를 그리며 물을 저어 위로 올라오는 동안 흐르는 물은 거북이가 물고 있는 진흙을 입 양쪽과 뒤에서 쓸어버렸다. 그래서 물 위에 도달했을 때는(6년이 걸렸는데) 남은 것이라곤 주둥이 사이에 낀 조그만 흙 알갱이가 전부였다.

"그거면 충분할 거야!"라고 창조신은 말하면서 흙 알갱이를 손에 쥐고 마치 옥수수빵을 만들 듯 편편하게 두들겼다. 갑자기 코요테와 창조신은 타르 칠한 방수포(帆布)만 한 땅 위에 서 있었다. 그러고나서 창조신이 발을 구르자 그들은 평평하고 넓은 진흙 평야에 서 있게 되었다. 바다는 사라졌다. 그들은 땅 위에 서 있었다.

그후 코요테는 나무와 식물을 원했고, 풍경을 원했지요. 그 이야기는 계속되면서 어떻게 코요테가 그때 나타난 자연풍경들을 상상했는지, 동물과 식물이 나타나는 대로 이름을 붙여주었는지를 말해줍니다. "너는 스컹크처럼 보이니까 스컹크라고 부를래." 그리고 코요테가 상상한 풍경은 오늘날과 같습니다.

우리 아이들은 이 이야기를 최초의 창세이야기로 들으며 자랐습니다. 아이들이 나중에 성경에 나오는 이야기를 들었을 때 "그건 코요테와 창조신의 이야기와 많이 비슷한데"라고 말했습니다. 그러나 니세난족의 이야기는 아이들에게 세부적인 면까지 완벽한 그들만의 자연풍경을 주었습니다. 그리고 이야기에 등장하는 동물들은 그들 자신의 일상세계에 있는 동물들이었습니다.

신화시학(Mythopoetic)이 가진 익살스러움은 장기적인 전망의 사회적 변화를 재충전하는 일의 일부를 담당할 수 있습니다. 그렇다면 단기적 전망의 사회적 변화는 어떤가요? 몇가지 즉각적인 성과를 말할 수 있겠는데, 그중 하나가 공동체와 공유지가 상호작용하는 새

시대가 시작되었다는 것입니다. 예컨대 캘리포니아에서는 새로운 생태계에 토대를 둔 일련의 정부·공동체 공동관리의 문제에 대한 토론이 이루어지기 시작했습니다. 가장 중요한 환경정치운동 중 일부는 유역이나 생태계에 토대를 둔 단체들에 의해 이루어지고 있습니다. '생태계 관리'는 그 정의상 사유지 소유자들의 참가를 포함합니다. 내가 살고 있는 북부 씨에라 산맥의 한구석에서 우리는 '인간이 거주하는 야생생물 회랑'을 실천하고 있는데, 그것은 생물적 연결자의 역할을 수행하는 지역을 말합니다. 그리고 여기서 계속 살고 있는 집은 비록 수십 가구에 불과하지만 우리는 합의를 통해 야생생물의 생존을 강화해줄 구체적인 실천을 행하고 있습니다. 그같은 이웃간의 합의사항은 대부분의 제3세계 국가에서 야생생물의 다양성을 보전하는 문제 해결의 열쇠가 될 것입니다.

궁극적으로 우리는 모두 '토착적인'이라는 용어와 노래와 춤, 그리고 구슬과 깃털, 또한 거기에 따르는 깊은 책임감까지 모두 우리 문화의 일부라고 주장할 수 있습니다. 우리는 모두 이 지구라는 별의 토착민입니다. 야생정원이 모자이크를 이루는 이 별에서 우리는 자연과 역사로부터 착한 정신으로 다시 거주하라는 요구를 받고 있습니다. 그 책임의 일부가 하나의 장소를 선택하는 일입니다. 땅을 회복하기 위해서 우리는 한 장소에서 살며 일해야 합니다. 한 장소에서 일한다는 것은 다른 이들과 더불어 일하는 것입니다. 한 장소에서 함께 일하는 사람들은 공동체가 되며, 한 공동체는 때가 되면 하나의 문화로 성장합니다. 야생의 세계를 대신해 일하는 것이 문화를 회복하는 일입니다.

키트키트디지: 그물의 매듭

덴버에서 출발해 서쪽의 쌔크라멘토로 운행하는 제트기들은 레노 동부에서 고도를 낮추기 시작하지요. 눈 덮인 씨에라 산맥의 정상을 넘으면서 엔진은 차갑게 식습니다. 제트기들은 산맥의 서쪽 비탈 위로 낮게 미끄러지며 아메리칸 강 북쪽 지류의 계곡 위를 지납니다. 비행기 창밖으로 북쪽을 바라보면 유바 강 유역을 볼 수 있습니다. 아주 맑은 날이면 옛날의 '채광지', 그러니까 19세기 금 채광 때문에 허옇게 드러난 드넓은 사력층(砂礫層)지대도 볼 수 있지요. 그런 곳 중 한 군데의 가장자리에 우리 가족이 사는 작은 언덕이 있습니다. 그곳은 사우스유바 강의 협곡과 2천 에이커에 달하는 나무 없는 옛 탄광지대 사이의 숲지대에 있습니다. 그 언덕은 하이씨에라에서 캘리포니아의 메어리스빌 근처의 평지로 내달리는 40마일에 이르는 산맥의 능선 위에 있습니다. 비행기 창에서 내다보면 대(大)씨에라 산맥 생태계의 북부지역이 보입니다. 여름이 건조해서 재목이 단단한 침엽수가 광대한 숲을 이루고 있는데 계곡과 개간지와 불탄 자리에는 가뭄에 강한 관목과 덤불이 자라고 있습니다.

10분 후 제트기는 쌔크라멘토 강둑 위를 스치듯 날다가 활주로에 착륙합니다. 자동차로 그 유역을 빠져나가 내가 사는 곳까지 올라가자면 두시간 반이 걸립니다. 마지막 3마일이 가장 길게 느껴지지요. 우리는 그곳이 우리가 이제껏 가보았고 앞으로 가볼 길 중 가장 울퉁불퉁한 길이라고 즐겨 농담합니다.

1960년대에 나는 일본에 체류하고 있었습니다. 한번은 캘리포니아를 방문하던 중에 친구들이 산을 사려고 하는데 같이 사면 어떻겠느냐고 제안했습니다. 그 시절에는 땅과 가스 가격이 무척 쌌습니다. 우리는 차를 타고 능선과 협곡지대로, 그리고 길이 끝나는 곳까지 갔습니다. 우리는 맨자니타 수풀 사이를 뚫고 들어갔고, 튼튼한 폰데로싸소나무가 광활한 숲을 이룬 곳을 돌아다녔습니다. 나침반을 손에 들고 나는 땅의 네 귀퉁이를 표시하는 놋쇠 캡을 두개 찾아냈습니다. 그곳은 내가 씨에라 산맥에서 처음 보는 땅이었습니다. 그러나 나는 폰데로싸소나무와 흑참나무 등 그곳의 식물군을 잘 알고 있었으므로 강우량과 기후가 어떨지도 알았습니다. 나는 내가 그 나무들과 함께 있고 싶어한다는 것을 알았습니다. 거기에는 토종 쇠풀로 가득한 야생초원이 있었습니다. 일정하게 흐르는 냇물은 없었지만 비탈에 사초속(屬)의 각종 식물이 자라는 걸 보면 지하수가 있음이 분명했습니다. 나는 친구들에게 나도 끼워달라고 말했습니다.

1백 에이커 중 25에이커어치의 돈을 지불하고 나는 일본으로 돌아 갔습니다.

1969년 캘리포니아로 영구귀환한 우리 가족은 차를 타고 그 땅에 가보았고, 우리는 그곳에서 우리의 삶을 꾸리기로 결정했습니다. 당시 그곳에는 사실상 이웃이라곤 없었으며, 길은 지금보다 훨씬 더 고약했습니다. 송전선이나 전화도 없었고 마을까지 가려면 협곡을 지나 25마일을 더 가야 했습니다. 그러나 우리에게는 의지와 어느정도의 기술이 있었습니다. 나는 미 북서부 지방의 한 작은 농가에서 자랐고, 어린시절 이래 숲과 산에서 살아온 사람이었습니다. 나는 목공소에서 일한 적이 있고, 미 임업국의 계절노동자로 일했기 때문에 3천 피트 정도 되는 산에서의 생활은 할 만했습니다. 우리는 실제로 '야생지 안'이 아니라 오히려 생태학적 회복 지대 안에서 살게 되었습니다. 타호 국유림이 우리집 건너편 언덕에 수백 평방마일에 걸쳐 뻗어 있었습니다.

나는 예전에 오레곤 주 동부의 폰데로싸소나무 숲에 있던 아메리카 인디언 보호지구에서 벌목꾼으로 일한 적이 있습니다. 그곳의 나무들은 키가 60미터 이상이고 지름은 1.5미터나 되었습니다. 땅은 건조했고 고도는 조금 높았는데, 그래서 큰 나무 아래에서 자라는 키 작은 나무들은 다른 곳의 나무들과는 달랐지만 적응력은 똑같고, 나무껍질이 계피색인 소나무들이 자라고 있었습니다. 그런데 이곳의 나무들은 키가 30미터쯤 되었습니다. 성장이 정지되는 상태에 다가가고 있었지만 노목(老木)이 되기에는 아직 한참 멀었습니다.

나는 그 지역에서 태어나 아흔살이 된 이웃과 이야기를 나누었습니다. 그는 어렸을 때 지금의 내 땅에서 젖소를 길렀고 여기저기서 나무를 잘랐다는 것, 그리고 1920년쯤 큰 불이 났었다고 말했습니다. 나는 쓰러진 흑참나무 그루터기를 잘 손질해 나이테를 세어보았는데, 수령이 3백년 이상 되었습니다. 그 정도 크기의 참나무가 주위에 서 있는 걸로 보아 산불이 산 전체에 난 것은 아니었음이 분명했습니다. 향삼목과 마드로나와 얼마간의 더글러스전나무가 뒤섞여 있는 소나무 숲지대 말고도 우리가 사는 곳은 산불 이후 자란 맨자니타밭이 막 나오기 시작한 어린 소나무와 모자이크를 이루고 있었습니다. 안정된 극상(極相)의 맨자니타 숲이 있었고, 8에이커의 순종 흑참나무 지대가 있었으며, 청참나무 지역, 회색 소나무 지역, 그리고 초지 지역이 있었습니다. 또한 근처 계곡에 사는 원주민인 윈툰(Wintun)족의 말로 '키트키트디지'(Kitkitdizze)라고 부르는 키 작은 지피식물(地被植物)이 많이 있었습니다. 여기저기 흩어져 있는 아주 오래된 그루터기들로 보아 이 일대는 한때 벌목지였던 곳임이 분명했습니다. 한 이웃사람은 성장추(錐)로 계측해본 다음 일부의 나무가 벌채된 것은 1940년경이라고 추정했습니다. 주변의 땅과 내가 집을 꾸리고 있던 장소는 경계 표시가 없이 하나로 통했습니다. 눈으로 보나 생물들에게나 그것은 모두 하나였습니다.

우리는 처음 10년은 담을 쌓고 지붕을 얹고 목욕탕과 작은 헛간과 장작광을 짓느라고 눈코 뜰 새가 없었습니다. 그런 일은 대부분 옛날식으로 이루어졌습니다. 집의 골조로 쓸 나무는 모두 2인용 톱으로 쓰러뜨렸고, 손잡이가 양쪽에 달린 당겨 깎는 칼로 나무껍질을 벗겨냈습니다. 장발족인 젊은 남녀 여러 명이 동지애로, 또는 먹을 것을 구하기 위해, 또는 돈을 벌려고 그 작업 캠프에 참가했습니다. 그중 두 사람은 나중에 면허증을 가진 건축가가 되기도 했지요. 그들 중 많은 사람들이 그냥 남아 오늘날의 이웃이 되었습니다. 석유 등잔불로 불을 밝혔고, 난방은 나무로 했고, 음식도 나무와 프로판 가스로 만들었습니다. 나무를 태워 사용하는 레인지, 나무를 태워 사용하는 사우나 난로, 발로 돌리는 재봉틀, 1950년대부터 프로판가스를 사용하는 서벌 냉장고는 아주 고르고 고른 쇼핑품목이었습니다. 다른 많은 젊은 이주자들은 1970년대 초 북캘리포니아에서 그들 스스로 살 장소를 찾았습니다. 그렇게 해서 결국 우리가 '샤스타 네이션'이라고 즐겨 부르는 이곳에서 이렇게 사는 재거주문화 전체가 형성된 것입니다.

나는 서재를 만들어 등잔불 아래서 시와 에쎄이를 썼으며, 주기적으로 밖으로 나가 전국을 돌며 강연하고 가르쳤습니다. 나는 나의 집은 잘 감춰진 베이스캠프며, 그곳을 근거로 내가 대학의 금고를 습격하고 있다고 생각했습니다. 우리는 우리들이 사는 곳을 향기로운 그 작은 관목의 이름을 따서 '키트키트디지'라고 이름 붙였습니다.

드문드문 살고 있는 이웃사람들과 나는 지역문제를 얘기하기 위해 한달에 한번씩 만나는 모임을 시작했습니다. 우리는 모두 자연을 사랑하는 사람들이었고, 우리가 자연에 미치는 영향을 가능한 한 최소화하고자 애썼습니다. 샘과 초지가 있어 물이 풍부한 터에서 사는 사람들은 작은 꽃밭을 만들고 과실수를 심었습니다. 나는 과실수를 심고 닭을 키우고 채마밭을 일구고 꿀벌을 쳤습니다. 벌이 맨 먼저 끝났습니다. 벌집은 어느날 밤 흑곰 한 마리에 의해 완전히 파괴되었습니다. 채마밭은 1980년대 건조한 겨울이 시작됐을 때까지는 그런대로 잘되었지만 마침내 끝장이 났습니다. 그리고 물론, 정원 울타리를 어떻게 만들든 사슴은 들어오는 길을 찾았지요. 닭은 북부지방의 새매와 붉은꼬리매, 너구리, 들개, 살쾡이가 호시탐탐 노리는 목표물이 되었습니다. 한번은 살쾡이 한 마리가 한달 동안 닭을 25마리나 죽인 적도 있습니다. 과실수는 남아 있었는데 특히 사과나무가 그랬지요. 모두가 재배변종인 사과나무는 그곳에 가장 잘 맞았습니다. 콩새와 피리새는 딸기밭을 언제나 우리보다 앞서 다녀갔습니다. 그러나 나는 마음으로부터 정원에 열중한 적이 없었습니다. 그렇다고 내가 다시 벌목꾼이 되는 것도 생각할 수 없는 일이었습니다. 그리고 그곳은 상업용 크리스마스 나무를 기르기에는 적합한 곳이 아니었습니다. 쓰러진 참나무와 소나무를 장작으로 쓰기 위해 자르거나, 건물의 골조로 쓰기 위해 어쩌다 긴 나무를 베어 쓰러뜨리거나, 화재의 위험을 줄이기 위해 자주 집에서 상당히 멀리 떨어진 곳까지 나무의 밑가지와 큰 나무 밑에서 자라는 관목을 쳐내는 것 말고 나는 숲을 가능한 한 건드리지 않았습니다. 나는 숲에 부담이 되고 싶지 않았으며 숲을 깊이 이해하고자 했습니다. 그리고 숲은 야생상태로 그대로 두어 야생생물의 서식지가 되게 하는 것으로 충분하다고 생각했습니다.

이런 곳에서 산다는 것은 정말 즐거운 일입니다. 코요테가 울부짖으며 만들어내는 푸가, 나무 꼭대기에서 서로 노래를 교환하는 올빼미, 거의 날마다 사슴을 구경하는 일—발정기에 뿔이 달그락거리는 소리, 느릿느릿한 방울뱀을 바라볼 때의 전율, 눈 속에서 가축의 발자국을 찾아다니는 일, 퓨마를 두 번이나 본 일, 우연히 굉장히 큰 곰의 배설물을 발견한 일, 이 모든 것을 아이들과 함께 체험하는 일은 그곳 생활이 주는 불편함 이상의 값진 것입니다.

원래 나와 함께 땅을 산 친구들은 다른 곳에서 점점 더 바쁘게 활동하게 되었습니다. 몇년이 걸렸지만 우리는 그 친구들에게서 땅을 사들여 결국 1백 에이커 전부를 가지게 되었습니다. 그 일로 우리는 정신이 번쩍 들었습니다. 이제 키트키트디지는 완전히 우리의 손에 들어왔습니다. 우리는 현금은 별로 없지만 땅부자였습니다. 그런데 두번째 자란 더 많은 소나무와 맨자니타를 필요로 할 사람이 누구일까요? 우리는 식물과 동물이 분주하게, 거의 도심지처럼 분주하게 갑자기 불어난 이 장소와 우리의 관계를 재고해보아야 했습니다. 그대로 내버려둘 것인가? 사용한다면, 어떻게 사용할 것인가? 그 모든 것에는 어떤 책임이 따르는 것일까?

이제 우리에게는 성장한 두 아들, 두명의 의붓딸, 세대의 자동차, 두 대의 트럭, 네 채의 건물, 연못 하나, 두 개의 우물용 펌프, 1백 마리 가량의 닭, 17그루의 과실수, 두 마리의 고양이, 약 90코드(1코드는 128m²)의 장작이 있고, 나중에는 거기에 세 개의 동력 사슬톱이 추가됩니다. 나는 그동안 많은 것을 배웠으나 미지의 영역은 여전히 많이 남아 있었습니다. 아래쪽 작은 떡갈나무 덤불에 이 땅과의 울타리가 하나 있고, 그것은 토지관리국의 토지와 경계를 이루고 있는데도 나는 '아직도' 그곳의 위치를 확인하지 못한 상태입니다. 흑곰이 장작광에 있던 냉장고에 앞발자국을 남겼고, 살쾡이, 코요테, 여우의 흔적은 전보다 더 확실해졌으며 가끔은 벌건 대낮에도 어슬렁거리며 돌아다녔습니다. 여기저기 흩어져 있는 금을 캐내기 위해 거대한 호스로 씻어내는 바람에 흙이 씻겨 내려간 금광 노동자 캠프는 하나같이 단단한 맨자니타와 분재(盆栽)처럼 보이는 소나무 군락지로 바뀌어 있었습니다. 캘리포니아에서 있었던 최초의 중요한 환경 문제에 대한 분쟁은 쌔크라멘토 밸리의 농부와 유바 강 유역에서 수력으로 금을 캐던 금광업자 사이의 분쟁이었습니다. 1884년 로렌조 쏘여(Lorenzo Sawyer) 판사의 판결은 금광에서 나오는 어떤 찌꺼기도 유역으로 배출되는 것을 절대 금지했습니다. 그것으로 이곳에서의 수력 채광은 끝났습니다. 우리는 지금 씨에라 산맥에서 아래 계곡으로, 거기서 다시 비옥한 농지로 흘러들어간 토사(土砂)의 양이 파나마 운하를 위해 반출된 흙의 여덟배나 된다는 것을 알고 있습니다.

석유등잔은 교류와 직류 혼합형 광전자(光電池) 장치로 대체되었습니다. 전화회사는 스스로 비용을 부담하고 우리 동네 전역에 지하 전화선을 깔아주었습니다. 아내 캐럴과 나는 지금 컴퓨터를 사용하고 있는데 그것은 작가에게는 잘 드는 소형 사슬톱과 같은 것이지요. 그런데 사슬톱과 컴퓨터는 사내다운 생산성과 바보 같은 압박감을 함께 증대시키지요. 내가 데이비스 소재 캘리포니아대학에서 가르치기 때문에 대학은 내게 인터넷 계정을 주었습니다. 우리는 20세기 말로 들어섰고 그래서 지금 우리는 가볍게 키보드를 쳐서 정치와 환경에 관한 정보를 즉각 얻어내고 있습니다.

씨에라 산맥은 그 전체가 다양한 국유림, 토지관리국, 씨에라퍼시픽 목재회사, 주립공원, 사유지 등 소유권으로 모자이크를 이루고 있습니다. 하지만 매의 눈으로 보면 그곳은 거대한 바위들과 삼림이 한눈에 들어오는 커다란 곳입니다. 대부분의 이웃들과 함께 우리는 지난 10년 동안 숲에 관한 논란, 특히 타호우(Tahoe)국유림의 장기 계획에 관한 논란에 휩쓸렸습니다. 그 군(郡)의 개발추진자들은 개발 이후에 따르는 자연의 회복과정보다는 여전히 낭만적인 옛 금광 시대를 더 좋아하는 듯했습니다. 씨에라 산맥의 기슭을 아직도 '황금지대'라 부르고, 고속도로는 '49번'으로 부르며[1], '금덩어리'라든지 '보난자(Bonanza, 대박, 노다지)'라는 이름의 기업들이 있습니다. 내가 금에 반대하는 것은 아닙니다. 내 치아와 귀에도 금이 있습니다. 하지만 이곳의 진정한 부는 씨에라 산맥의 숲이지요. 내 이웃과 나는 수많은 공청회에 출석했고, 임학자, 지구(地區)의 국유림 순찰 경비대, 그밖의 산림관리국의 전문가들과 길고도 복잡한 토론을 했습니다. 모든 정부 및 민간 기관의 임명이란 사실은 여러가지 '권리'의 문제인 듯했습니다. '권리'만 있고 땅의 윤리가 없을 때 건조한 여름을 보내게 되는 우리의 숲은 앞으로 수백년이 지나는 동안 어쩔 수 없이 덤불숲으로 전락할 수도 있습니다. 우리의 참여는 산림정책의 개혁을 요구하는 전국 규모의 캠페인의 일부였습니다. 그 결과 미국 산림관리국과 생태계 관리 문제에서 전국적인 규모의 진정한, 그리고 전향적인 대변혁이 있었습니다. 만약 합의한 대로 실천되기만 한다면 그것은 대단한 일이 될 것입니다.

　그 다음 우리의 관심의 촛점을 모은 곳은 토지관리국이 관리하고

----

1. 캘리포니아 주의 주도(州道)로 1849년의 골드 러시와 관련해 붙여진 이름이다.

있던 근처의 공유지였습니다. 이들 공유지가 사슴과 다른 야생동물이 높은 산에서 아래 계곡으로 내려가는 중요한 중고도의 통로라는 것을 쉽게 알 수 있었습니다. 우리 가족의 땅도 그 통로의 일부입니다. 그래서 우리는 전혀 새로운 경기에 뛰어들게 되었습니다. 중앙 캘리포니아의 토지관리국 국장은 우리의 관심사를 알게 되어 차를 타고 올라와 우리와 함께 숲속을 돌아다녔고, 우리와 대화를 나누었으며, 우리 공동체의 의견을 들은 후 "이들 땅에 대해 서로 협조하면서 장기계획을 세웁시다. 서로 정보를 나누도록 하지요"라고 말했습니다. 우리는 그와 협조해서 일하기로 동의했고 야생동식물 조사 일람표를 만들기 시작했습니다. 처음에는 나이 든 자원봉사자들과 했고, 다음에는 혈기왕성한 십대의 우리 아이들에게 뛰어들게 했습니다. 우리는 3천 에이커에 가까운 숲을 연구했습니다. 우리는 숲속에는 무엇이 있으며 어떤 것이 함께 있는지, 그 양은 어느 정도이고, 종류는 얼마나 다양한지 알아내기 위해 깊은 협곡의 위아래를, 덤불을 헤치고 다녔지요.

그 일부의 숫자를 적고 지도를 작성했습니다. 내 아들 카이가 지리정보시스템 기술을 배워서 빌려온 썬 스파크 컴퓨터에 그 자료를 입력했습니다. 그 나머지 우리가 관찰한 것은 상세히 적어두었다가 각각의 작은 항목을 만들어 몇 무더기나 되는 노트를 달아두었습니다. 조사를 하는 동안 우리는 아주 큰 나무 몇 그루를 발견했고, 캘리포니아 점박이올빼미 한 쌍이 있는 곳을 알게 되었으며, 끈끈한 육식식물인 *끈끈이주걱*이 서식하는 작은 습지도 알게 되었습니다. 그곳 특유의 화학성분을 가진 토지에서만 자라는 식물인 뱀처럼 꾸불꾸불한 토종식물들이 있는 독특하고 척박한 둥근 마루터기를 묘사할 수 있었고, 성장하고 있는 생생한 숲속의 드넓은 나무지대를 확인하기도 했습니다. 그리고 우리는 숲속에 쌓여 있는 막대한 양의 연료를 보고 충격을 받았습니다. 선의는 있으나 생태학적으로 무지한 정부의 지난 1백년에 걸친 산림화재 방지 정책이 캘리포니아의 숲을 믿어지지 않는 화약고로 만든 것이었습니다.

캘리포니아의 건조한 숲은 수천년 동안 반복된 산불을 겪으면서 그 모양을 형성해왔습니다. 산불은 대략 25년마다 어떤 일정한 구역을 휩쓸곤 했는데 그렇게 하면서 지속적으로 밑에서 자라는 식물은 억제하고 키 큰 나무들은 살아남게 한 것이라고 삼림역사(森林歷史) 전문가들은 말합니다. 아메리카 원주민들도 일부러 산불을 놓았습니다. 그렇게 해서 2백년 전의 캘리포니아 삼림은 공원들 안의 거대한 나무들이 충분한 간격을 가지고 이루어져 있어 산불로부터 안전했다고 합니다. 물론 언제나 맨자니타밭이 있었고 소실지역은 회복되어갔지만 전체적으로 삼림의 축적으로 생긴 연료는 지금보다 훨씬 적었습니다. 지금 그대로 '야생으로 내버려둔다'고 할 때 그것은 불의 위험을 무릅쓰는 꼴이 될 것이며, 그렇게 되면 땅 전체를 천이의 초기단계인 덤불상태로 되돌려놓을 수도 있습니다. 전체 씨에라 산맥 아래의 나무 구릉지대들과 뒤섞여 있는 수만 가호와 농장이 불에 탈 수도 있습니다.

야생생물조사 일람표 작성의 결과로 유바 강 유역연구소가 설립되었습니다. 지역민으로 이루어진 비영리기구로서 좀더 큰 지역을 목표로 하면서 임학, 생물다양성, 경제적 지속가능성에 대한 프로젝트와 연구를 후원합니다. 토지관리국과의 공동관리계획의 결론 중 하나는 당연히 가능한 한 무슨 수단을 쓰더라도 삼림 축적에 의한 연료의 양을 줄이기 위해 노력한다는 것이었습니다. 우리는 어느정 도 선별적인 벌채는 적절하며, 삼림 축적에 의한 연료의 양을 감소 시키는 걸 도울 수 있고, 나무를 솎아내고 시차를 두고 처방화입(處方火入) 할 때 드는 비용의 일부를 지불할 수도 있다는 것을 알았습 니다. 우리는 우리가 사는 땅의 이름을 이곳에서 최초로 살았던 사 람들에게 경의를 표하는 뜻에서 니세난족의 말로 '소나무'를 의미하 는 '이니민 숲'이라고 명명했고, 토지관리국도 그것을 축복해주었습 니다. 입화 작업, 야생생물이나 사람과 함께 하는 일은 공유지나 (자 발적인)사유지나 똑같이 늘어납니다. 우리의 지역이 생물학적으로 중대한 역할을 한다는 걸 깨달으면서 우리는 '사람이 살고 있는 야 생생물의 회랑'에서 인간이 동물과 함께 살 수 있는 행동법칙을 배우 려고 노력하지요. 서반구의 데이터베이스에 정보를 제공하기 위해 철새가 보금자리를 만드는 계절에 그물로 잡아 다리에 꼬리표를 매 는 프로젝트의 장소로 공유지가 아니라 키트키트디지의 어떤 관목 림 지역이 선정되었는데 그 이유는 단지 그곳이 위치상 뛰어났기 때 문입니다. 그곳을 관리하는 사람은 내 아내 캐럴입니다. 아내는 그 지저귀는 소리가 울려퍼지는 작은 새들의 다리에 꼬리표를 매면서 새들에게서 깊은 감동을 받고 있습니다.

이곳에서 우리가 하고 있는 토지관리국과의 연대작업은 미 서부 에서 토지관리에 대한 사고가 급속히 변하고 있음을 반영한 것으로 볼 수 있겠지요. 공유지와 사유지의 동반관계를 큰 시야에서 보고 있는 것입니다. 지역공동체와 다른 지역의 기업 관계자, 그리고 그들의 근린에 있는 공유지 구역간의 공동관리 협정은 지역마다 책임지는 '공유지 회복' 계획사업에서 새롭고도 유력한 가능성입니다. 생태학적 교양의 필요, 지역의 유역에 대한 인식, 그리고 공유지에서의 우리의 이해관계에 대한 이해는 보다 큰 사회의식 속에 침투하기 시작했습니다.

자연풍경 속에서 배운 교훈들은 우리의 땅에 적용되지요. 우리 가족이 우리의 '키트키트디지 3백년 계획'의 일환으로 유역활동에서 차용하고 있는 것은 다음과 같습니다.

* 나무 아래 가지치기를 훨씬 더 자주 하고 지속적으로 계획적인 산불을 놓는다. 산불 통제를 위해 일부 구역은 불이 들어가지 않도록 한다.
* 적합한 땅에 몇 그루의 사탕소나무와 향삼나무를 심는다. 폰데로싸소나무는 대체로 저희들끼리 잘 자란다. 도토리 수확에 어떤 영향을 주는지 알기 위해 몇 그루의 참나무 아래 땅에다 불을 놓는다. 더 질 좋은 바구니 세공품 재료를 생산할 수 있는지 알기 위해 볏과의 풀이 자라는 땅에 불을 놓는다. 이것은 캘리포니아에 바구니 짜기가 부활하고 있는 것에서 착안한 것이다.
* 죽은 참나무를 장작용으로 다 가져오지 않고 1퍼센트는 숲에 놓아둔다. 그렇게 하면 우리의 7대 손녀가 살 무렵에는 산불로부터 안전한 넓은 소나무 지대가 형성되어 있을 것이다. 그리하여 믿을 수 없을 정도로 비싼, 근사하게 자란 커다란 나무를 이따

금 원목으로 팔 기회도 줄 것이다.

우리는 이상과 같은 것을 우리의 주변의 땅에서도 그대로 행할 수 있다고 생각합니다. 야생생물은 변함없이 그곳을 지나갈 것입니다. 인구가 과밀한 저지대에서 한 방문자가 그곳에 와 산책하고, 연구하고, 깊은 생각에 잠길 것입니다. 얼마 안되는 사람들은 이 땅의 주민이 되어 수입의 일부를 숲에서 하는 일로 얻을 것입니다. 그 나머지 수입은 아마도 앞으로 3백년 후의 정보경제학에서 나올지 모릅니다. 야생지를 기르는 문화를 가진 문명이 탄생할지도 모릅니다.

이런 생각이 터무니없이 낙관적이라고 말할 수도 있겠지요. 사실이 그렇습니다. 그러나 야생의 자연이 주는 하사품을 지키고 회복하고 슬기롭게(정말 그렇습니다!) 사용할 가능성은 여전히 북미에 사는 우리의 몫입니다. 나의 집의 근거인 키트키트디지는 서서히 발전하고 있는 생태지역주의의 농가와 캠프의 그물을 이루는 하나의 아주 작은 매듭에 지나지 않습니다.

이 모든 연구와 관리와 계산을 넘어 자연을 아는 데에는 또 하나의 수준이 있습니다. 우리는 여기저기 돌아다니며 사물의 이름을 배우고 나무와 덤불과 꽃의 일람표를 작성할 수 있습니다. 하지만 자연이 휙 지나갈 때 그것은 보통은 밝은 빛 속에서는 보이지 않지요. 많은 새와 야생생물에 대해 우리가 실제로 가지는 경험은 우연하고 순간적인 것입니다. 야생생물은 그저 어둠속에서 한번 우는 소리, 한 차례 토해내는 소리, 덤불 속에 있는 하나의 그림자인 경우가 많습니다. 우리는 야생동물 비디오로 몇시간 동안 퓨마를 볼 수 있겠지요.

하지만 진짜 퓨마는 평생에 한두번만 제 몸을 드러냅니다. 우리는 그들이 보내는 암시와 미묘한 차이에 민감하게 조율하지 않으면 안 됩니다.

너른 풀밭으로 일하러 가면서 바로 그 옆을 지난 지 20년이 지나서야 나는 어느날 비틀린 캐니언 라이브 참나무의 존재에 관심을 가지게 되었습니다. 어쩌면 그 나무가 내게 모습을 드러낼 준비가 되어 있었던 것인지도 모르지요. 나는 그 나무가 마치 내 것이기라도 되는 듯 그 나무의 늙음, 특성, 내면성, 참나무성(性)을 느꼈습니다. 그런 친밀함은 살아가는 일과 자기자신으로부터 우리를 완전히 편안하게 해줍니다. 그러나 초원에 있는 참나무 주위에서 몇년을 일하면서 내가 그 나무를 보지 못한 세월은 헛된 것이 아니었습니다. 이름과 습성을 익히고, 여기에서 얼마간의 잡목을 자르고, 저기에서 장작을 거두고, 가을에 버섯이 불쑥 나오는 때를 조심스레 지켜보는 일은 그 자체가 즐겁고 본질적인 기술이지요. 그리고 그런 기술은 우리로 하여금 어느날 갑자기 참나무를 만나도록 준비시켜줍니다.

지구, 우주의 한 마을

초판 1쇄 발행/2005년 5월 23일
개정판 1쇄 발행/2015년 9월 30일
개정판 2쇄 발행/2015년 12월 4일

지은이/게리 스나이더
옮긴이/이상화
펴낸이/강일우
펴낸곳/(주)창비
등록/1986년 8월 5일 제85호
주소/10881 경기도 파주시 회동길 184
전화/031-955-3333
팩시밀리/영업 031-955-3399 · 편집 031-955-3400
홈페이지/www.changbi.com
전자우편/lit@changbi.com

ISBN 978-89-364-7270-2 03840